JEUX DE POUVOIR

SHANNA BELL

Copyright © 2020 par Shanna Bell
Tous droits réservés.

Aucune partie de ce livre ne peut être reproduite sous quelque forme ou par quelque moyen que ce soit, électronique ou mécanique, y compris par tout système de stockage ou de recherche d'informations, sans la permission écrite de l'auteur, à l'exception de brèves citations dans le cadre d'une critique littéraire ou autre cadre non commercial prévu par la loi sur le droit d'auteur.

Toutes les marques commerciales appartiennent à leurs propriétaires.
Traduit par Valentin Translation et Emily B.

CHAPITRE 1
GIO

Giovanni Detta observa les photos granuleuses de Gina, Jocelyn et Mary Rossi : sa sélection d'épouses potentielles. Il avait moins d'un mois pour leur passer la bague au doigt. Aucune de ces filles n'était sur les réseaux sociaux, il ne disposait que de quelques photos qu'elles avaient pu trouver en un temps imparti. Compte tenu du travail de leur patriarche, Antonio Rossi – qui blanchissait notamment de l'argent pour la mafia, entre autres – il était logique que des photos d'elles ne soient pas étalées partout sur Internet.

—Je n'arrive toujours pas à croire que tu aies accepté ça, déclara son frère, Vincent, depuis le canapé situé de l'autre côté du bureau.

Vince était fermement convaincu que c'était la diversité qui pimentait la vie. Le fait d'être le copropriétaire d'un club privé pour adultes, où avec son associé ils se partageaient les femmes, avait fait de lui un sacré dragueur, pire encore que le coureur de jupons qu'il était déjà. Vince ne pouvait pas concevoir que l'on puisse rester avec une seule femme pour le restant de ses jours. Ou, dans le cas de Gio et selon le souhait d'Antonio Rossi, pendant au moins deux ans. Mais c'était le marché qu'ils avaient conclu. Rester marié à l'une des filles Rossi durant cette période, en échange des entreprises Rossi ; un atout crucial pour venger la mort de leurs parents. Évidemment, vu la façon dont se déroulaient les activités de l'entreprise de Rossi, le vieil homme n'avait pas d'autre choix que de confier son héritage à Gio plutôt que de faire face à une acquisition hostile et imminente, mais Gio ne pouvait pas prendre le risque que cet accord tourne mal. Certes, Rossi était venu le voir en premier, car lui et son père avaient été de bons amis mais, finalement, les affaires étaient les affaires. Si une meilleure offre se présentait, il n'hésiterait pas à se débarrasser de l'une de ses petites-filles pour l'offrir à un autre homme.

Il se pencha en arrière sur sa chaise.

—Ouais, ben, si, je l'ai fait. Alors, aide-moi à choisir une épouse pour qu'on passe à autre chose.

Partager son nom avec l'une des filles Rossi était juste un moyen d'arriver à ses fins.

—Je dis juste que tu n'as que trente ans, bon sang, poursuivit Vince. Tu es bien trop jeune pour t'unir à une seule femme. Tu ferais mieux de batifoler pour encore au moins une décennie.

—Dit celui qui a batifolé avec toute la côte ouest, pour ça, tu es le roi, se moqua Jackson.

Vince lui fit un doigt d'honneur, faisant sourire leur plus jeune frère, qui était assis sur le coin du bureau.

—J'ai quatre semaines, maximum, avant qu'il n'y ait une acquisition hostile.

C'était d'ailleurs la raison pour laquelle il devait choisir une épouse en si peu de temps. Il regarda Jackson, le plus intelligent. Cet avocat dont le cerveau n'oubliait jamais rien.

—Parle-moi, Jax.

Jackson se pencha sur le bureau et pointa la première photo du doigt.

JEUX DE POUVOIR

—Voici Gina Rossi. Trente-trois ans. Elle travaille actuellement comme décoratrice d'intérieur. Enfin, le terme « travailler » est un peu exagéré. D'après ses déclarations d'impôts, elle ne travaille qu'une ou deux fois par an. Elle passe le plus clair de son temps à dépenser l'argent d'Antonio.

Il désigna la deuxième photo. La fille portait une veste en cuir et un jean. La moitié de son visage était obscurcie par une casquette de baseball.

—Ça, c'est Jocelyn. Elle a été diplômée major de sa promo. Elle a écrit une thèse sur la programmation de logiciels et...

—Pas celle-ci, dit Gio en écartant la photo.

Il avait besoin d'une femme qui adorait passer ses journées à faire du shopping et aller au salon de coiffure. Une femme qui ne poserait aucune question et qui le laisserait tranquille, putain !

—Pourquoi ? ricana Jax. Tu ne veux pas d'une femme intelligente avec un cerveau ?

—Pourquoi aurait-elle besoin d'un cerveau ? dit Vince avec un clin d'œil.

—Bon sang, vous êtes tous les deux des misogynes. Je plains déjà vos épouses, dit Jackson.

Vince ricana.

—Ne crois pas que je ne sais pas ce que veut dire ce mot savant, monsieur Harvard. Il se trouve que j'adore les femmes, je ne les déteste pas, donc ce terme ne s'applique pas à moi.

—On a déjà un intello agaçant dans la famille, Jax. Tu nous suffis largement.

—Les femmes intelligentes sont les pires, déclara Vince. Et puis, les deux autres sont plus jolies.

Jackson leur lança un regard dégoûté et pointa la troisième photo du doigt.

—Ce qui nous amène à la plus jeune, Mary. Vingt ans, étudiante en art et, d'après les informations que j'ai pu recueillir jusqu'à présent, elle est aussi douce et innocente que son prénom.

La fille était jolie, Gio devait bien l'admettre, mais on aurait dit qu'on risquait de la casser en deux après une bonne partie de baise. Et puis, il n'aimait pas les filles douces, même s'il savait que les apparences pouvaient être trompeuses. Sa maîtresse actuelle ressemblait aussi à un ange mais, au lit, c'était un vrai diable. Pile ce qu'il aimait.

—Et qu'en est-il de la quatrième petite-fille ?

Il avait étudié tous ceux qui avaient eu un lien avec leurs parents. Ces dernières années, cela avait été son seul objectif. Ça, et s'assurer que sa famille était en sécurité.

—Carmen est mariée, donc je n'ai pas inclus de photo d'elle.

—Mariée à qui ?

Antonio Rossi n'était pas du genre à confier ses petites-filles à n'importe quel homme. D'après ses souvenirs, il les avait quasiment élevées tout seul. Ce qui voulait dire qu'en tant que demi-père, Antonio avait son mot à dire sur le choix du gendre et décidait lequel pourrait être un atout pour la famille. Ce qui expliquait pourquoi il avait passé ce marché avec Gio. Heureusement pour lui, cela faisait un moment que Gio convoitait son entreprise, mais son objectif était différent de ce que Rossi imaginait.

Jackson émit un bruit moqueur.

JEUX DE POUVOIR

—Cette pauvre fille est mariée à Franco « le Taureau » Caruso.

—Merde, dit Vince en secouant la tête. Si elle est mariée à ce connard, il ne doit plus rester grand-chose d'elle de toute façon.

Gio savait qu'il y avait quelques tensions entre Vince et l'héritier des Caruso. Son frère n'était pas un saint, loin de là, mais il ne maltraitait pas les femmes. Franco Caruso était connu pour ses goûts sadiques. Depuis que la moitié de sa famille s'était retrouvée en prison, on racontait qu'il s'en prenait à ses femmes. Certains hommes ne voulaient tout simplement pas voir la réalité en face et accepter que les jours de gloire de la mafia italienne étaient révolus. Comme pour tout modèle économique, il fallait rester flexible et ajuster ses plans en fonction de ce que l'avenir pouvait apporter. De nos jours, il était question d'être dans la légalité, du moins, en apparence. Après que le père et le frère de Franco furent assassinés en prison, chaque jour, il était de plus en plus évident qu'il n'était pas à la hauteur pour diriger l'entreprise familiale.

—J'imagine que je peux l'exclure, donc.

—Ton choix est alors facile, déclara Vince.

Si seulement c'était si simple. Chaque décision qu'il prenait avait toujours un but.

Chaque pièce sur l'échiquier aussi. Il voulait celle dont le vieil homme était le plus proche : ce qu'il découvrirait ce soir, durant le dîner. Tout le monde avait une faiblesse, et Antonio Rossi aussi.

—Laquelle est la préférée d'Antonio ?

—Je ne crois pas qu'il ait de préférée, dit Jackson, scrutant les photos du regard.

—Antonio est de la vieille école, ce qui signifie probablement qu'il préfère les garçons aux filles pour ce qui est de ses héritiers. Il a deux fils, Petro et Marco, et une fille, Gabriella. Petro, le plus âgé, est mort. Il était le père de Carmen et Jocelyn. L'autre fils, Marco, a quitté le pays pour l'Europe après un accident de chasse qui l'a rendu aveugle d'un œil. C'est un playboy, qui vit la belle vie, quelque part à Monaco. Sa fille, la mère de Mary et Gina, vit dans le sud de la France avec son troisième époux. Antonio cherche désespérément un héritier, un homme fort qui ait le cerveau et les muscles pour s'occuper de sa grande entreprise, qui a pris un coup depuis la crise. Il aurait pu simplement accepter la somme que tu lui as proposée, mais j'imagine qu'il voulait léguer l'entreprise Rossi à quelqu'un qui serait sa chair et son sang.

Antonio Rossi était celui qui avait présenté leur mère à leur père. De toute évidence, son passé d'entremetteur n'était pas terminé.

Étant l'aîné des quatre enfants, Gio était celui qui se souvenait le mieux de leurs parents. Giacomo Detta, homme de main d'un syndicat du crime, avait été un bourreau de travail, mais un père de famille assez traditionnel qui avait vénéré sa femme. À la seconde où il franchissait le seuil de leur maison, cette expression froide sur son visage disparaissait et il redevenait un mari aimant. Un jour, il avait dit à Gio qu'accepter d'épouser sa mère avait été la meilleure décision qu'il ait jamais prise. D'après lui, dès qu'il avait posé les yeux sur sa future femme, il avait simplement su. Il était également convaincu que tout homme digne de ce nom avait besoin d'une

JEUX DE POUVOIR

femme forte : « Prends soin de ta femme et elle prendra soin de toi. » Tel était le credo de son père. Protéger et pourvoir. Deux choses que son père avait toujours appliquées.

Malheureusement, il était mort désormais. Il n'était plus en mesure de lui donner des conseils. Leur magnifique mère ne danserait plus jamais avec ses fils le jour de leur mariage. Elle ne tiendrait jamais ses petits-enfants dans ses bras. Personne n'avait revendiqué l'assassinat de Giacomo Detta, ce qui était étrange. Tuer l'homme de main d'un patron du crime, c'était comme lui couper son bras droit. C'était quelque chose dont on pouvait se vanter, un rite de passage dans ces milieux.

C'est pourquoi ils n'avaient jamais cru que leur père avait été la victime collatérale d'une guerre familiale. Surtout que, la même nuit, leur mère avait elle aussi été tuée.

Trouver le meurtrier de leurs parents avait toujours été leur objectif final. Il leur avait fallu plus d'une décennie pour trouver le responsable et des années pour réunir les éléments nécessaires afin de faire payer Oscar « le Poignard » Bianchi. Un an plus tôt, Bianchi était intouchable. Mais plus maintenant. Ils avaient progressivement éliminé les ressources de ce bâtard jusqu'à ce qu'il soit sur le point de toucher le fond.

Épouser une fille Rossi et prendre les rênes de l'entreprise Rossi était la dernière étape.

CHAPITRE 2
JAZZY

Jazzy regarda l'écran de son téléphone et la peur lui noua le ventre. Sa sœur venait d'annuler leur dîner. Une fois de plus. Elle avait déjà sa petite idée quant à la raison pour laquelle Carmen avait une « migraine ». La dernière fois qu'elle avait fait une visite surprise à Carmen, cette dernière n'avait pas pu dissimuler ses bleus à temps. En tout cas, elle « tombait » souvent dans les escaliers. Bon sang. Elles allaient avoir une sérieuse discussion concernant son mariage foireux, et vite... une fois qu'elle aurait terminé ce qu'elle avait à faire, c'est-à-dire assister à un brunch obligatoire à la maison.

Être la petite-fille d'Antonio Rossi – le banquier de la pègre – impliquait certaines contraintes. Par exemple, lorsqu'il vous convoquait, vous aviez pour obligation d'être présente.

Ses cousines, Mary et Gina étaient déjà assises dans la salle à manger. Son grand-père se tenait en bout de table, lui lançant un regard agacé.

—Tu es en retard.

—Pardon, *Nonno*. J'avais des affaires à régler.

—C'est toujours une histoire d'affaires et de travail avec toi, la gronda-t-il. Les affaires et ton ordinateur. Tu devrais te trouver un homme et te marier.

La vision de son grand-père sur la place d'une femme dans la société était très ancienne, voire archaïque. Elle leva les yeux au ciel, déposa un petit baiser sur sa joue et s'assit à côté de lui.

Après que le brunch fut servi, son grand-père se racla la gorge.

—Il y a vingt ans, j'ai perdu un ami très cher, Giacomo Detta, homme de main de la famille Scolini, à cause d'une guerre de territoire. Hier, j'ai rencontré ses fils. Des hommes forts et compétents, notamment l'aîné, Giovanni Detta ; ou Gio, comme le surnommait son père. Depuis un an, Gio a montré son intérêt pour les entreprises Rossi et j'ai enfin décidé de passer les rênes de cette entreprise, que j'ai développée, à la génération suivante. Je ne vous ai jamais donné de détails sur la santé de l'entreprise, mais ces dernières années ont été difficiles. Nous avons besoin de son argent, sinon nous allons faire faillite.

Un silence s'installa dans la pièce, jusqu'à ce que sa cousine aînée décide de le briser.

—Quoi ? Comment est-ce possible ?

Gina avait l'air pâle. L'argent était en quelque sorte le meilleur ami de Gina. Jazzy ne pouvait pas imaginer Gina acheter autre chose que du design ou de la haute couture.

Mary, elle, paraissait seulement inquiète. Elle pensait probablement aux conséquences que pourrait avoir cette faillite sur la santé de leur grand-père. Elle faisait toujours passer les autres avant elle-même.

Les deux sœurs se ressemblaient beaucoup en apparence, sauf pour leur façon de s'habiller – le style vestimentaire de Mary était un mix entre le bohème et le chic, privilégiant les robes évasées avec de petites tresses dans ses cheveux bouclés.

—J'ai cependant trouvé une solution simple pour régler notre problème, continua leur grand-père. J'ai proposé de céder mes parts de l'entreprise Rossi à Giovanni, à condition qu'il épouse l'une de mes petites-filles. Il a accepté. Il m'a promis que le mariage perdurerait au moins deux ans. Cela devrait lui laisser assez de temps pour lui donner un héritier et garantir votre place dans la famille Detta. Gio nous rejoindra pour le dîner afin de vous rencontrer. Je compte sur vous pour être à cette table ce soir.

En un clin d'œil, Jazzy perdit l'appétit.

—J'ai la nausée tout à coup. Veuillez m'excuser, je préfère m'absenter pour ne pas vomir sur la table.

Refusant d'entendre un seul mot de plus, elle se leva et s'en alla revêtir sa tenue de course à pied. Elle avait désespérément besoin de se vider l'esprit.

***

Quand Jazzy revint de son footing de l'après-midi, elle croisa Gina dans le couloir.

—N'oublie pas de parfumer ta robe chic avec du Chanel, déclara Jazzy qui eut droit à un regard noir de la part de Gina qui, comme d'habitude, se faisait belle devant un miroir.

Contrairement à Mary et Gina, Jazzy n'était pas restée assez longtemps pour écouter les détails de cette bombe que leur grand-père venait de lâcher. Il n'était pas très difficile de comprendre pourquoi Gina était restée à table. Sa cousine aînée était née pour servir de trophée à un homme riche et puissant. Quant à Mary, eh bien, elle était trop polie pour s'opposer à quelqu'un, encore moins leur grand-père.

Jazzy, cependant, n'avait pas peur de faire un doigt d'honneur à qui que ce soit, même s'il s'agissait de son *nonno*. Enfin, elle n'avait pas peur de le faire mentalement, plutôt.

Même si cet homme grincheux la rendait parfois folle, elle l'aimait et ne lui manquerait jamais de respect de cette façon. Mais ce n'était pas pour autant qu'elle resterait à table pour écouter des conneries archaïques à propos d'un mariage arrangé. Elle n'envisagerait jamais la possibilité de s'enchaîner volontairement à ce type de la famille Detta. Son objectif était justement de fuir cette vie et non de s'y laisser entraîner davantage. Elle avait des projets pour son avenir, des projets qui n'incluaient pas un connard autoritaire comme l'était sans doute ce Detta.

Une simple recherche Google avait prouvé que ce grand patron milliardaire correspondait au profil. Grand, sombre et beau. Ajoutez à cela sa richesse et l'on obtenait le portrait d'un homme privilégié qui avait l'habitude d'obtenir ce qu'il voulait. Un homme qui prenait, mais ne donnait jamais rien en retour. Le mariage de sa sœur était la preuve même de ce dont un type comme Detta était capable de faire. Comment il pouvait éteindre la lumière et anéantir la vie d'une personne.

—C'est ça que tu comptes porter ce soir ?

Le regard méprisant de Gina ne pouvait pas passer inaperçu.

Jazzy baissa les yeux vers son short de sport rose et son haut gris. Elle était toute transpirante, revenant tout juste d'une séance de course à pied et, après avoir pris une douche, elle allait évidemment se changer. Mais la tenue qu'elle avait choisie pour le dîner de ce soir – un jean moulant et un simple haut en soie – n'aurait pas non plus été approuvée par Gina. Sa cousine adorait lui donner le sentiment que porter autre chose qu'une robe haute couture durant leur dîner familial hebdomadaire était un crime majeur.

JEUX DE POUVOIR

Eh bien, elle ne comptait pas bien s'habiller juste pour que Detta puisse la reluquer comme s'il achetait un cheval.

—Tout à fait, mentit Jazzy tout en envoyant un message à Tommie.

Son ancien ami de l'université et associé actuel lui avait envoyé quelques documents qu'elle devait étudier. Leur business plan se mettait bien en place, mais il leur restait encore pas mal de choses à régler.

—J'imagine que tu ne vas pas chercher à te faire belle pour lui, alors ? demanda Gina avec un ricanement.

—Bien sûr que non. Et tu ne devrais pas non plus.

Elle n'était peut-être pas toujours d'accord avec Gina, mais elle ne souhaiterait à aucune femme de subir le même sort que sa sœur.

—C'est facile à dire pour toi. T'as toujours été la préférée. Le vieux ne peut rien te refuser, il t'a toujours accordé plus de libertés qu'à nous toutes.

Cette fois-ci, Gina avait pris un ton amer qu'il était impossible d'ignorer.

Mary leva même les yeux vers elles depuis le canapé.

—Ce n'est pas vrai, protesta Jazzy.

—Ah bon ? Laquelle d'entre nous a eu le droit de vivre dans un campus ? Laquelle d'entre nous a eu le droit de faire un road trip au Canada ?

Jazzy resta sans voix pendant un moment. Elle n'avait jamais réfléchi à tout cela auparavant. Avec le recul, peut-être qu'effectivement son grand-père lui avait accordé plus de libertés, du moins, c'était l'image qui était renvoyée.

Gina n'avait aucune idée de ce que Jazzy avait vécu ; comment elle était tombée dans l'autodestruction étant adolescente. Comment elle s'était battue avec tous les enfants qui osaient la regarder bizarrement, prête à les frapper avant même qu'ils ne puissent l'attaquer.

Son prétendu « road-trip » s'était en fait déroulé dans un camp d'entraînement personnel. Cherchant absolument à l'empêcher de se faire agresser, son grand-père, désespéré, avait tenté de l'isoler avec un professeur d'arts martiaux pendant un mois. Jusqu'à ce que Jazzy ait été vaincue autant de fois qu'elle s'était relevée. Jusqu'à ce qu'elle ait enfin acquis un certain contrôle sur son corps et sur sa vie. Jusqu'à ce qu'elle ne se réveille plus toutes les nuits à cause d'un cauchemar, hurlant à pleins poumons. Jusqu'à ce que son grand-père puisse faire face à ce qu'il s'était passé sous son propre toit. Quelque chose dont il se sentait coupable, encore aujourd'hui.

—Je ne savais pas que tu ressentais ça.

Gina ricana.

—Évidemment que tu ne le savais pas. Tout ce qui t'intéresse, c'est ton précieux ordinateur. Nous allons tout perdre si l'une d'entre nous n'épouse pas cet homme. Peut-être que toi, tu peux te le permettre, mais moi je ne serai pas aussi égoïste. De toute façon, on ne m'accordera jamais une liberté totale, alors je n'ai qu'un choix simple à faire. Si je dois vivre dans une prison dorée pour le restant de mes jours, autant qu'elle soit belle ; la plus belle, même. Gina Rossi ne tolère pas la pauvreté.

Et, bien évidemment, ce n'était pas très compliqué d'épouser cet homme. Après tout, Giovanni Detta était sexy. Il semblait être assez froid mais, du point de vue de Gina, sa fortune compenserait. Gina le considèrerait comme une belle amélioration par rapport à son précédent ex, un trader millionnaire.

Elle supposa que Gina n'avait pas tort, d'un point de vue purement pragmatique. Vu leur passé, aucun homme ordinaire ne serait capable de survivre à leur famille et tout ce qui allait avec. Leur grand-père leur rappelait, un peu trop souvent, que l'on pouvait se servir d'elles comme moyen de pression contre lui. Que l'on pouvait leur faire du mal si un accord ne se déroulait pas comme prévu. D'où le précepte : « il faut que vous épousiez un homme dont la famille est forte ». Quelque chose qu'elle aurait pu réfuter si son oncle n'avait pas été tué durant une course poursuite il y a plusieurs années de cela.

—Gina, s'il te plaît, les interrompit Mary depuis l'autre côté du couloir. Je croyais que tu serais contente. Comme ça, il y a moins de concurrence pour toi, dit-elle en faisant un clin d'œil à Jazzy, essayant clairement de détendre l'atmosphère.

—Exact.

Même si, d'après l'expression de Gina, celle-ci ne considérait pas que Jazzy représente une quelconque compétition pour elle. Avec un sourire confiant, elle se retourna et partit à l'étage.

Gina avait raison, évidemment. Après tout, cette dernière ressemblait à une déesse italienne : grande, des cheveux blonds, brillants et bouclés, et vêtue d'une robe haute couture. Jazzy, en revanche, qui était ronde, avec son jean moulant troué et ses bottes de motard, n'avait pas vraiment le profil d'une épouse de la haute société.

—Comment tu tiens le coup ? demanda Mary en s'approchant d'elle. Je ne t'ai pas beaucoup vue après l'enterrement de Mike.

—Ça va.

Elle n'avait pas vraiment envie de discuter des répercussions qu'avait eues la mort de son ami. Il n'y avait rien à dire. Il avait vécu, s'était fait attraper par le monstre cruel qu'était le cancer, et était mort. Le monde avait perdu une lumière et l'univers une étoile. Pourtant, une ordure comme le mari de Carmen avait le privilège de vivre une vie longue et saine. Il n'y avait parfois aucune justice dans ce monde.

Mary la regarda d'un air pensif.

—Tu dis toujours ça.

—Et toi ? Tu veux que je te sorte d'ici ? demanda Jazzy en rigolant, cherchant désespérément à changer de sujet.

Elle savait que Mary ne se déroberait jamais à son devoir – car c'était ainsi qu'elle voyait les choses – et ne partirait pas. Mais si c'était son intention, Jazzy trouverait un moyen de la faire quitter le manoir avant le dîner. Elle avait vu les voitures arriver de loin. Actuellement, les hommes étaient en train de parler affaires dans la bibliothèque. Elles avaient encore une heure devant elles. Ce ne serait pas très compliqué de se faufiler discrètement devant eux, sans même devoir se retrouver nez à nez avec Detta.

—En fait, j'aimerais bien rester, dit Mary dont les joues se mirent à rosir. Pour voir où ça nous mène.

—Ah bon ? demanda Jazzy, incapable de cacher sa surprise.

JEUX DE POUVOIR

—Je ne suis pas comme toi, dit doucement Mary. J'ai juste envie d'être une mère, d'avoir une famille. Et peut-être que lui, c'est le bon. Peut-être pas. Mais j'aimerais avoir la possibilité de le découvrir.

—Mais imagine la vie que tu aurais en étant l'épouse d'un homme comme Giovanni Detta, l'avertit Jazzy. Il a probablement des ennemis. Personne ne devient milliardaire à son âge sans avoir quelques cadavres dans son placard. Tu aurais des gardes du corps partout où tu irais, pour le restant de tes jours.

Et puis, elle avait également le sentiment qu'un homme comme ça tiendrait fermement sa femme en laisse.

Mary leva un sourcil.

—N'est-ce pas déjà le cas ?

—Ouais, mais ça, c'est à cause de *Nonno*. Si tu épousais quelqu'un qui ne faisait pas partie de ce monde, tu n'aurais plus besoin de gardes du corps. Tu serais libre.

Du moins, c'était ainsi qu'elle imaginait sa vie.

—J'aime la sécurité qu'ils me procurent, confessa Mary, détournant le regard vers la cicatrice sur le poignet de Jazzy.

Une cicatrice qui avait failli lui coûter l'usage de son bras.

—J'ai besoin de me sentir en sécurité, continua-t-elle. Depuis cette nuit-là... si tu n'avais pas été là, Jazzy...

—Ne parle pas de cette nuit-là, s'il te plaît, la coupa-t-elle.

—Désolée.

Mary prit immédiatement un air penaud.

—Ne sois pas désolée. C'est moi qui suis désolée d'avoir été sèche. Je ne veux juste pas en parler.

Plus jamais.

—Mais tu ne le fais jamais, soupira Mary.

—Donc, hum, comment se passe la thérapie ? demanda Jazzy qui se sentait obligée de poser la question, même si une partie d'elle n'en avait vraiment pas envie.

Mary se ressaisit immédiatement.

—Plutôt bien. Je veux dire, tout ça s'est passé il y a plus de dix ans et j'ai encore beaucoup de choses à digérer, mais j'y arrive petit à petit. J'aimerais bien que tu ailles aussi voir le Dr Stein au lieu de tout garder pour toi. À vrai dire, il m'a posé des questions sur toi et sur la façon dont tu gérais la situation. Enfin, je sais que ce n'était pas de ma faute...

—Bien sûr que non. Tu n'étais qu'une enfant.

—Toi, Jazzy. Toi aussi. Je crois que parfois tu l'oublies.

Ce n'était pas qu'elle avait oublié, en soi. C'était simplement que, depuis que ses parents étaient morts la veille de son dixième anniversaire, elle n'avait plus vraiment été une enfant. Et l'ironie dans tout ça, c'était qu'ils n'avaient pas été assassinés par l'une des autres Familles. En réalité, cela n'avait rien à voir avec l'entreprise de son père ou de son grand-père. Personne n'était à blâmer si ce n'était les mauvaises conditions météorologiques responsables de l'accident de voiture qui les avait tués. Cependant, avec tout ça, Jazzy avait été encore plus déterminée à garder le peu de famille qui lui restait.

Justement, en parlant de ça, son grand-père tourna dans l'angle du couloir. Elle regarda par-dessus son épaule, curieuse de savoir si Detta le suivait, mais ce n'était pas le cas. Quand le regard de son *nonno* se posa sur sa tenue de sport en sueur, elle s'attendit à ce qu'il la gronde. Mais il la surprit, car il fit simplement un geste dans sa direction, sans dire un mot.

—Je comptais me changer avant le dîner, murmura-t-elle.

JEUX DE POUVOIR

Elle ne voulait pas qu'il pense qu'elle pourrait lui manquer de respect de la sorte en se présentant à ses invités tout en sueur.

—J'ai besoin de récupérer quelque chose dans mon coffre-fort. Amène-moi ma montre à gousset, s'il te plaît.

—Sérieusement ? Là, tout de suite ?

Son grand-père avait commencé à l'envoyer s'occuper de son coffre-fort presque préhistorique quand elle s'était blessée au bras. La lame qui avait entaillé son poignet avait sérieusement endommagé ses nerfs, lui faisant presque perdre sa force musculaire. Un long et terrible processus de guérison avait ensuite suivi. Son grand-père, qui était un homme obstiné, avait joué un rôle important dans son rétablissement. N'importe quel grand-père ordinaire lui aurait donné une balle en mousse pour qu'elle puisse la serrer dans son poing. Mais le sien lui avait appris à ouvrir un coffre-fort, encore et encore, jusqu'à ce qu'elle ait retrouvé cette force musculaire qu'elle avait perdue. De temps en temps, il l'envoyait encore ouvrir son coffre-fort avec son gros verrou. C'était devenu leur truc.

—Oui, Jocelyn. Maintenant.

Elle connaissait ce ton. Cela signifiait qu'elle ne remporterait pas ce débat.

CHAPITRE 3
JAZZY

Le dîner serait servi dans moins d'une heure et Jazzy devait encore prendre une douche, mais apparemment ce n'était pas important. Peut-être qu'en l'envoyant faire leur truc, c'était sa façon de lui dire que le dîner à venir allait bien se passer.

—Très bien.

Elle laissa son grand-père dans le couloir et prit les escaliers, tournant à droite jusqu'à ce qu'elle atteigne la bibliothèque qui se trouvait dans l'aile supérieure droite.

Elle ne prit pas la peine d'allumer les lumières en entrant dans la pièce sombre. Désormais, elle était capable d'ouvrir le coffre à l'aveugle en moins d'une minute.

Trente secondes plus tard, ce qui était un record personnel pour elle, elle sortit la montre à gousset et ferma le coffre.

— Oui ! cria-t-elle en levant le poing.

—Remets-la en place.

Jazzy sursauta et se retourna doucement, regardant autour d'elle pour comprendre d'où venait la voix. Là, dans le coin, dans un fauteuil donnant sur le jardin, était assis un homme. Elle n'arrivait pas à distinguer son visage, car la lumière venait de derrière lui, l'obscurcissant à moitié.

—Pardon ?

Il se leva du fauteuil, se tenant debout dans la lumière et elle sursauta lorsqu'elle le reconnut.

Giovanni Detta était un homme de grande taille. Bien plus grand que ce à quoi elle s'attendait d'après la photo qu'elle avait vue sur l'écran de son téléphone. La photo ne le mettait pas en valeur. Mais peut-être qu'aucune photo ne pouvait capturer ce regard magnétique et ces yeux bleus stupéfiants. Elle éprouva immédiatement ce qu'on pouvait appeler le désir au premier regard.

—Quel que soit ce que tu as volé dans ce coffre, remets-le à sa place. Maintenant. Sinon, c'est moi qui t'y obligerai.

Et comme la plupart des hommes beaux et sexy, il était un salaud arrogant. C'était le ton de sa voix qui l'agaçait profondément. Cette façon qu'il avait de *s'attendre* à ce qu'elle obéisse. C'était ainsi que Franco parlait à sa sœur. De façon froide et autoritaire.

Pour qui diable se prenait-il en lui donnant des ordres dans sa propre maison ? Évidemment, elle pouvait facilement désamorcer la situation en lui disant qui elle était... mais elle n'en avait pas envie. Qu'il aille se faire foutre, lui et tous les hommes qui se prenaient pour les rois du monde.

—Tu ne peux pas m'obliger à faire quoi que ce soit, mon joli.

Il plissa les yeux alors qu'il s'avançait vers elle. Oh, il n'aimait pas du tout qu'on l'appelle mon joli.

Elle glissa la montre dans sa brassière de sport et s'éloigna du coffre. Créer un peu de distance ne pourrait pas faire de mal, au cas où elle ait besoin de lui botter le cul.

—Je n'aime pas me répéter, dit-il, comme s'il postillonnait des glaçons dans sa direction.

—C'est bon à savoir, se moqua-t-elle en posant ses mains sur ses hanches.

JEUX DE POUVOIR

—Tu vas le regretter.

Il se positionna intentionnellement devant la porte.

—J'en doute.

Le corps meurtri de sa sœur encore frais dans son esprit, elle plongea sur lui, heurtant son corps dur.

Malheureusement, Giovanni Detta ne tomba pas comme elle s'y attendait. À la place, il effectua un mouvement bizarre de *street fighter* et elle atterrit sur les fesses.

Il la surplomba de toute sa hauteur dans son costume italien luxueux.

—Reste par terre.

Ce ne fut pas tant ce qu'il dit, mais ce ton glacial qui la déconcerta.

—Je ne supporte pas les voleuses, surtout celles qui volent leur patron, mais peut-être qu'Antonio aura pitié de toi.

—Ouais, bah moi, je ne supporte pas les connards arrogants, rétorqua-t-elle en se relevant. Et puis, je n'ai pas besoin qu'on ait pitié de moi.

Elle l'avait assez vécu durant cette année où elle avait eu peur de perdre l'usage de son bras. Tout le monde l'avait traitée comme une invalide. Enfin, tout le monde, sauf son grand-père. Antonio Rossi n'éprouvait aucune pitié. Selon lui, soit vous vainquiez votre peur, soit c'était elle qui l'emportait.

Quand elle essaya de le contourner pour la deuxième fois, elle tenta une tactique différente. Elle vit la surprise dans ses yeux quand elle marcha lentement vers lui et posa sa main sur son torse.

—Et si tu me laissais partir, comme ça je ne te blesse pas ?

Elle tapota doucement son épaule.

À part ses narines qui se dilatèrent, il ne montra aucune émotion. Ses yeux d'un bleu arctique restèrent aussi froids qu'auparavant.

—Ne fais jamais de menace que tu ne peux pas tenir, *bella*.

Sa voix râpeuse lui picota la peau. Sa voix était sombre, sensuelle, et douce comme de la soie. Le genre de voix qui aurait pu la faire s'évanouir à ses pieds si elle avait été assez superficielle pour ne s'intéresser qu'à sa beauté extérieure. Parce que oui, il était séduisant. Il avait tous les atouts : il était grand, sombre et beau. Sa seule imperfection était cette cicatrice sur son sourcil gauche, ce qui, pour elle, le rendait d'autant plus parfait. Cependant, la beauté extérieure ne valait rien si votre intérieur était pourri.

Jazzy lui fit un joli sourire et leva le genou. Il intercepta son geste qui aurait dû le heurter au niveau des testicules, et la fit pivoter. Son dos pressé contre son torse, son bras autour de son cou : elle était piégée, du moins, c'était ce qu'il croyait.

Elle laissa retomber ses jambes, augmentant son poids contre lui et elle le sentit vaciller. Profitant de l'effet de surprise, elle tira son pouce en arrière, le cassant presque et il la laissa partir en jurant. Elle recula et lui donna un coup dans l'estomac qui l'envoya valser contre la porte. La même porte qu'elle cherchait à franchir. Il était temps pour Giovanni Detta de se rendre.

Quand elle tenta de lui donner un coup de genou dans les boules pour la deuxième fois, il l'esquiva, attrapa sa jambe et la tordit, lui faisant perdre l'équilibre.

Elle atterrit sur le dos avec lui sur elle, expulsant l'air de ses poumons. Il se servait de son poids pour la maintenir clouée au sol.

JEUX DE POUVOIR

—Lâche-moi !

Jazzy tenta de le repousser, mais il donnait l'impression de peser une tonne.

Il pressa sa main sur sa gorge, empêchant toute nouvelle protestation de franchir ses lèvres. Son cœur battait comme un tambour, paralysant ses membres, et un bourdonnement résonna dans ses oreilles.

Inspire...

Expire...

Des flashs d'une autre époque et d'une autre pièce lui revinrent en mémoire. Elle ferma les yeux et compta jusqu'à dix pour retrouver son calme.

—Je ne reçois pas d'ordre, *bella*, je les donne.

Quand Jazzy rouvrit les yeux – après avoir au moins compté jusqu'à soixante – elle vit que Detta l'observait d'un air curieux. Il avait placé ses deux mains de chaque côté de sa tête, l'immobilisant simplement grâce à ses muscles. Bizarrement, sa peur disparut dès l'instant où elle croisa son regard. Il observait sa bouche, de la même façon qu'elle regardait ses lèvres sensuelles. Pouvait-on vraiment qualifier les lèvres d'un homme de sensuelles ? Elle n'en avait aucune idée. Son souffle devint erratique et son corps se détendit comme si, au fond – au plus profond d'elle-même –, elle savait qu'il ne lui ferait pas de mal. Elle était légèrement déçue qu'il l'ait vaincue mais, surtout, elle ressentait une chaleur. Une chaleur écrasante, déroutante, qui la traversait de la tête à ses pieds délicats. Et, à en juger par ce gonflement croissant contre son ventre, elle n'était pas la seule à être affectée.

Quel que soit ce que lui vit dans ses yeux, cela le fit jurer.

—Ne bouge pas. À moins que tu ne veuilles que je te donne ce que ton corps exige.

Quel connard arrogant !

Il glissa sa main dans sa brassière – son doigt effleurant accidentellement, mais en faisant exprès, son téton dur – et sortit la montre à gousset.

Ah oui. La montre qu'il pensait qu'elle avait volée. Elle avait presque oublié la raison pour laquelle elle s'était retrouvée dans cette position.

Elle était sur le point de lui mordre le menton – car, honnêtement, quelle autre option avait-elle ? – quand soudain la porte s'ouvrit et Mary entra. Sa cousine tressaillit quand elle trouva Jazzy au sol et Gio sur elle, l'immobilisant.

—Oh mon Dieu, qu'est-ce que...

—Ah, Mary, enfin. Peux-tu dire à ce salaud que je suis l'assistante personnelle de monsieur Rossi et que j'ai le droit d'ouvrir son coffre-fort ? Et que, d'ailleurs, je le fais tout le temps ?

Le regard brûlant de Gio se posa sur sa poitrine à peine couverte et un sourire étira ses lèvres.

—Son assistante personnelle ?

Sa cousine se racla la gorge.

—Euh, oui, elle a le droit de prendre des choses dans le coffre tout le temps.

Mary n'était pas fichue de mentir correctement.

—C'est ça.

Jazzy se tortilla sous lui, mais il était inébranlable, comme une pierre.

—Je suis son bras droit.

—Oh oui, je suis certain que tu es *comme* son bras droit.

JEUX DE POUVOIR

Il lui fallut une seconde pour comprendre ce qu'il insinuait. *Dégueu.*

Il leva un sourcil devant le regard dégoûté qu'elle lui lança, puis s'écarta enfin.

Dès l'instant où il s'éloigna d'elle, Jazzy se releva et s'enfuit de la pièce, ne se souciant plus de la montre à gousset. Elle se précipita dans sa chambre et prit son sac à dos dans le placard.

Passeport : check.

Téléphone : check.

Une pile de billets : check.

Il était hors de question qu'elle assiste au dîner avec Giovani Detta. Elle avait un très mauvais pressentiment à son égard et sur la façon dont il l'avait regardée. Le gars pourrait la choisir, elle, *juste* pour la contrarier. Ce qui n'allait pas être possible. Selon la devise connue de Gaga : *I'm a free bitch, baby.*

Elle avait des promesses à tenir et des endroits à visiter. Contre vents et marées, elle terminerait la liste de Mike. Elle n'avait pas de temps à perdre.

CHAPITRE 4
GIO

Gio était assis en face d'Antonio Rossi à la table à manger. Vince bavardait avec Gina, mais elle le considérait clairement comme un enquiquineur. Pourtant, il devait reconnaître qu'elle ne perdait pas son trophée de vue ; contrairement à la plupart des femmes qui pouffaient bêtement de rire quand elles retenaient toute l'attention de Vince.

L'autre petite-fille, Mary, était assise en face de lui, osant à peine croiser son regard. Elle paraissait très timide et préférait écouter plutôt que de parler. Mais il manquait quand même quelque chose. Ce n'était pas très difficile de comprendre ce qui n'allait pas dans ce tableau.

—Où est votre autre petite-fille ? Jocelyn.

Celle qui était intelligente. Les conversations se stoppèrent.

Même si Gio ne considérait pas Jocelyn comme une candidate digne de ce nom, c'était quand même insultant qu'elle soit restée à l'écart. Il attendit qu'Antonio trouve une excuse qui justifie son absence. Une migraine, qu'elle ait la grippe, n'importe quoi.

Antonio reposa son verre de vin.

—On m'a informé que Jocelyn avait quitté les lieux il y a environ une heure. Elle a évoqué le fait de partir à la découverte du monde avant qu'elle ne se fasse embarquer par un milliardaire arrogant.

Gio eut le sentiment que le vieil homme ne faisait que citer mot pour mot la dernière partie.

—Ah oui, donc elle a soudainement décidé de partir faire un tour du monde ?

On aurait presque dit qu'Antonio essayait de le provoquer, ce qui n'avait aucun sens. Le vieillard avait plus à perdre que lui si cette affaire échouait.

—Les filles, laissez-nous.

Il sentit Gina se raidir à côté de lui tandis que Mary devenait toute blanche.

Cependant, elles quittèrent la pièce sans protester.

Gio en prit note. D'un point de vue extérieur, elles étaient parfaites. Volontaires, obéissantes, jolies. Mais quand même... il ne pouvait s'empêcher de repenser à cette grande gueule d'assistante personnelle qu'il avait croisée dans la bibliothèque. Mary avait rougi quand elle avait confirmé qu'elle était l'assistante personnelle d'Antonio et Gio avait le sentiment qu'elle savait exactement quel genre d'assistante était cette harpie pour son grand-père. Apparemment, la maîtresse d'Antonio, qui était bien plus jeune que lui, vivait sous son toit et juste sous leur nez. Bon sang, il enviait ce vieux renard rusé. Ce qui le renvoya à l'affaire en cours, et plus particulièrement à la raison pour laquelle l'idée d'épouser l'une des deux filles Rossi présentes ne l'enthousiasmait pas. Il n'avait pas envie de les baiser. Ce qui le fit reconsidérer sa décision, maintenant qu'il savait ce qui se trouvait derrière la porte numéro trois : Jocelyn. Il n'avait encore jamais pris de décisions professionnelles sans avoir préalablement étudié toutes ses options et il ne comptait pas commencer maintenant.

JEUX DE POUVOIR

—Elle s'est enfuie, cracha Gio. Votre petite-fille a fui et a rompu notre accord.

—Ah oui ? dit Antonio avec un sourire aux lèvres. Ah, la jeunesse. À vrai dire, elle savait qui venait et pourquoi mais, apparemment, elle ne vous considérait pas comme un bon parti. Elle a même réussi à semer son garde du corps. Jocelyn peut être très inventive quand elle a quelque chose en tête. À mon avis, vous n'avez pas réussi à la convaincre de rester ici. Oubliez-la. J'ai deux autres petites-filles qui sont plus... dociles.

Gio retint à peine un grognement. Le vieil homme savait probablement qu'il le mettait au défi et qu'ainsi cette Jocelyn deviendrait un enjeu pour lui. Bien évidemment, il pouvait l'ignorer. Personne en dehors de la famille ne savait ce qui s'était passé, il n'avait donc pas besoin de se sauver la face. Mais le prédateur en lui ne parvenait pas à lâcher prise. Il allait donner une chance à cette fille. Personne ne pouvait revenir sur un accord passé avec lui sans en payer le prix.

—Appelez-la et donnez-moi votre téléphone.

Antonio fit ce qu'il lui demandait et sortit de la pièce, affichant un léger sourire.

L'écran du téléphone s'alluma, indiquant qu'il appelait « Jazzy ». Le vieillard avait enregistré son numéro en utilisant son surnom. Encore un autre indice prouvant qu'elle était sa préférée.

—*Nonno*, je sais ce que tu vas dire, résonna une douce voix dans son oreille.

Une voix qu'il reconnut, putain !

—Mais ce gars est un connard dominateur, continua Jocelyn. Ça se voit rien qu'à son visage. Gina adore ce genre de connerie, comme elle n'a aucune fierté. Et puis, Gio et Gina ça sonne bien, non ? Il ne m'aurait pas choisie de toute façon, alors pourquoi est-ce que j'irais m'embêter à pavaner devant lui et perdre mon temps ? Je t'enverrai une carte postale de Rome ou de Paris, quelle que soit la destination du premier avion.

Il entendit les vols annoncés en fond.

—*Nonno*, tu es toujours là ? Tu es fâché contre moi ?

Cette idée semblait vraiment la rendre triste. Il avait donc raison : c'était elle dont le vieux était le plus proche.

—Je ne me fâche pas. Je me venge, énormément.

Un silence s'installa avant qu'elle ne se ressaisisse.

—Si tu as touché à un seul de ses cheveux...

—Ce n'est pas à lui que je ferai du mal. Écoute-moi bien, car je ne me répèterai pas. Jamais. Ramène ton cul ici avant minuit, sinon je viens te chercher.

Ce qui suivit ensuite fut une série d'insultes qui auraient fait rougir un marin. Cette femme avait la bouche bien sale. Ce qui n'était pas la meilleure façon de s'en servir.

—Va te faire foutre. Tu n'es pas mon patron.

—Ne dis jamais à un homme d'aller se faire foutre, il pourrait te prendre au mot et échanger les rôles, lâcha-t-il.

—Ouais, ben pour faire ça, faudrait déjà me retrouver. Si t'arrives à me trouver, là tu pourras me baiser, le nargua-t-elle.

Click.

Elle lui raccrocha au nez. Personne ne lui avait jamais raccroché au nez. Un grondement sourd s'échappa de sa poitrine et il vit que Vince l'observait, les yeux brillant d'inquiétude.

—Ah, merde, dit son frère en secouant la tête. Quand tu rigoles, ce n'est jamais un bon signe.

JEUX DE POUVOIR

Évidemment, il avait raison. Défi lancé et accepté. Jocelyn Rossi venait de sceller son destin.

CHAPITRE 5
JAZZY

Jazzy montra son billet à l'hôtesse de l'air alors qu'elle montait à bord de l'avion pour Paris.

Bon, OK, elle s'était enfuie comme une voleuse au beau milieu de la nuit. La belle affaire. Ça ne voulait pas dire qu'elle avait peur de Giovanni Detta. Sauf qu'après leur rencontre fâcheuse à la bibliothèque, elle avait en quelque sorte compris qu'elle ne pourrait plus être à nouveau à ses côtés. Giovanni Detta était sexy. Le mélange de ses yeux bleus et de son corps dur comme la pierre— et même la cicatrice au-dessus de son sourcil gauche—était torride, le genre qui vous fait fondre. Elle avait eu envie de passer ses doigts à travers ses cheveux noirs comme du jais, s'imaginant les tirer tout en l'embrassant. Mais, par-dessus tout, elle avait envie d'éradiquer ce ton froid dans sa voix et ce regard glacial. Cependant, tomber amoureuse d'une âme torturée dans l'espoir de la guérir ne pouvait que finir par une déception. La vie n'était pas un roman d'amour avec le grand méchant connard dominateur qui finissait par devenir un être humain correct à la fin. Il allait finir par épouser l'une de ses pauvres cousines. Ce ne serait pas terrible de le convoiter ensuite durant leur repas de Noël annuel.

Donc, mieux valait fuir. Elle n'était pas aussi jolie que Gina ou aussi douce et angélique que Mary, mais elle était intelligente, assez intelligente pour disparaître sans laisser de traces. Elle avait également été assez intelligente pour demander une faveur à son amie Tess, juste au cas où.

L'hôtesse de l'air lui désigna son siège en première classe. Ce serait la dernière fois qu'elle pourrait s'offrir ce luxe de la première classe, et ce avant un moment, puisque dès demain elle ne pourrait plus se servir de ses cartes de crédit. Elle ne pouvait pas prendre le risque – aussi minime soit-il – que Detta mette sa menace à exécution en la poursuivant.

Il était bien trop facile de la retrouver si elle laissait une trace écrite. Donc, plus de suites dans des hôtels de luxe durant son voyage en Europe. Selon l'accord passé entre son grand-père et Detta, il devait épouser une fille Rossi dans le mois. Tout ce qu'elle avait à faire, c'était disparaître de la surface de la Terre durant cette période, où jusqu'à ce qu'elle apprenne qu'il avait épousé l'une de ses cousines.

Une fois de plus, ses pensées se tournèrent vers Detta. La chaleur qu'elle avait ressentie en se retrouvant face à face avec lui avait été incroyable, de la pure folie. C'était la seule chose qui avait manqué entre elle et Mike : le seul homme avec qui elle s'était sentie assez à l'aise pour baisser sa garde. Le seul à qui elle ait jamais parlé de...

Ne va pas sur ce terrain-là. N'y. Va. Pas.

Mike avait été plus qu'un ami d'enfance. Il avait été son premier flirt, son premier baiser et son premier et unique amant. Leur amitié avait évolué vers quelque chose de plus fort, jusqu'à ce qu'ils découvrent peu à peu qu'ils préféraient être amis plutôt qu'amants.

JEUX DE POUVOIR

Mais quand même, cela n'avait jamais été comme ce désir brut, cette attirance magnétique qu'elle avait ressentie quand Giovanni Detta l'avait clouée au sol. Cela l'avait excitée et effrayée à la fois. Au fond, elle savait que Detta était du genre à être brutal et à la dominer au lit. Le seul endroit où elle aimait se soumettre, d'ailleurs.

Quelque chose que Mike n'avait jamais compris, car il n'était pas comme ça. Cela avait été l'une des raisons pour lesquelles ils avaient rompu. Les relations sexuelles avec Mike avaient été agréables, mais jamais vraiment satisfaisantes, parce qu'il avait peur de lui faire mal, de la malmener. Jazzy aimait que les hommes soient vigoureux au lit. Du moins, c'était ce sur quoi elle avait toujours fantasmé. Et ce fantasme en était resté un car, après avoir rompu avec Mike, elle n'avait pas trouvé d'autre homme avec qui elle se sentait suffisamment à l'aise pour approfondir son expérience sexuelle. Elle n'en avait pas non plus ressenti l'envie.

Jusqu'à la seconde où le corps de Gio Detta s'était pressé contre le sien. Mais cet homme transpirait le danger et elle ferait de son mieux pour rester loin de lui. Elle n'avait pas besoin de ce genre de complication dans sa vie. S'il y avait bien quelque chose qu'elle avait appris avec le décès de Mike, c'était que la Mort ne faisait preuve d'aucune discrimination entre les jeunes et les personnes âgées. Tôt ou tard, elle venait chercher tout le monde et, quand elle le faisait, il n'y avait qu'une seule question à se poser : ai-je vécu une vie bien remplie ? Mike lui avait dit que oui, mais il n'avait qu'un seul regret. Il n'avait pas pu terminer sa liste de choses à faire avant de mourir. Quelque chose qu'elle lui avait promis de faire pour lui.

SHANNA BELL

Alors, peu importe à quel point son corps désirait Giovanni Detta, son cœur et son esprit avaient d'autres plans. Elle allait tenir la promesse qu'elle avait faite à Mike, quoi qu'il advienne.

CHAPITRE 6
GIO

De retour de sa visite chez les Rossi, Gio était très remonté. Il n'arrivait pas à se sortir Jocelyn de la tête, ce qui était assez embêtant. Il n'arrêtait pas de sentir sa silhouette aux courbes généreuses sous lui. Toutes ces choses qu'il voulait lui faire...

Il l'imaginait également lever son poing d'un air victorieux pour l'avoir berné en se faisant passer pour l'assistante d'Antonio. Encore un autre signe qui prouvait que cette fille était synonyme d'ennuis. Mais cette impostrice avait trouvé son égal. Comme tout autre problème auquel il avait été confronté jusqu'à présent, il relèverait n'importe quel défi qu'elle lui lancerait. Après tout, tout ce qui avait un semblant de valeur n'était jamais facile à obtenir.

Une demi-heure après qu'il fut arrivé dans son appartement de ville, la sonnette retentit.

Quand il laissa Vanessa entrer et qu'il contempla ses yeux bleu pâle, il réalisa que ce n'était pas elle qu'il voulait. Comme d'habitude, Vanessa était parfaite : maquillage impeccable, pas une seule mèche en désordre et une robe moulante, épousant le corps exquis de ce mannequin de lingerie. Elle ne se laisserait pas surprendre en tenue de sport et en sueur, toute décoiffée, elle.

Elle laissa tomber son sac sur le sol et enleva sa robe et son soutien-gorge tout en se dirigeant vers lui.

—Tu m'as manqué, ronronna-t-elle.

Il n'était pas d'humeur à faire des préliminaires. Il était sur le point de lui dire de se pencher sur le bord du canapé quand, soudain, Vanessa se mit à genoux. Elle ouvrit rapidement sa braguette, saisissant sa verge.

C'était nouveau, ça. Comme tout homme, il appréciait les bonnes pipes. Il savait aussi qu'il y avait deux types de femmes : celles qui aimaient sucer et celles qui n'aimaient pas. Vanessa faisait plutôt partie de celles qui n'aimaient pas. Cela ne voulait pas dire qu'elle ne le prenait jamais dans sa bouche, mais ce n'était pas quelque chose qu'elle initiait de son propre chef.

Après qu'elle lui eut donné quelques coups de langue, il attrapa ses cheveux dans son poing et baisa sa bouche, vigoureusement et brutalement, déversant toute sa frustration dans ses coups de reins. Il ferma les yeux et imagina que c'était Jocelyn Rossi qui était à genoux, enroulant sa langue autour de sa queue.

Quand il entendit que Vanessa s'étouffait presque, il retira sa verge puis attrapa un préservatif et le mit en place.

—Tu n'as pas besoin d'en mettre. Je prends la pilule.

Tu parles. Il ne tomberait pas dans le panneau.

Il la souleva et la pencha sur le canapé, s'enfonçant en elle, lui faisant crier son prénom jusqu'à ce qu'elle jouisse.

Oh ouais, ça, c'était des gémissements qu'il avait envie d'entendre. Il n'y avait pas de son plus beau qu'une femme en train de s'abandonner à sa passion. Montrant à un homme qu'elle aimait son propre corps et qu'elle appréciait le plaisir que celui-ci pouvait lui donner.

Après quelques pénétrations, il jouit à son tour, se laissant retomber sur le canapé à côté d'elle.

JEUX DE POUVOIR

Vanessa s'étira près de lui, exposant son corps et le mettant en valeur. Elle savait qu'elle était belle – bien qu'un peu mince à son goût – et n'avait pas honte de se montrer.

Elle caressa ses pectoraux du bout des ongles.

—Je me disais que, peut-être, tu pourrais me donner les clés de l'appartement. Après tout, ça fait un moment qu'on sort ensemble.

Non, ils avaient baisé. Il n'était pas du genre à sortir avec des filles. Et depuis quand est-ce que l'on parlait « d'un moment » quand cela ne faisait que deux mois ?

Quand elle posa la main sur son poignet, il eut le sentiment qu'il savait où cela allait le mener. Vers un endroit qu'il n'avait pas envie de visiter.

Elle ignora bêtement son regard froid, alors il lui demanda :

—Ouais et ?

—Je crois qu'il est temps de passer à l'étape supérieure, déclara-t-elle. Je veux me marier. Je veux devenir madame Detta.

Voilà qui expliquait la pipe. Elle voulait qu'on lui passe la bague au doigt. Contrairement à Jocelyn Rossi qui avait littéralement fui le pays pour éviter ladite bague. Quelle ironie ! Elle retira ses doigts parfaitement manucurés de son torse et se leva du canapé. Il était clairement temps de laisser Vanessa partir.

—C'est hors de question. Et si tu prenais tes affaires et que tu t'en allais ?

—Quoi ?

Elle cligna des yeux comme s'il était en train de lui parler dans une langue étrangère.

—On a passé de bons moments ensemble, mais j'en ai assez maintenant. Raoul te conduira où tu veux.

Après avoir ouvert et fermé la bouche plusieurs fois, elle finit par rougir de colère.

—Tu ne peux pas me mettre de côté comme ça ! J'ai parlé à un avocat et je sais que j'ai certains droits...

Il se retourna et elle s'empressa de reculer, ses yeux emplis de peur. Il ne put s'empêcher de comparer sa réaction à celle de Jazzy. Cette harpie n'aurait jamais battu en retraite.

—Ne me menace jamais. Dès le départ je t'ai clairement expliqué ce que j'attendais de toi. Alors, ne fais pas comme si je t'avais promis une vie de famille.

—Mais je t'aime.

Elle aimait son argent, surtout. Elle aimait les cadeaux que lui offrait son assistant sous ses ordres, les boîtes de nuit et les restaurants chic dans lesquels elle entrait en utilisant son nom.

—Non, c'est faux.

Elle avait surjoué en prétendant vouloir s'installer avec lui. Plus stupide encore, elle était allée voir un putain d'avocat !

—Espèce de bâtard sans cœur ! C'est *vrai* ce qu'on dit sur toi. Tu n'as rien d'autre qu'un bloc de glace noire autour du cœur.

Après sa petite crise, elle se mit à pleurer. Vanessa faisait partie de ces femmes qui étaient capables de pleurer sur commande. Il ignora la fontaine de larmes et alla prendre une douche. Quand il revint au salon un peu plus tard, Vanessa était partie. Il se servit un verre de whisky et observa Union Square qui grouillait de monde, quand Jackson l'appela soudain.

—J'ai des nouvelles de ta fugitive.

Il sentit dans sa voix que son frère souriait.

JEUX DE POUVOIR

—Putain de drôle, Jax.
—Cette fille me plaît déjà.
Pour Gio, ses sentiments à son égard étaient encore mitigés.
—Où est-elle ?
—En route pour Paris. Dès que nous avons pris connaissance de sa destination, nous avons appelé nos contacts sur place. Ils nous préviendront dès qu'ils l'auront repérée à l'aéroport Charles de Gaulle.
—A-t-elle pris l'avion seule ?

Si elle avait fui en France pour retrouver un amant, cela risquait de changer certaines choses. Cependant, il avait remarqué la façon dont son corps avait réagi à son contact. Cela ne lui avait peut-être pas plu, d'où sa fuite, mais c'était indéniable. Cela prouvait également que celui avec qui elle couchait actuellement faisait un piètre travail.

—Oui. Évidemment, ça ne veut pas dire qu'elle ne retrouvera pas quelqu'un sur place, mais d'après les relevés de sa carte de crédit, elle a acheté le billet d'avion après que tu lui as parlé au téléphone. Elle n'a également pas enregistré de bagage, on peut donc exclure l'idée que c'était un voyage planifié.
—Je serai à l'aéroport d'ici une heure.
—Ouais... justement, à ce propos. Je me suis dit que t'allais dire ça, alors j'ai demandé à ton pilote de préparer le jet. Il vient de me rappeler et il semble qu'il y ait un problème avec ton passeport. Genre... tu es sur la liste noire, tu es interdit de vol.
—Pardon ?

—Tu ne peux pas monter à bord d'un avion pour le moment. Même avec les contacts que nous avons, ça va prendre du temps avant que l'on ne te retire de cette liste, expliqua-t-il en riant à nouveau. J'imagine qu'on peut rajouter le piratage informatique à sa liste de compétences.

Gio ferma les yeux et compta jusqu'à trois.

—Tu n'es pas obligé d'avoir l'air si amusé par la situation, putain. Mais très bien, je vais envoyer Vince à sa poursuite.

Il n'aimait pas devoir confier cette tâche à son frère – étonnamment, l'idée qu'il puisse charmer Jazzy ne lui plaisait pas beaucoup – mais il n'avait pas vraiment le choix.

—En fait, tu ne peux pas faire ça non plus, dit Jackson. Elle l'a également mis sur la liste.

—Répète ?

Son frère pouffa de rire. Il *pouffa* vraiment de rire, comme si ce merdier était quelque chose d'amusant.

—Nous sommes tous sur la liste, mon frère. Elle a mis tous les Detta qu'elle a pu trouver. Tu sais ce que ça veut dire.

Oui, il le savait. Sa fiancée rebelle avait merdé. Elle avait oublié le Detta non officiel qui était parmi eux. Hector « le Loup » Diaz. Son frère de sang et chef de la sécurité. Son entreprise lui avait fourni les meilleurs gardes du corps, d'anciens militaires désormais employés sous contrat. Hector n'était peut-être pas un Detta de naissance, ni son frère biologique, mais il l'était de cœur.

L'ancien marine faisait peur à tout le monde et il était temps pour Jazzy Rossi d'avoir la trouille.

CHAPITRE 7
JAZZY

Trois semaines plus tard...

Rome était comme un grand musée en plein air. Jazzy repérait des vestiges d'architecture ou des ruines de l'Empire romain à pratiquement tous les coins de la ville. C'était absolument incroyable et, après avoir vu quelques galeries d'art, elle comprit totalement pourquoi la ville – et les musées du Vatican en particulier – était sur la liste de Mike. C'était la troisième ville qu'elle visitait en trois semaines. Ce qui était génial avec l'Europe, c'était qu'il n'y avait pas de frontières. Du moins pas dans les régions qu'elle visitait. L'absence de contrôle douanier voulait dire qu'il n'y avait pas de trace écrite que Detta puisse suivre. Elle était libre comme un oiseau. Ce qui était assez drôle, étant donné que l'homme lui-même allait être cloué au sol pour un petit moment. Son amie Tess – l'une des meilleures hackeuses au monde – y avait veillé.

Alors qu'elle arpentait les rues pavées du Vatican, elle songea à la prochaine étape. Maintenant qu'elle avait tenu sa promesse à Mike en admirant les chefs-d'œuvre du Louvre, du Rijksmuseum et des musées du Vatican, c'était comme si un chapitre de sa vie était définitivement clos. Et maintenant ? Ces dernières semaines, elle avait eu beaucoup de temps pour réfléchir à son avenir. Elle avait pris un engagement envers Tommie et la société qu'ils étaient en train de construire. C'était quelque chose de très important pour tous les deux et elle s'était sentie vraiment mal de lui envoyer un email en lui expliquant qu'elle avait besoin de temps à cause d'un « problème personnel ». Elle avait tiré de nombreuses conclusions ces derniers jours et l'une d'entre elles était qu'elle ne pouvait plus vivre sous la coupe de son grand-père. Il était temps pour elle de voler de ses propres ailes. Ça n'allait pas être facile de le convaincre que, désormais, elle voulait se débrouiller seule, mais elle l'avait déjà fait auparavant, durant ses études.

Quand Jazzy passa devant une *gelateria*, elle sentit soudain les poils de sa nuque se hérisser. Elle se retourna, mais ne vit rien qui sortait de l'ordinaire. Juste un groupe de touristes habituel, en rang, suivant un parapluie, et un voyageur avec un sac à dos, tenant une carte. Mais elle ne se sentit quand même pas à l'aise et accéléra le pas. C'était probablement juste le stress et la paranoïa avec lesquels elle vivait dernièrement, attendant les hommes de Detta à chaque tournant.

La première semaine à Paris avait été pire. Notamment quand elle avait repéré un comité d'accueil à l'aéroport, auquel elle avait échappé de justesse. Après avoir visité le Louvre et le Musée d'Orsay, elle avait rapidement quitté Paris, prenant un train pour Lille. De là, elle était partie rejoindre sa deuxième destination : Amsterdam. Tant qu'elle n'utilisait pas sa carte de crédit ou son téléphone, il était impossible de la suivre à la trace. C'est-à-dire jusqu'à ce qu'elle retourne aux États-Unis. Mais, d'ici là, un mois se serait écoulé et Giovanni Detta n'aurait plus aucune raison de la poursuivre. Du moins, c'était ce qu'elle s'était dit. Lorsqu'elle avait envoyé un SMS à son *nonno* pour lui dire qu'elle avait bien atterri, juste avant qu'elle ne retire son ancienne carte SIM, il lui avait répondu un sinistre : « Bonne chance. »

JEUX DE POUVOIR

Un groupe de touristes asiatiques qui bavardaient la ramena à la réalité. Elle n'arrivait pas à se défaire de cette sensation d'être suivie. Elle se précipita vers l'une des nombreuses petites ruelles de Rome, espérant s'y perdre. Quand elle entendit qu'aucun bruit de pas ne la suivait, elle soupira de soulagement.

Tu es parano, Jaz. Personne ne te suit. Ça fait trois semaines. Detta a dû renoncer, depuis. Gina est probablement en train de choisir leurs alliances et de redécorer sa maison.

Elle fut soudain envahie par un sentiment de regret inattendu quand elle l'imagina avec une autre femme, ce qui était insensé. Elle le justifia par ce désir instantané qu'il avait réveillé en elle. Qui avait d'ailleurs été l'une des raisons pour lesquelles elle s'était enfuie. Convoiter le futur époux d'une autre femme n'était pas son truc.

Quand elle vit le fameux *Old Bridge Gelateria* au loin, elle s'arrêta. Voulant se rafraîchir, elle s'y rendit. Avant même de pouvoir faire un pas de plus, on l'attira soudain à travers une porte ouverte. Une main large se plaqua contre sa bouche et tout devint noir.

Elle se réveilla dans une pièce sombre, la bouche sèche. Le lit sur lequel on l'avait couchée craqua quand elle se releva en s'appuyant sur ses bras. Des rideaux verts bloquaient la faible lumière du soleil. Il faisait encore jour dehors, mais l'aube se levait sûrement à peine. Elle se dépêcha de quitter le lit et chercha son sac. À sa grande surprise, ce dernier était placé sur une table miteuse à côté d'un placard. Elle le saisit tout en regardant par la fenêtre. Celle-ci donnait sur une cour abandonnée. À en juger par les maisons jaunâtres et les rangées de plantes dans des pots en terre cuite, elle conclut qu'elle était toujours en Italie. Peut-être même encore à Rome. Il ne fallait pas être un génie pour comprendre ce qui venait de se passer.

Elle actionna doucement la poignée de la porte. Celle-ci n'était pas fermée. Plus étonnant encore, le couloir et les escaliers étaient vides. Après avoir descendu les marches deux par deux, elle ouvrit une porte qui menait vers une cour déserte. En tournant à l'angle, elle se retrouva nez à nez avec un homme costaud, portant un costume noir.

Pas si désert que ça, après tout.

Lorsqu'il essaya de l'attraper, elle n'hésita pas. Elle effectua une pirouette et lui donna un coup de pied par l'arrière, heurtant ses jambes par en dessous, l'envoyant s'écraser au sol.

Elle pivota et partit dans l'autre direction, quand elle heurta à nouveau une autre silhouette. Le grand blond l'attrapa plus fermement que nécessaire, ce qui, finalement, lui laissa une belle opportunité. Elle lui fit un doux sourire, riant intérieurement quand il baissa les yeux vers ses lèvres et qu'il relâcha son emprise durant une fraction de seconde.

Puis, elle lui donna un coup de genou dans les couilles.

Il la lâcha, tout en jurant et en criant. Jazzy ne réfléchit pas, elle se mit juste à courir. À moins de trois mètres se trouvait un portail en fer. Quand une balle heurta le mur à côté d'elle, elle se figea. Elle se retourna lentement, les mains en l'air. Le bouffon blond, qui était légèrement penché en avant, lui jeta un regard meurtrier.

—Ce n'est pas très fairplay. Je suis sûre que maintenant vous vous sentez vraiment comme un mec en tenant ce flingue.

JEUX DE POUVOIR

En y réfléchissant, ouvrir sa gueule face à un homme dont elle venait de piétiner la fierté n'était pas la meilleure chose à faire. Il s'approcha d'elle et la gifla si fort que sa tête se cogna au mur. Elle vit plusieurs petites étoiles, puis plus rien d'autre que l'obscurité.

Quand Jazzy se réveilla pour la seconde fois, elle se retrouva attachée à une chaise au milieu d'une cuisine. Un homme à la silhouette imposante s'appuya contre le réfrigérateur en face d'elle ; il avait l'air de s'ennuyer profondément. Il avait une posture presque militaire. Ses bras massifs, couverts de tatouages tribaux, donnaient l'impression de pouvoir la briser en deux très facilement et il avait les yeux les plus verts qu'elle ait jamais vus.

À côté de lui se tenait Tête de Nœud, celui qui l'avait frappée au visage. Rêvait-elle ou Tête de Nœud transpirait un peu ? Il ne semblait pas à l'aise à côté du mastodonte qui faisait pratiquement deux fois sa taille.

—Tu n'aurais pas dû faire ça, dit le militaire, les yeux rivés sur la joue meurtrie de Jazzy.

—Cette connasse m'a donné un coup de pied dans les couilles. Monsieur Detta me remerciera de lui avoir donné une leçon.

Jazzy eut envie de lui dire d'aller se faire foutre, mais changea finalement d'avis. Il risquait de la gifler à nouveau. De plus, elle fut soudain fascinée par ce changement d'expression subtil sur le visage du grand type. Son regard était devenu dur comme la pierre, même si Tête de Nœud ne semblait pas s'en rendre compte.

—Tu le sauras bien assez tôt. On verra à quel point il sera reconnaissant à ce moment-là. Maintenant, casse-toi.

Merde. C'était vraiment en train de se produire. Elle n'avait même pas envisagé ce scénario où Detta donnait vraiment suite à ses menaces et partait la chercher.

Elle avait clairement sous-estimé son ego.

Quand Tête de Nœud s'en alla, le grand type se focalisa à nouveau sur elle. Ses bottes de combat résonnaient sur le sol carrelé alors qu'il se dirigeait vers elle.

—Je suis Hector. Le chef de sécurité de Gio.

Gio, pas M. Detta. Un ami à lui, peut-être ? Même s'il avait plutôt l'air d'être un mercenaire, dangereux en plus, avec les cicatrices sur sa joue et ses biceps saillants.

—Ravie de vous rencontrer, Hector, dit-elle avec un sourire hypocrite. De toute évidence, j'ai oublié de vous mettre sur la liste des personnes interdites de vol. Pourriez-vous me donner votre nom de famille ? Pour que la prochaine fois je n'oublie pas d'ajouter le vôtre également, vous voyez ?

Il faillit sourire. Curieusement, elle savait que c'était un homme qui ne riait pas beaucoup, voire pas du tout.

Il s'avança vers l'évier et maintint un chiffon sous l'eau du robinet. Puis il revint vers elle. Alors qu'il essuyait le sang au coin de sa bouche, elle réalisa qu'il était étonnamment doux pour un homme de cette trempe.

—C'est Diaz.

—Eh bien, Hector Diaz, pouvez-vous, s'il vous plaît, me détacher les mains ? demanda-t-elle, ne s'attendant pas à ce qu'il s'exécute.

Mais, à sa grande surprise, il fit ce qu'elle lui demandait, puis lui tendit le chiffon. Elle le posa contre sa joue brûlante sans le remercier.

JEUX DE POUVOIR

—Je suppose donc que l'on peut ajouter le piratage informatique à tes compétences sur ton CV ?

—C'est un de mes nombreux talents, mentit-elle.

Si Jazzy disait la vérité, Tess risquait d'être dans leur collimateur et elle ne pouvait pas prendre ce risque. Et puis Tess serait furieuse et piquerait une crise contre eux si jamais elle se sentait menacée. Si n'importe quel outil était connecté à Internet, Tess pouvait y avoir accès. Mais quand même, au fond, elle restait une activiste pacifique qui tournait de l'œil à la vue du sang. Elle ne serait pas de taille à affronter Detta dans la vraie vie.

Hector lui jeta un regard sévère.

—Ça peut se passer de deux façons. Soit tu coopères et tu montes avec moi dans le jet de ton plein gré, soit je te mets dans une caisse et je t'emmène à l'intérieur. Qu'est-ce que tu choisis ?

Ni l'un ni l'autre.

—Je vous paierai, proposa-t-elle, désespérant finalement. Je n'ai vraiment pas envie d'aller dans le repère de Giovanni Detta. Laissez-moi partir, ou au moins, laissez-moi une chance de m'enfuir, un temps d'avance. Il ne le saura jamais. Vous n'avez qu'à lui dire que je me suis échappée.

Elle n'avait besoin que d'une semaine de plus pour que Detta soit obligé d'épouser l'une de ses cousines. Elle était si proche.

—N'êtes-vous pas un mercenaire ? Je suis sûre que nous pouvons trouver une solution. J'ai des placements financiers que je pourrai toucher l'an prochain et...

—Arrête ça tout de suite, putain, dit-il en grognant.

Oui, le type venait vraiment de grogner. Son regard était désormais froid, contrastant avec les cicatrices rougeâtres sur ses joues.

—Premièrement, je ne suis pas un putain de mercenaire. Techniquement, ma société est engagée par les Dettas. Deuxièmement, il n'y a pas grand-chose qui compte pour moi dans ce monde. À vrai dire, rien ne me vient à l'esprit. Mais Gio est mon frère. Pas par le lien du sang, mais par choix. Aucune somme d'argent ne me poussera à le trahir.

Merde.

—Ne prétendez pas faire quelque chose de noble. Vous me retenez ici contre ma volonté. Et puis, quel genre d'homme reste là à regarder une femme se faire battre sans agir ?

—Tu as reçu autant que ce que tu as donné, *chica*. S'il n'avait pas pointé une arme sur toi, tu aurais battu Jason à la loyale.

Elle ressentit une pointe d'admiration dans sa voix.

—Ne minimise pas tes exploits en te plaignant de t'être fait battre par un homme et en faisant de ce combat une histoire de « guerre des sexes ». Tu n'es pas ce genre de fille, continua-t-il.

C'était un point de vue intéressant.

—Ah bon ?

Il secoua la tête.

—Non, tu ne l'es pas. C'est d'ailleurs exactement pour ça que tu te retrouves dans cette position.

Avant qu'elle ne s'interroge sur cette remarque bizarre et qu'elle ne puisse lui demander ce qu'il voulait dire par là, ils furent interrompus par un coup sur la porte. Tête de Nœud, qui apparemment s'appelait Jason, sortit la tête par l'embrasure de la porte. Il lui adressa un sourire narquois et annonça que leur avion était prêt à décoller.

Avec cette annonce, son moral chuta, ainsi que tous ses espoirs et rêves de liberté.

***

Finalement, elle monta dans le jet de son plein gré. Ils se parlèrent à peine durant le vol de retour aux États-Unis. Le vol de dix heures lui laissa assez de temps pour réfléchir. Avant même qu'elle ne s'en rende compte, l'avion avait atterri et elle fut embarquée à l'arrière d'une limousine. Deux heures plus tard, on l'emmena dans un somptueux manoir victorien à Pacific Heights, avec une vue imprenable sur l'océan et le Golden Gate Bridge. Même si personne ne l'en informa, elle eut le sentiment que cette maison appartenait à Detta. Hector la guida jusqu'à un salon blanc, austère et sans âme. Les deux hommes restèrent avec elle, ne voulant visiblement pas la quitter des yeux une seule seconde. Hector ne montra aucune émotion. Jason, en revanche, paraissait joyeux. Comme s'il s'impatientait que son patron arrive et termine de lui administrer cette raclée qu'il avait initiée. Même si Jazzy s'efforçait de ne pas lui montrer qu'il l'avait contrariée, elle avait la nausée. Et si Jason avait raison ? Et si Detta était tellement énervé qu'il lui ferait du mal ?

Ce ne fut qu'une demi-heure plus tard que Detta entra dans la pièce. Depuis, elle avait fait les cent pas sur le tapis, envisageant le peu d'options qu'elle avait.

Elle ne savait pas vraiment à quoi s'attendre quand elle se retrouva à nouveau nez à nez avec Detta. Mais ce regard glacial et cet élan de rage déformant ses beaux traits la surprirent. La peur la traversa de toute part, la paralysant presque. Cependant, il tourna ensuite son regard vers Jason.

—Tu l'as frappée.

Bizarrement, il avait immédiatement supposé que c'était lui qui était responsable de sa mâchoire gonflée et non pas Hector. Pourtant, des deux, avec sa présence imposante et cet éternel air renfrogné gravé sur son visage, Hector était celui qui paraissait le plus menaçant.

—Absolument. Cette salope m'a donné un coup de pied dans les couilles.

Gio plissa les yeux vers elle, contractant un muscle de sa mâchoire.

—Ah oui ?

—Absolument, rétorqua Jazzy, imitant l'autre connard.

Il était hors de question qu'elle s'excuse d'avoir voulu retrouver sa liberté.

Mais elle ne vit pas venir ce qui se produisit ensuite. Gio pivota et frappa l'imbécile qui se pencha en avant en grognant. Suivi d'un autre mouvement rapide qui fit fléchir Jason. Quand Gio s'éloigna de lui, elle vit qu'il retirait un couteau de son ventre. Une traînée rouge, qui s'étendait rapidement, avait assombri sa chemise blanche.

—Emmène-le à la clinique. S'il survit, vire-le.

Hector ne sembla pas le moins du monde perturbé. Il traîna simplement l'homme sanguinolent au loin.

Quand ils furent enfin seuls, une paire d'yeux bleus perçants se focalisèrent à nouveau sur elle.

JEUX DE POUVOIR

Oh, merde.

CHAPITRE 8
GIO

Comme prévu, elle l'attendait dans sa maison, ou apparemment dans son « repaire », comme elle disait. Il se demanda si elle serait toujours aussi provocatrice ou plus discrète maintenant qu'elle savait qu'elle ne pourrait pas lui échapper.

Il lui saisit le menton, la surplombant volontairement de toute sa hauteur. Il venait tout juste de massacrer un homme qui avait levé la main sur elle et il était encore sous l'effet de l'adrénaline.

—Tu te souviens de la dernière chose que tu m'as dite, *bella* ?

Ses yeux brillèrent de façon immorale. Oh oui, elle s'en souvenait très bien.

—Va te faire foutre.

Oh oui, il comptait bien inverser les rôles.

—Au cas où tu te poserais toujours la question, je te choisis toi, Jocelyn Rossi, pour être ma femme.

C'était insensé de ne pas lui expliquer comment les choses allaient se passer. Il aimait que tout soit clair.

Pendant une seconde, elle eut l'air surprise ; puis elle lui jeta un drôle de regard, comme si elle n'était pas sûre qu'il plaisantait.

—Tu plaisantes ?

—Je ne plaisante jamais, comme tu le dis.

—Tu sais que le fait de ne pas avoir de sens de l'humour n'est pas censé être quelque chose dont on peut être fier, n'est-ce pas ?

Quand elle vit que sa remarque ne l'agaçait pas, elle soupira.

—Crois-moi, tu n'as pas envie d'être avec moi. Je ne suis pas la bonne petite vierge catholique que tu m'imagines probablement être.

—Ce n'est pas ce que je recherche.

Cela sembla la déconcerter. Il savait que certaines familles italiennes de leur entourage attendaient toujours de leurs femmes qu'elles restent vierges jusqu'au mariage. Mais il n'en faisait pas partie. Non, il avait des projets pour son beau corps et, à vrai dire, il aimait qu'une femme ait de l'expérience.

—Tu ne peux pas me forcer à t'épouser, tu sais. On n'est plus au Moyen Âge. Le mariage forcé, c'est tellement démodé.

—Tu as raison, admit-il.

—Mon grand-père ne te laissera jamais me faire de mal en me forçant à t'épouser de façon immorale. Alors dis-moi, Detta, comment tu croyais que ça allait se passer exactement ? Tu ne peux pas me faire de mal... tu ne peux pas me menacer...

Elle fit claquer sa langue et un sourire étira ses lèvres pulpeuses. Si elle avait su comment il était, elle ne l'aurait pas nargué. Quelles que soient les protections qu'elle pensait pouvoir utiliser contre lui, il les détruirait. Il obtenait toujours ce qu'il voulait. Et là, tout de suite, c'était elle qu'il convoitait.

—Tu m'as bien eu, là.

Il saisit son menton et laissa son regard s'attarder sur ses belles lèvres. Il entendit son souffle devenir erratique, il vit que ses pupilles se dilataient.

JEUX DE POUVOIR

—Voilà comment ça va se passer. Tu vas m'épouser sans que j'aie à te contraindre. Tu vois, l'accord que nous avons passé, c'est que je choisis la fille Rossi que je veux. Si cette fille refuse, je rachèterai quand même la société au lieu d'autoriser une acquisition hostile, parce que j'ai donné ma parole à ton grand-père.

« Le problème, c'est que ton grand-père touchera beaucoup moins. À peine assez pour rembourser ses dettes. De plus, son héritage, l'entreprise qu'il a bâtie à partir de rien, ne sera pas légué à la chair de sa chair. Alors tu vas m'épouser, car tu aimes ton grand-père et tu ne veux pas qu'il finisse à la rue. Mais surtout, Jazzy, surtout, tu vas m'épouser parce que tu me veux. Tout comme je te choisis parce que je te veux.

Il la défia de dire le contraire, embrassant son cou. Elle se tortilla sous lui, réfléchissant sans aucun doute à une façon de nier cette attirance mutuelle, mais elle échoua lorsque son soupir se transforma en gémissement.

—Je n'en ai pas envie.

Son murmure fut à peine audible.

Il apprécia son honnêteté. D'autant plus qu'il devait reconnaître qu'il n'avait même pas envisagé de choisir l'une des autres filles Rossi, dès l'instant où il avait découvert que c'était elle qui s'était retrouvée sous lui dans la bibliothèque. S'il devait en épouser une, pourquoi ne pas choisir celle qu'il avait envie de baiser ? Vince allait se régaler si Gio admettait cela un jour. Il clamerait que Gio n'écoutait que sa bite, ce qui n'était pas totalement vrai. Ni totalement faux non plus.

—Ouvre la bouche.

En un clin d'œil, sa langue se retrouva à l'intérieur de sa jolie bouche. Elle gémit, mais ne recula pas. Pas même quand il perdit le contrôle et écrasa ses lèvres, les meurtrissant jusqu'à ce qu'elles prennent une ravissante couleur rouge.

Ils étaient tous les deux haletants quand il s'écarta.

—La prochaine fois que je t'embrasserai, ce sera quand je t'aurai passé la bague au doigt. Et le baiser suivant sera quand tu te trouveras en dessous de moi. À nouveau.

Le problème, c'est qu'il ne prenait pas les vœux de mariage à la légère. S'il y avait bien une chose que lui avait apprise son père, c'était de respecter son patronyme. Elle ne le savait pas encore, mais une fois qu'il lui aurait donné son nom, elle lui appartiendrait.

CHAPITRE 9
JAZZY

À la grande surprise de Jazzy, Gio la renvoya chez elle. Quelque part, elle s'était attendue à ce qu'il la cache dans sa cave. Ses mots d'adieu lui avaient donné des frissons, mais elle refusait de lui montrer l'effet qu'il lui faisait. Elle avait voulu lui faire une remarque sarcastique quant à son air confiant, seulement il y avait eu quelque chose dans son regard, comme si l'affaire était conclue, qu'il l'avait fait changer d'avis.

Quand elle fut enfin de retour au manoir des Rossi, elle tira plusieurs conclusions. Elle s'avança vers la porte d'entrée et prit les escaliers qui menaient à la bibliothèque. Il était temps de se confronter à l'homme qui l'avait piégée.

Son grand-père était assis dans son fauteuil préféré, près de la cheminée.

—Ce n'était pas une coïncidence, n'est-ce pas ? Toi, qui m'as envoyé chercher quelque chose dans ton coffre-fort, le même soir où Detta était assis là, dans le noir.

Il prit une autre gorgée de vin, puis la regarda.

—J'imagine qu'il est trop tard pour dire que je ne sais pas de quoi tu parles ?

—Pourquoi ? Tu savais qu'il m'aurait dans le collimateur, que je deviendrais un défi pour lui, se moqua-t-elle.

Antonio Rossi ne faisait jamais rien sans raison. Le vieil homme était la personne la plus manipulatrice qu'elle ait jamais rencontrée. S'il avait vécu quelques siècles en arrière, il aurait régné à la cour médiévale.

—Parce que je ne serai pas toujours là.

—Quoi ?

La panique la saisit, la prenant à la gorge, rien qu'à l'idée qu'il puisse avoir un problème.

—Tu es malade ? Pourquoi tu ne me l'as pas dit ? Ou bien sommes-nous à nouveau en guerre ?

Elle ne savait pas vraiment ce qui serait pire. Elle se souvint d'une fois, il y a plus de dix ans, où une guerre avait éclaté entre les familles, et elle, Carmen et leurs cousines avaient dû rester confinées pendant des mois.

—Pas de guerre, la rassura-t-il. Mais je vieillis et je vais subir quelques petites interventions chirurgicales dans une semaine. Rien de grave, mais on ne sait jamais.

Il observa le jardin dehors pendant un moment avant de la regarder à nouveau droit dans les yeux.

—Nous savons tous les deux qui viendra s'en prendre à toi s'il m'arrive quelque chose.

Marco.

Cette panique sombre et omniprésente en elle surgit à nouveau et un frisson lui parcourut l'échine, mais elle la repoussa. Elle ne pouvait pas se permettre d'être pétrifiée de peur.

—Et je serai prête s'il le fait. C'est la raison pour laquelle je me suis entraînée au fil des ans.

Elle connaissait une douzaine de façons de neutraliser un homme.

JEUX DE POUVOIR

—On ne parle pas de « si », Jazzy, mais de « quand ». Il est trop lâche pour venir s'en prendre à toi seul. Ce n'est pas ainsi qu'il compte agir. Il a les moyens de venir t'attaquer avec un effectif que tu ne pourras jamais égaler. J'aurais voulu..., commença-t-il en se raclant la gorge. S'il avait été quelqu'un d'autre, je l'aurais fait souffrir et tuer pour ce qu'il vous a fait, à Mary et toi.

C'était vrai. Marco avait la main d'œuvre et les ressources nécessaires pour s'en prendre à elle. À vrai dire, cela avait été exactement ses derniers mots : *Je te ferai payer, salope. Je te ferai saigner, putain.*

—Je n'ai pas envie d'en parler.

—Non, tu n'as jamais voulu d'ailleurs, dit-il en soupirant.

—Et donc, tu crois que Giovanni Detta va me protéger de Marco ?

Comme si elle allait lui confier sa plus grande honte. Elle n'en avait parlé à personne. Jamais. Même son grand-père ne savait pas réellement ce qui s'était passé cette nuit-là, il y a des années de cela.

—Je ne lui en parlerai pas. Tu m'as promis et m'as juré que tu n'en parlerais à personne non plus.

Elle allait l'y obliger.

—Ce mariage pourrait être bien pour toi pour différentes raisons. Tu sembles être à la dérive ces derniers temps, Jocelyn. Le mariage pourrait t'apporter une stabilité.

Elle leva les yeux au ciel face à sa vision archaïque des choses qui le faisait considérer qu'une femme n'était pas accomplie tant qu'elle n'était pas avec un homme.

—Même les fils barbelés n'ont pas de raison d'être s'ils ne servent pas à protéger un mur ou un portail, continua-t-il.

—Tu me traites de fille méchante, là ? ricana-t-elle.

—Tu préfèrerais que je te compare à une rose épineuse ? Beurk.

—Non, le fil barbelé, c'est très bien.

D'après la métaphore, Detta serait donc un mur. Comme c'était approprié.

—Giovanni Detta est très protecteur quand il est question de garder sa famille en sécurité, dit-il soudain. Detta ne donne peut-être pas l'impression de vivre une vie de gangster, mais ce garçon a été élevé, à tous les égards, comme son père. Ce qui veut dire que si tu lui expliques qu'une menace pèse sur toi, il s'en occupera. Ne... ne demande pas à Detta de tuer Marco. Pas de mon vivant. C'est tout ce que je te demande.

Jazzy s'avança immédiatement vers son grand-père et le serra dans ses bras. Chose qu'ils ne feraient jamais en public ; il ne la laisserait pas faire, pensant que cela le ferait paraître faible aux yeux de tous. Mais ici, à l'intérieur, elle pouvait le prendre dans ses bras autant qu'elle le voulait.

—Je ne ferais jamais ça, lui assura-t-elle. Mais, même si je suis mariée à Detta, ça ne garantit pas que Marco ne s'en prendra pas à moi s'il t'arrive quelque chose. Techniquement, je ne serai plus sous ta protection. Marco n'a pas mis les pieds sur le sol américain depuis plus de dix ans. Il ne sait peut-être même pas qui est Detta.

—Oh, il finira par le savoir. Et seul un fou s'en prendrait à la femme d'un Detta.

Mais qui pouvait affirmer que Detta en aurait quelque chose à foutre d'elle une fois qu'il aurait pris le contrôle de l'entreprise Rossi ? Après tout, il n'aurait plus besoin d'elle.

JEUX DE POUVOIR

—Notamment quand il s'agit de la femme de Giovanni Detta, leur chef, continua son grand-père. Ce n'est pas pour rien qu'ils l'appellent le Glacier Noir. Ils affirment qu'il a un cœur noir et que de la glace coule dans ses veines. Il ne montre jamais aucune émotion durant une négociation. Il expose simplement ses conditions et c'est à prendre ou à laisser.

Merveilleux. Elle allait donc devenir Mme Glacier Noir. Apparemment, elle n'aurait pas d'autre choix que de devenir le réchauffement climatique qui ferait fondre son iceberg.

CHAPITRE 10
JAZZY

Le lendemain matin, Jazzy se retrouva face à un grand miroir dans la demeure de Giovanni Detta, portant l'ancienne robe de mariée de sa mère. Il s'agissait d'une simple robe couleur champagne, sans manches. Elle avait insisté pour porter cette robe vintage au lieu d'en choisir une parmi la sélection de robes de mariée qui lui avait été présentée par une spécialiste des mariages : une initiative de son fiancé.

—Et celle-ci ? tenta à nouveau Samantha.

Elle avait patiemment essayé de convaincre Jazzy de mettre une autre robe. Elle aurait pu aisément tourner dans *Say Yes To The Dress*.

—C'est une magnifique Dolce and Gabbana cousue main en soie. Elle a...

—Non, vraiment. Je vais porter l'ancienne robe de ma mère. Vous pouvez emmener votre *Dolce* ailleurs.

Gina gémit et on aurait dit que Jazzy avait commis un crime contre l'humanité. Puis sa cousine descendit ce qui restait de sa flûte à champagne et s'en alla. Carmen lui adressa simplement un petit sourire depuis sa chaise à côté de la fenêtre.

—Vous savez, toutes les femmes ne rêvent pas d'une robe de mariée haute couture, déclara Jazzy. Ou même de se marier tout court. C'est à cause des contes de fées et de Disney que les filles sont conditionnées, dès leur plus jeune âge, à vouloir devenir une princesse portant un diadème et une robe rose et bouffante.

Samantha la regarda comme si elle avait parlé dans une langue étrangère. La pauvre femme eut l'air anéantie quand elle comprit qu'elle allait perdre une commission obtenue grâce à la vente d'une robe de mariée coûteuse. Ayant de la peine pour elle, Jazzy choisit quand même de la lingerie en soie, des tas et des tas de sous-vêtements – oui, elle avait un faible pour la lingerie de luxe – et une paire d'escarpins en satin blanc, ce qui redonna le sourire à Samantha. Après ça, cette dernière s'en alla enfin.

Giovanni Detta n'avait pas perdu de temps pour organiser le mariage, insistant pour que celui-ci ait lieu chez lui. Son grand-père avait accepté, car il semblait être en accord avec tout ce qui concernait Detta. L'entreprise familiale devait être dans un état encore plus critique que ce qu'il leur avait dit.

On l'avait informée que plusieurs invités étaient déjà arrivés, y compris son futur mari.

—Tu es très belle, dit Carmen d'un ton mélancolique.

—Tout va bien, sœurette ? Tu as l'air un peu pâle.

Comme toujours, Carmen était magnifique, majestueuse, telle une reine dans sa robe bleu clair qui faisait ressortir ses cheveux noir corbeau.

—Oui, ça va. J'aurais juste aimé... j'aurais aimé que tu te maries par amour et non par devoir.

Jazzy ne supportait pas cette douleur dans les yeux de sa sœur.

—Ne t'inquiète pas. Tout ira bien.

JEUX DE POUVOIR

—Le fond de teint dont je me suis servie pour cacher ton bleu dit le contraire.

Jazzy haussa les épaules.

—Ce n'est pas Gio qui m'a fait ce bleu, si ça peut te consoler. Et puis, il s'est occupé du *gars* qui en est responsable.

Elle n'avait pas vraiment envie de penser à ce qui était arrivé à Jason. Cela lui avait ouvert les yeux de voir ce Giovanni Detta d'habitude calme et posé se transformer en tueur en une fraction de seconde. Elle ne le sous-estimerait plus jamais.

Carmen sembla réfléchir à tout ça pendant une minute.

—Tu sais, je suis fière de toi. Rien ne semble jamais te contrarier.

Pourtant, beaucoup de choses la contrariaient, ces derniers temps. Récemment, cela avait été un certain type dominateur dans leur bibliothèque.

—Tu sais ce qu'on dit. Tant que je respire, il y a de l'espoir. Ou un truc comme ça.

—*Spira, spera*, dit doucement Carmen. Qui aurait cru que tu puisses un jour citer Victor Hugo.

—Hé. Je ne suis peut-être pas diplômée de littérature classique comme toi, mais je lis, tu sais. Juste pas autant que toi.

Cela fit enfin sourire sa sœur.

—Il y a un feu qui brûle en toi, Jaz. Ne laisse personne l'éteindre.

Elle ne savait pas vraiment quoi répondre à cela, et il se trouva qu'elle n'en eut pas le temps, car quelqu'un frappa soudain à la porte. Son grand-père la prit par le bras, descendant les escaliers avec elle.

L'heure suivante – échangeant leurs vœux, Gio lui passant la bague au doigt, signant le certificat de mariage – passa à toute vitesse.

Quand le maître de cérémonie annonça que les mariés pouvaient s'embrasser, Jazzy s'attendit à ce que Gio montre qu'il la dominait. Mais ce qui suivit fut un simple baiser léger sur ses lèvres. Elle leva la tête, incapable de cacher sa déception, regardant droit dans ces yeux qui brûlaient d'un feu bleu.

Sa main lui caressa le bas du dos, et des frissons chauds lui parcoururent l'échine. Quand elle frissonna, il l'attira plus près, approchant ses lèvres de son oreille.

—Plus tard, murmura-t-il, sa voix pleine de promesses. Plus de fuite. Tu es à moi, maintenant.

Son grand-père leva son verre.

—Au nouveau couple. *Salute* !

Les invités les acclamèrent.

Gio prit une gorgée, ne la quittant pas des yeux.

—À mon épouse.

Quand les premières notes de musique retentirent, il lui tendit la main. Elle la saisit et le laissa la guider jusqu'à la piste de danse installée devant la cheminée.

Jazzy ne savait pas vraiment quoi dire. Tout était arrivé si vite. Il y a quelques jours, elle voyageait en Europe, terminant la liste de Mike, réfléchissant à la prochaine étape, puis ensuite elle avait été kidnappée et, désormais, elle dansait à son mariage. Peut-être que là, l'honnêteté était la clé.

—Je ne sais pas vraiment à quoi m'attendre avec ce mariage, avoua-t-elle.

Il ne dit rien. Ses yeux bleus étaient comme un mur de silence impénétrable, ne reflétant aucune émotion.

JEUX DE POUVOIR

—Je ne vais évidemment pas lutter contre, continua-t-elle. Après tout, c'est seulement pour deux ans. Je peux m'en accommoder.

Toujours aucune indication sur ce qu'il pensait. Sa main sur sa taille dessinait des cercles, ce qui bizarrement lui permettait de rester alerte. OK, bon, ce n'était pas si bizarre. En vérité, elle était attirée par lui comme elle ne l'avait jamais été par aucun autre homme auparavant. Quand même, cela ne suffisait pas pour qu'un mariage soit solide. Elle n'avait aucune idée de ce qu'il pensait ou ressentait. Rien du tout. Et cela la rendait mal à l'aise. Elle avait l'habitude de travailler avec des nombres, des algorithmes, des trucs qui, par définition, étaient informatisés, sans aucune émotion, mais qui restaient logiques. Malheureusement, Giovanni Detta n'était pas un logiciel qu'elle pouvait trafiquer si besoin ni mettre à jour une fois par mois.

Du coin de l'œil, elle repéra Gina qui avait l'air aigrie. Avec sa robe rouge, sa cousine se serait démarquée dans n'importe quelle foule, mais encore plus au sein d'un petit groupe d'environ cinquante invités. Ses yeux la regardaient d'un air accusateur, comme si elle lui avait volé sa place dans les bras de Gio. Jazzy n'éprouvait aucune culpabilité. Elle n'avait pas voulu être là, or maintenant qu'elle y était, cela lui plaisait. Bien évidemment, tout cela pourrait changer d'ici demain, mais là, maintenant, défiant toute logique, vu comment les choses s'étaient passées, elle se sentait bien.

Mary se tenait à côté de Gina. Son sourire illuminait la pièce alors qu'elle parlait de façon animée à Gina qui l'écoutait à peine. Jazzy était toujours impressionnée de voir comment quelqu'un comme Mary, qui avait été confrontée aux pires aspects de la nature humaine, pouvait encore être une source de lumière positive. Elle était impressionnée et ressentait à la fois une certaine humilité. Contrairement à Jazzy, Mary ne semblait pas éprouver de rage ou de haine envers celui qui avait failli la violer lorsqu'elle était enfant. Il y avait cette paix en elle, une volonté de pardonner, une détermination à voir le bien en chacun. En tout cas, elle aurait fait une bien meilleure épouse pour un homme comme Giovanni Detta.

—Pourquoi moi ? se sentit-elle obligée de demander. Et ne me dis pas que c'était parce que je te voulais et que tu me voulais. Un homme comme toi ne prend pas des décisions qui vont changer sa vie en se basant sur un caprice.

—Ce qui aurait pu ou aurait dû être n'a plus d'importance. C'est fait. Tu es une Detta, maintenant. C'est tout ce qui compte.

—J'ai bien peur d'avoir besoin d'un peu plus que ça. Et puis, je ne suis pas juste une Detta. Je suis aussi toujours une Rossi.

Il plissa les yeux.

—Tu *utiliseras* mon nom.

Ah, voilà. Cela ne faisait même pas une heure qu'ils étaient mariés et il faisait déjà la loi.

—Tu vois, c'est exactement ce que je veux dire. Tu ne me connaissais que depuis cinq minutes quand tu as décidé de me poursuivre. As-tu déjà envisagé une minute que je n'étais peut-être pas la fille Rossi qu'il te fallait ? Je ne vais pas approuver tout ce que tu dis ou fais juste parce que tu penses être mon seigneur et mon maître.

—Seigneur et maître ? dit-il en l'attirant contre son torse, son souffle chaud contre son oreille. Ça me plaît, ça.

—Je n'en doute pas, murmura-t-elle.

JEUX DE POUVOIR

—Es-tu en train de me dire que tu ne préfères pas que je te domine au lit ?

Elle écarquilla les yeux, de peur qu'on ne les entende.

—Pouvons-nous ne pas parler de ça ici, s'il te plaît ? siffla-t-elle.

Heureusement, la plupart des invités étaient soit en train de manger soit de danser. Même sa sœur Carmen dansait avec le plus jeune frère de Gio.

Au lieu de s'écarter, chose qu'elle attendait qu'il fasse, il mordilla son lobe d'oreille. La chaleur s'empara d'elle quand elle imagina ce qu'il pourrait faire d'autre avec ses lèvres.

—J'aimerais en parler maintenant. Pour qu'il n'y ait pas de malentendu entre nous.

Elle ricana.

—N'aurais-tu pas dû évoquer notre compatibilité au lit avant de signer les papiers ? C'est un peu tard désormais, tu ne crois pas ?

Cela lui valut une petite morsure à l'oreille. Oh mon Dieu, pourquoi cela la faisait-il presque fondre ?

—Tu me laisseras te prendre comme j'en ai envie, *bella*. Et pas seulement dans la chambre. Cela pourra être n'importe où, n'importe quand, dans n'importe quelle position qui me plaise. Cette sensation que tu éprouves, là, tout de suite – elle frissonna quand il enfonça sa langue dans son oreille – ce n'est que le début. Et pour répondre à ta question, non, je n'ai jamais douté une seule seconde que tu ne sois pas l'épouse Rossi qu'il me fallait.

Elle ne savait absolument pas comment réagir à cela ou comment revenir à leur conversation initiale. Avant même qu'elle ne trouve une solution, son frère, Vincent « appelle-moi Vince », les interrompit, prenant la place de Gio.

—Ah, j'ai enfin l'occasion de danser avec ma jolie belle-sœur, dit Vince en lui faisant un clin d'œil.

Jazzy ne savait pas grand-chose sur les Dettas si ce n'était les informations qu'elle avait obtenues grâce à une recherche Internet rapide. Elle savait que Vince était le deuxième aîné de quatre frères. Il y en avait deux autres : Jackson, l'avocat, et Luca, qui purgeait actuellement sa peine pour fraude fiscale. Personne n'avait encore mentionné Luca, mais il y avait un siège vide à côté de ceux des frères, avec un ruban noir dessus.

Ce qui, en gros, répondait à la question de savoir si les Dettas soutenaient toujours leur frère, bien qu'il soit un criminel condamné.

Vince avait le mot « dragueur » écrit sur son front. Ce qui lui fit penser au mari de sa sœur, Franco. Elle chercha sa sœur du regard dans la pièce. Carmen dansait désormais avec un ami de la famille. Elle paraissait toujours un peu pâle, mais Jazzy savait qu'elle adorait danser, donc elle ne s'assiérait pas de sitôt.

—Tu ne m'aimes pas beaucoup, Jocelyn, n'est-ce pas ?

Elle fut surprise qu'il l'ait remarqué. Et, en même temps, elle éprouva une pointe de culpabilité pour l'avoir jugé sans le connaître.

—Je suis désolée. Je ne voulais pas te donner cette impression. C'est juste que... j'ai l'esprit ailleurs.

Son regard suivit le sien et s'arrêta sur sa sœur. Elle vit dans ses yeux bleus perçants de Detta qu'il avait légèrement compris.

—Tu penses à ta sœur.

JEUX DE POUVOIR

—Oui.
—Je n'ai pas encore vu son mari, Franco.
—Tu connais Franco ?
Un voile passa devant ses yeux.
—Oui.
—Je suis sûre qu'il ne doit pas être loin, dit-elle, ravalant une remarque haineuse sur les endroits où Franco pouvait possiblement se trouver.

Probablement dans un placard à balai d'ailleurs. Le manoir Detta était immense et se trouvait sur deux étages. Ce bâtard de rat pouvait être n'importe où.

—Je n'ai jamais vu mon frère lever la main sur une femme.

Ses mots la firent sursauter et la rendirent un peu nerveuse. Pour une raison inexplicable, elle eut le sentiment qu'il croyait injustement qu'elle accusait Gio et cela lui parut incorrect. Elle secoua la tête.

—Je ne pensais pas... je n'étais pas...

Elle repensa à ce moment où elle avait vu Gio poignarder quelqu'un, ne montrant ensuite aucun remord. Qui savait ce qu'un homme capable de commettre une telle chose pourrait ensuite lui faire dès la seconde où elle le contrarierait ? À vrai dire, elle avait peur de faire comme sa sœur. Elle avait peur de devoir souffrir en silence, d'autant plus qu'elle n'était pas du genre à rester silencieuse.

Elle savait également que, dès l'instant où elle avait signé l'acte de mariage, elle s'était retrouvée seule. Même si son grand-père l'aimait beaucoup, il n'envisagerait jamais d'interférer dans son mariage. Peu importe la gravité de la situation. Dans sa vision des choses, pour sa génération, une femme était celle qui tenait la maison et gardait le contrôle sur son mari. Si les choses tournaient mal, alors c'était certainement de la faute de la femme. Aller voir la police et faire honte à sa famille n'était tout simplement pas envisageable. Sans oublier que Giovanni Detta était extrêmement riche et avait sans doute beaucoup de pouvoir. Et il lui avait d'ailleurs déjà démontré que, où qu'elle s'enfuirait, il la retrouverait.

Le regard de Vince s'adoucit.

—Notre père était loin d'être un ange. À vrai dire, c'est même l'euphémisme du siècle. Mais s'il y a bien une chose qu'il nous a apprise, c'est de ne jamais lever la main sur une femme. Gio peut être... parfois difficile à gérer. Il croit toujours avoir raison, ce qui est ensuite alimenté par le fait qu'il a effectivement souvent raison, ce qui est exaspérant.

Elle rigola quand Vince la regarda d'un air amer.

—Il est hors de question que je lui répète ce que tu viens de dire.

—Tu ne devrais pas, sœurette. Ça ne ferait que gonfler son ego et il deviendrait invivable, dit-il en prenant soudain un air plus sérieux. Quels que soient les défauts de mon frère, en étant trop protecteur et autoritaire, il a en réalité de bonnes intentions. C'est parce qu'il se sent responsable en tant que chef de famille. N'oublie jamais ça. Une fois que tu es un Detta – notamment son épouse – cela signifie qu'il te gardera toujours dans un coin de sa tête. Protéger et pourvoir.

Avec ces derniers mots, on aurait dit qu'il citait quelqu'un. Il savait probablement que tout cela n'était qu'un mariage arrangé, mais il ne chercha pas à le souligner. À la place, il essaya de lui faire sentir qu'elle était la bienvenue. Bizarrement, grâce à leur conversation, elle se sentit mieux.

JEUX DE POUVOIR

Il y eut soudain une certaine agitation autour d'eux. Elle tressaillit quand elle vit que sa sœur s'était évanouie sur la piste de danse. La musique s'arrêta alors que Jazzy se ruait vers elle. Vince s'agenouilla à ses côtés en une fraction de seconde. Elle regarda autour d'elle, cherchant Franco, mais il n'était pas là. Vince prit ensuite Carmen dans ses bras, l'emmenant en haut avec Jazzy et Mary qui le talonnaient.

Jazzy marcha devant eux d'un pas précipité et ouvrit la première porte qu'elle vit sur la gauche.

—Pas celle-ci, dit Vince.

—Pourquoi ?

Elle jeta rapidement un coup d'œil à l'intérieur de la chambre. Celle-ci était masculine, dominée par un immense lit *King size* contre le mur.

Il eut un sourire en coin.

—Je ne pense pas que mon frère apprécierait de trouver sa belle-sœur dans son lit au lieu de son épouse.

Apparemment, c'était donc la chambre de Gio, ce qui voulait dire que, désormais, c'était également sa chambre.

—Exact.

Carmen remua dans les bras de Vince et ouvrit les yeux.

—Que s'est-il passé ?

Soulagée que sa sœur ait repris connaissance, Jazzy soupira.

—Tu t'es évanouie.

Carmen tenta de se dégager de l'étreinte de Vince.

—Oh. Je vais bien. Repose-moi par terre, s'il te plaît.

—Non, tu ne vas pas bien ! s'énerva-t-il. Tu es pâle comme un fantôme.

Jazzy suivit Vince dans la chambre qui se trouvait en face de celle de Gio... non, de leur chambre. Vince posa soigneusement sa sœur sur le lit, puis s'en alla.

Mary installa immédiatement des coussins dans le dos de Carmen et se précipita vers l'évier pour lui apporter de l'eau.

—S'il te plaît, promets-moi que tu passeras la nuit ici, insista Jazzy.

—Je ne peux pas. Franco va me chercher, et...

—Je suis sûre qu'il sera bientôt en chemin. Et, quand ce sera le cas, je l'enverrai te voir.

Même si cet enfoiré ne te mérite pas.

Même si Jazzy n'en avait rien à faire de son mariage, elle savait qu'elle ne pourrait pas rester à l'écart très longtemps. Elle ne savait pas vraiment au bout de combien de temps on remarquerait son absence et comment Gio le prendrait. Elle n'avait pas envie de le mettre en colère dès leur premier jour en tant que couple, donnant ainsi le ton pour la suite de leur mariage, quelle que soit la durée de celui-ci.

Mary semblait penser la même chose.

—Tu devrais retourner voir tes invités. Je resterai avec Carmen jusqu'à ce qu'elle se sente mieux.

Lorsque sa cousine insista pour qu'elle retourne à la réception, elle n'eut pas d'autre choix que de partir.

En descendant, elle trouva finalement Franco. Par accident, en vérité. Il sortait en douce d'une pièce qui donnait sur le couloir, suivi d'une blonde aux cheveux ébouriffés, s'essuyant les lèvres.

Jazzy ne se souvenait pas du prénom de cette femme, mais un peu plus tôt, elle l'avait aperçue au bras d'un autre homme. Elle saisit l'ourlet de sa robe et s'approcha de Franco.

JEUX DE POUVOIR

—Très classe. Se faire tailler une pipe alors que ta femme vient tout juste de s'évanouir sur la piste de danse.

Franco eut l'air surpris quand il la vit.

—Ça ne te regarde pas de savoir qui je baise, putain, grogna-t-il.

—Et je n'en aurais rien à faire si tu n'étais pas marié à ma sœur. Malheureusement, c'est le cas.

La blonde s'était figée, l'air incertain : elle ne savait pas si elle devait rester ou partir.

Franco fit un pas vers elle, voulant lui faire face mais, soudain, son comportement changea. Il changea tellement vite qu'elle faillit se faire un torticolis. Elle suivit son regard par-dessus son épaule.

Gio se tenait derrière elle. Quand il posa sa main dans le bas de son dos, bizarrement, elle se détendit.

—Un problème, Caruso ?

Franco se racla la gorge.

—Non, pas de problème. Je souhaitais juste un beau et long mariage à ma belle-sœur. Je lui ai donné quelques conseils, tu sais, sur comment rendre son mari heureux.

Après lui avoir fait un clin d'œil, qui la mit hors d'elle, il réajusta sa veste de costume et retourna au salon.

—Hum, je devrais probablement..., bégaya la blonde, tentant de le suivre.

—Attends une minute.

Elle ne pouvait peut-être rien faire contre le minable qui avait épousé sa sœur, mais pour cette bimbo, qui apparemment n'avait aucun problème à baiser avec un homme marié durant un mariage, c'était différent.

—À en juger par ton air peu surpris quand j'ai mentionné que Franco était marié, j'imagine que tu savais que tu baisais avec un mec déjà pris.

La blonde devint rouge cramoisi et agrippa sa pochette, comme si elle avait besoin de soutien.

—Si jamais je te revois encore avec lui, je te botte le cul. Maintenant, dégage de chez moi.

Jazzy ne se retourna pas pour voir la réaction de Gio en l'entendant virer son invitée. Il était possible qu'il soit du côté de la blonde. Après tout, c'était sa maison ; Jazzy ne l'avait même pas encore visitée. Il risquait de l'interpeller sur le fait qu'elle n'ait pas le droit de virer qui que ce soit.

Quand la blonde regarda Gio avec un soupçon de désir mal dissimulé, le niveau d'anxiété de Jazzy atteignit des sommets.

—Tu as entendu ma femme, Lisa. Va-t'en.

Quand Lisa s'éclipsa vers le vestiaire, Jazzy se tourna vers Gio. Elle était sur le point de le remercier, quand il la prit soudain dans ses bras et la porta jusqu'en haut des escaliers.

—Le seuil de la porte, dit-il en l'emmenant dans leur chambre.

CHAPITRE 11
JAZZY

Jazzy ne s'attendait pas à ce que Gio agisse de manière si traditionnelle avec elle, la portant par-dessus le seuil de la porte et la posant délicatement devant leur lit. Ce ne fut qu'à cet instant qu'elle remarqua les bougies qui éclairaient faiblement la pièce et les pétales de rose sur le lit. Quelqu'un s'était donné la peine d'embellir la chambre, de la faire ressembler à une suite pour une lune de miel avec une bouteille de champagne sur la table de nuit.

—Cette chambre, c'est la Suisse, dit-il tout à coup.

Pas besoin de s'expliquer, elle avait compris qu'elle n'était pas censée parler de leurs problèmes ici.

Maintenant qu'elle était seule avec lui, elle ne savait pas vraiment comment réagir. De toute évidence, elle savait ce qui l'attendait, puisque c'était leur nuit de noces et honnêtement elle serait la pire des hypocrites si elle niait vouloir coucher avec lui. Mais quand même, une partie d'elle ne savait pas vraiment ce qui allait se passer. Serait-il doux, passionné ou une véritable bête, pour se venger après qu'elle l'eut fui ? Elle ne le savait pas, car elle ne *le* connaissait pas. Ça et un million d'autres pensées lui traversèrent l'esprit alors qu'elle s'asseyait sur le coin du lit. Elle était, en quelque sorte, à sa merci, et elle n'aimait pas du tout cette sensation.

Jazzy leva la tête quand elle réalisa qu'elle regardait ses pieds. Gio la souleva du lit et la fit pivoter, rabattant ses longues boucles par-dessus son épaule. Lentement, il commença à déboutonner sa robe.

Soudain, elle fut ravie que cette robe vintage ait un million de petits boutons dans le dos. Après les deux premiers, elle l'entendit jurer et elle ne put s'empêcher de sourire. Grâce à ça, elle fut moins nerveuse.

—Tu trouves ça drôle, *bella* ?

Il n'y avait aucune colère dans sa voix.

—Oui, admit-elle.

Il abandonna l'idée de défaire ses boutons et l'attrapa par les hanches, l'attirant contre son torse. Malgré toutes les couches de sa robe, elle pouvait sentir sa chaleur. Giovanni Detta était torride, dans tous les sens du terme.

Il commença par embrasser ses épaules, la faisant fondre contre sa silhouette bien plus imposante que la sienne. Sa tête se retrouva dans le creux de son cou. Il enroula un bras autour de sa taille, la tenant fermement, tandis que l'autre remontait jusqu'en haut de son corsage. D'un seul coup, il déchira le haut, faisant déborder ses seins de sa robe.

En un clin d'œil, elle se libéra de sa robe de mariée, ne portant plus que des bas en soie remontant jusqu'aux cuisses et une petite culotte.

Il la retourna pour lui faire face.

Ses yeux étaient sombres et miroitaient de désir.

—Oh, comme j'ai attendu ce moment.

JEUX DE POUVOIR

Tout comme elle, sauf qu'elle ne l'admettrait pas. De plus, elle ne put répondre que par un gémissement, car sa main venait de trouver son mamelon. Son doigt encerclait le téton, le tirait, le rendant plus long et dur.

Quand il le lui pinça, elle ne put retenir un soupir.

Cette fois-ci, ce fut à son tour de rire.

—Tu aimes ça, hein ? Une pointe de douleur.

Ce n'était pas une question, alors elle ne prit pas la peine de lui mentir en le niant.

Il suffisait de le regarder dans les yeux pour y voir la promesse d'une nuit longue et éprouvante avec lui.

Il prit ses deux seins dans ses mains, leur prodiguant beaucoup d'attention, les embrassant, frottant son nez contre eux et la faisant soupirer quand il en mordit les extrémités, puis les lécha pour apaiser la douleur. À la fin de son exploration, elle haletait comme jamais. Cette brûlure lente allait la tuer.

—Le voilà, dit-il.

—Voilà quoi ?

Elle avait du mal à parler de manière cohérente, l'esprit embrouillé par une overdose de luxure.

—Ce même regard que tu avais quand tu étais sous moi dans la bibliothèque. Ce regard qui dit que tu as envie que je te baise.

Elle voulut protester, car il était déjà trop imbu de lui-même, quand il enfonça soudain sa langue dans sa bouche, lui coupant la parole.

Quand il se retira, son souffle était chaud contre son oreille.

—Si jamais je te vois regarder un autre homme comme ça, je le tuerai. Maintenant, déshabille-moi.

Ses mains tremblèrent quand elle saisit sa ceinture et l'enleva. Elle tira son pantalon vers le bas en un seul coup, s'agenouillant à ses pieds pour le lui enlever. Son regard se tourna vers l'impressionnant renflement dans son champ de vision. Sa bouche se mit à saliver rien qu'à l'idée de le prendre en elle. Dans sa bouche humide et dans sa chatte palpitante.

Il l'attrapa par les cheveux et la remonta lentement.

—Il y aura un temps pour ça plus tard. D'abord, c'est à moi de jouer.

Il plaça une main sur sa poitrine et la poussa vers l'arrière jusqu'à ce que ses mollets touchent le lit.

—Couche-toi sur le dos et mets tes mains au-dessus de ta tête, contre la tête de lit, ordonna-t-il.

Elle s'exécuta. Pour le moment. Elle pouvait lui accorder ça. L'obéissance. Quelque chose qui ne lui était pas familier, mais un pari était un pari. Il l'avait retrouvée. Elle avait perdu.

—Ne t'habitue pas à ça, siffla-t-elle alors qu'il se penchait sur elle, tirant brutalement son mamelon.

—À quoi ? À te baiser ? Oh, si, j'en ai bien l'intention.

Il plaça un oreiller sous ses fesses, écartant largement ses jambes. Puis, il se coucha sur elle, les yeux rivés sur sa culotte. Il la lui arracha, comme si celle-ci l'offensait. Vu que Jazzy se mettait désormais à porter de beaux sous-vêtements, Samantha risquait bientôt de recevoir un appel.

Mais l'idée d'acheter de la nouvelle lingerie lui sortit immédiatement de la tête quand Gio enfonça un doigt épais en elle, profondément, sans prévenir. Il la pénétra, une fois, deux fois, trois fois, puis ajouta deux doigts en plus, la remplissant. Elle pouvait sentir sa moiteur s'écouler vers le bas, jusqu'à sa vulve.

JEUX DE POUVOIR

Quand elle se cambra, fermant ses jambes de manière involontaire, il lui donna une claque sur les fesses.

—Garde-les écartées. Je ne te le dirai pas deux fois.

—Sinon quoi ?

Elle ne put s'empêcher de vouloir provoquer cet air de défi dans son regard. Et puis, elle se demandait vraiment ce qu'il ferait.

Un sourire féroce apparut sur son beau visage.

—Sinon je serai obligé de t'immobiliser pour que tu ne puisses plus bouger. Ensuite, je remplirai ta chatte, je te laisserai t'enflammer, puis je refuserai de le laisser jouir.

Jazzy gémit. Pourquoi cela semblait-il horrible et incroyable à la fois ?

—Cette idée te plaît, murmura-t-il.

—Non, c'est faux.

—Je savais que tu serais comme ça.

Sa voix était toujours aussi douce, comme s'il parlait plus à lui-même qu'avec elle.

—Comme quoi ?

—Aventureuse.

C'était tout ? Un seul mot ? Cela pouvait vouloir dire n'importe quoi.

Elle se laissa distraire par cette pensée lorsqu'il se releva soudain et enleva son caleçon. Sa verge épaisse sautilla hors de cet espace confiné, pointant vers le haut. Il glissa à côté d'elle sur le lit et l'attira sur lui, jusqu'à ce qu'elle le chevauche.

Sans même lui laisser une seconde pour se ressaisir, il attrapa ses hanches et l'empala sur son membre. Elle cria de joie, mais aussi à cause d'un doux soupçon de douleur.

—Chevauche ma queue. Bien fort.

Il ne lui laissait pas le choix. Elle se sentait si pleine, si magnifiquement pleine, que ses hanches se mirent en mouvement, comme si elles étaient autonomes. Elle posa ses mains sur ses épaules, allant d'avant en arrière, se donnant toute entière à lui et prenant son plaisir.

Il gémit et commença à la baiser par en dessous avec des coups de reins puissants pendant qu'elle continuait de le chevaucher. Bien fort. Apparemment, il aimait ça, car un autre gémissement suivit.

Elle sentit ses doigts entre eux, glissant vers son sexe. Une décharge électrique la traversa lorsqu'il trouva son clitoris, le frottant, encerclant ce petit bourgeon. Elle laissa échapper un gémissement lorsqu'il ramena son doigt en arrière. La pression en elle grimpait encore et encore, la faisant presque crier. Tout son qui aurait pu franchir ses lèvres fut étouffé quand il se releva et dévora sa bouche. Il la prit violemment, au même rythme qu'il la baisait, l'attrapant par les cuisses, la pénétrant par en dessous.

Elle ondula des hanches, s'enfonçant en lui, exigeant de jouir. Quand il mordit à nouveau son mamelon, elle se mit à crier. Son orgasme l'ébranla, les frontières du monde autour d'elle s'assombrirent.

Avec un soupir, elle se laissa retomber sur lui, totalement épuisée. Il lui fallut une seconde pour réaliser que, contrairement à elle, il n'avait pas joui.

Elle fronça les sourcils, tendant la main vers son érection saillante.

—Pas besoin de ça, dit-il, caressant le V entre ses yeux avec son doigt.

Elle commença à se lever, mais il la retint.

JEUX DE POUVOIR

—Je, hum... tu veux que je m'en occupe ?

Ce qui était une question stupide. Évidemment qu'il le voulait. Quel homme voudrait aller se coucher avec une gaule pareille.

—Oui, Jazzy, j'aimerais bien.

Elle sentit dans sa voix qu'il souriait intérieurement, prenant un ton auquel elle n'était pas habituée. Jusqu'à présent, il avait été autoritaire, arrogant, et parfois insupportable, mais jamais... espiègle, comme ça. Elle se demanda alors qui était le vrai Giovanni Detta. Elle s'attendait à ce qu'il exige une fellation, ce qu'elle avait d'ailleurs hâte de faire, mais il la surprit à nouveau en la retournant sur le ventre.

Il leva ses hanches et enfonça son membre en elle.

—Détends-toi juste et profite du voyage, *bella*.

Et quel voyage c'était...

CHAPITRE 12
JAZZY

Quand Jazzy se réveilla le lendemain matin, ce fut dans un lit vide. Elle attrapa son téléphone sur la table de nuit, prête à aller voir comment allait sa sœur lorsqu'elle découvrit que Carmen était rentrée chez elle. Elle lui avait laissé un message, lui expliquant qu'elle allait bien – ce que Jazzy avait du mal à croire – et qu'elle devait profiter de sa lune de miel.

Tu parles d'une lune de miel quand ton mari te laisse te débrouiller toute seule le lendemain de ton mariage. Même si elle ne s'attendait pas vraiment à ce qu'ils se comportent comme de jeunes mariés. Après tout, les circonstances les avaient forcés à s'épouser, mais cela la blessait quand même que Gio n'ait pas fait l'effort de rester au lit avec elle.

Après une douche rapide, elle s'en alla chercher des vêtements et découvrit que ceux-ci avaient déjà été apportés. Quelqu'un avait même fait de la place dans le placard et la commode pour elle. Elle enfila un jean et un tee-shirt et descendit les escaliers.

Il y avait des gens dans le couloir, ces derniers enlevaient les décorations de mariage de la vieille qui subsistaient. Il n'y avait aucune trace de Gio. Dans le salon, elle fut accueillie par une femme robuste portant une robe grise et dont le chignon était encore plus gris.

—Bonjour, Mme Detta.

Ah oui, c'est vrai, je m'appelle comme ça, maintenant.

—Bonjour.

La femme lui fit un sourire timide.

—Je suis Thea, votre gouvernante. Votre petit-déjeuner est prêt. Veuillez me suivre, s'il vous plaît.

L'estomac de Jazzy gronda lorsqu'elle sentit l'odeur du pain frais. Elle prit place à la table de la cuisine somptueusement décorée pendant que Thea lui servait un jus d'orange frais.

—Ravie de vous rencontrer, Thea. Et merci, mais vous n'avez pas besoin de vous occuper de moi comme ça. Honnêtement, je suis tout à fait capable de me servir mon propre jus de fruit, dit-elle en terminant sa phrase par un sourire afin d'adoucir ses paroles.

À en juger par le sourire de Thea, elle n'en fut pas offensée le moins du monde.

—Je reviendrai après votre petit-déjeuner et vous montrerai votre nouvelle maison, Mme Detta.

Jazzy grimaça. Elle n'était pas habituée à ce truc de « Mme ». Les gouvernantes chez elle étaient là depuis qu'elle était petite et aucune d'entre elles n'avait jamais été formelle. Cela faisait bizarre.

—Pouvez-vous m'appeler par mon prénom, Thea, s'il vous plaît ? Jocelyn ou Jazzy pour faire plus court.

Elle sourit à nouveau en hochant la tête.

—Alors, hum, avez-vous vu mon mari ce matin ?

—Oui. Après le petit-déjeuner il s'est retiré à la bibliothèque pour une réunion avec ses frères.

Une réunion, hein ? Eh bien, s'il n'avait pas envie de la rejoindre pour le petit-déjeuner, elle n'allait certainement pas lui demander.

JEUX DE POUVOIR

Elle leva les yeux quand Thea lui glissa une enveloppe. Avant même qu'elle n'ait le temps de lui demander quoi ce soit, la femme était déjà partie.

Jazzy ouvrit l'enveloppe, ne sachant pas vraiment à quoi s'attendre. Quand elle vit la carte de crédit *American Express* noire, elle resta sans voix durant une seconde. Puis son mutisme se transforma en rage, qui découla sur un plan. Elle devait garder à l'esprit que Gio était riche. Tellement riche que c'en était presque obscène. Un homme comme lui s'attendait à ce que sa femme dépense son argent, et beaucoup apparemment. Gina par exemple s'attendrait, au minimum, à recevoir une carte Centurion de la part de son mari. Elle ne devait donc pas être surprise que Gio l'ait mise dans la même catégorie que sa cousine. Elle décida de lui accorder le bénéfice du doute.

Après avoir dégusté de délicieux pancakes aux myrtilles, Jazzy décida de ne pas attendre Thea, mais de faire elle-même le tour de sa nouvelle maison. Elle était plus grande que le manoir des Rossi, avec plus de chambres qu'elle ne pouvait en compter, une salle à manger, un salon, des boiseries traditionnelles et un vaste jardin privé à l'intérieur. Lorsqu'elle croisa à nouveau Thea – cette fois-ci, elle était en train d'épousseter les armoires du salon – elle apprit que cela ne faisait qu'un mois que Gio avait emménagé ici. Elle découvrit également que la maison n'avait pas été transformée en féérie hivernale pour le mariage : c'était le décor par défaut.

Manifestement, la décoratrice d'intérieur adorait les couleurs blanches et crème puisqu'elle avait transformé la maison en un paysage hivernal stérile. La seule couleur et touche créative qu'avait remarquée Jazzy jusqu'à présent était l'art abstrait et coloré dans les chambres. L'endroit manquait de caractère, ce qui était dommage, car la maison victorienne avait le potentiel d'être une maison confortable avec des murs en briques, une cheminée et tout.

La seule note personnelle était une photo de famille au-dessus de l'âtre. La ressemblance entre Gio et ses frères était indéniable. Ils avaient tous les mêmes yeux bleus et perçants. À l'exception d'Hector, bien sûr, qui était également inclus sur le cliché. Ses yeux étaient d'un vert mousse.

Ayant assez exploré pour la journée, Jazzy se rendit dans le couloir pour prendre son manteau lorsque la sonnette retentit.

Thea fut là en un éclair, ouvrant la porte.

—Bonjour, puis-je vous aider, mademoiselle ? demanda-t-elle en reculant pour laisser entrer la visiteuse.

Une grande blonde avec une valise *Louis Vuitton* passa devant la gouvernante.

—Il faut que quelqu'un paie le taxi, annonça-t-elle sans même prendre la peine de les saluer.

Après avoir regardé Jazzy de la tête aux pieds d'un air brusque, elle cloua Thea du regard avec ses lunettes de soleil en forme d'yeux de chat.

—Toi. Fais-moi un expresso. Un double.

—Je...

Thea lança un regard impuissant vers Jazzy.

La blonde laissa retomber son sac et mit ses lunettes sur le haut de sa tête. Elle regarda autour d'elle avec curiosité et Jazzy soupçonna qu'elle ne soit jamais venue ici auparavant.

—Où est Gio ? Oh, peu importe. J'ai envie de lui faire la surprise. Mettez mon sac dans sa chambre.

—S'il vous plaît.

JEUX DE POUVOIR

Jazzy prononça lentement ces mots, les présentant à cette fille.

Elle répondit par un sourcil parfaitement épilé et relevé.

—Pardon ?

—Pardon, ça marche aussi, mais je partais plus sur « s'il vous plaît ». Vous savez, ce terme qu'on utilise quand on demande à quelqu'un de faire quelque chose pour soi.

—Trop chou. De toute évidence, tu ne sais pas qui je suis.

Malheureusement, Jazzy avait le sentiment que si. Elle ne savait juste pas encore comment réagir. Aucune femme ne s'attendait à devoir faire face à la maîtresse de son mari, chez elle, le lendemain de son mariage.

Pourtant, elle rétorqua :

—Non seulement je ne sais pas qui tu es, mais je m'en fiche.

Ce qui était vrai.

—Et Thea, ici présente, continua-t-elle, oui, elle a un nom, n'est pas ta servante, donc tu devras te préparer ton fichu expresso toi-même.

La blonde posa les mains sur ses hanches fines.

—Je suis Vanessa Montgomery. La petite amie de Giovanni.

—Ravie de te rencontrer, Vanessa. Je suis Jocelyn Detta.

Elle n'avait pas encore décidé si elle allait porter le nom de famille de Giovanni. Apparemment, c'était le bon moment pour prendre cette décision.

—Ah. Sa sœur ?

Le comportement de Vanessa changea en un clin d'œil quand un sourire illumina son visage alors qu'elle revêtait son masque de « rencontre avec la famille ».

Copiant le sourire hypocrite de Vanessa, Jazzy la regarda droit dans les yeux.
—Non. Sa femme.

CHAPITRE 13
GIO

Gio étudiait certains documents que Jackson lui avait remis, mais son esprit ne cessait de divaguer. Cela avait été une expérience étrange que de se réveiller aux côtés d'une femme. Une femme nouvelle, mais pas désagréable. Jazzy s'était étalée sur son torse, une jambe enroulée autour de lui, sa tête blottie sous son menton. Il n'avait pas été facile de l'arracher à lui sans la réveiller. Ne pas vouloir quitter son lit à l'aube avait également été une nouvelle expérience. Son corps n'avait pas voulu la quitter, mais il s'était quand même forcé à partir. Il l'avait déjà réveillée deux fois dans la nuit, savourant ses cris alors qu'il la prenait à nouveau. Elle était bruyante au lit et si réceptive. Tellement réceptive, bon sang !

Il ne pouvait pas se laisser distraire par elle. Il était le chef de cette famille et avait certaines obligations. Comme détruire la vie de l'enfoiré qui avait assassiné ses parents, pour commencer. Jocelyn finirait par le distraire s'il passait du temps avec elle. Il ne pouvait laisser quiconque ou quoi que ce soit se mettre entre lui et la vengeance de ses parents. Il avait déjà perdu le contrôle avec elle la nuit dernière, son désir pour elle étant apparemment insatiable. Cela ne pouvait pas se reproduire. Pas pendant la journée, quand il devait se concentrer sur le déclin d'Oscar Bianchi, putain !

—Tu ne devrais pas être ailleurs, toi ? demanda Jackson.
—Quoi ?

Son frère soupira.

—Comme je te l'ai demandé ce matin, tu ne devrais pas plutôt être avec ta nouvelle épouse plutôt qu'ici ? Techniquement, c'est ta lune de miel, après tout. Et puis, tu es là sans vraiment être là.

Gio saisit les documents qui indiquaient qu'ils possédaient désormais l'entreprise Rossi ; le dernier domino qu'ils devaient retirer afin d'assurer la chute de Bianchi. Il était effectivement temps de stopper toute rentrée d'argent pour Bianchi. Sans argent, il n'y avait pas de pouvoir. Et pour un homme comme Bianchi, l'absence de pouvoir était le début de la fin.

—N'oublions pas pourquoi il s'est marié en premier lieu, dit Vince.

—Nous avons ce dont nous avions besoin. Il est temps de débusquer ce serpent.

À en juger par le froncement de sourcil de Jackson, il n'approuvait pas. Mais Gio savait que ce dernier avait fini par apprécier Jazzy. Et puis, des quatre, Jax était le moins affecté. Il n'était encore qu'un bébé quand leurs parents avaient été assassinés et qu'ils avaient été placés dans un foyer. Son petit frère n'avait aucun souvenir, et ne faisait pas de cauchemars, de ces trois mois passés là-bas. Contrairement aux autres, il avait quitté cet endroit en étant indemne. Mais être aussi jeune avait aussi des désavantages. Jackson ne se souvenait absolument pas de leurs parents. Il ne se rappelait pas le sourire chaleureux de sa mère ni sa voix douce quand elle lui chantait des berceuses. Gio ne savait pas ce qui était pire : se rappeler, ou non.

—Tout ira bien pour Jazzy.

Il avait donné quelques instructions à Thea.

—Et qu'en est-il de Luca ? On a des nouvelles sur l'affaire ?

JEUX DE POUVOIR

—Rien qui puisse nous permettre de le faire sortir, dit Jax en soupirant.

C'était lui qui avait le plus souffert quand leur frère était allé en prison il y a un an. En tant qu'avocat, cela faisait un moment qu'il ne croyait plus au système juridique.

C'était presque comique de voir comment ils s'étaient battus pour passer des taudis de Tenderloin au sommet, causant des dommages quand c'était nécessaire, et Luca – propriétaire d'un casino et entrepreneur – avait fini derrière les barreaux pour fraude fiscale. Chose qu'il n'avait jamais commise.

—Mais nous avons quelques pistes, continua Jax. Celui qui a piégé Luca devait être l'un de ses proches. J'ai mis le même cabinet sur l'affaire que ceux qui ont trouvé qui avait assassiné Maman et Papa.

—Vince a raison, acquiesça Gio. Il est temps de passer à la Phase Deux. Où en sommes-nous avec les recouvreurs de Bianchi ?

—À ce jour, chacun d'entre eux nous a transféré ses dettes. Étant donné que l'entreprise Rossi ne financera plus Bianchi, ce qui était d'ailleurs un accord stupide au départ, il devra trouver d'autres moyens de payer ses dettes. D'après les rumeurs, il est devenu fou de rage hier quand il a appris qu'il avait perdu un autre contrat gouvernemental.

Bianchi avait perdu beaucoup de contrats, cette année. Ils avaient fait en sorte que le mode de vie de Bianchi se dégrade, petit à petit, faisant de lui un moins que rien aux yeux de ses pairs. De sorte qu'il ne soit plus intouchable quand ils décideraient de se venger. Tuer l'homme de sang-froid serait une mort bien trop propre et facile. Ils voulaient lui enlever tout ce qu'il avait. Le jeter à la rue, qu'il ait froid et soit seul et misérable.

Chaque homme avait un point faible. Et pour Bianchi, il s'agissait de sa réputation en tant que prestigieux homme d'affaires. Ce salaud avait débuté comme membre de la Mafia, tout comme le père de Gio, mais, au cours de la dernière décennie, il avait fait la transition nécessaire pour devenir réglo. Il aimait serrer la main du maire et jouer au golf avec la crème de la crème de San Francisco. Un monde où un jour vous étiez le meilleur ami de quelqu'un et le lendemain vous pouviez devenir un paria.

Et aujourd'hui, Oscar « le Couteau » Bianchi deviendrait un lapin désespéré, prêt à courir dans les bois pour sauver sa peau. Et Gio s'apprêtait à envoyer les chiens de chasse.

Ils continuèrent de travailler jusqu'au déjeuner, quand ils furent soudainement dérangés par des voix fortes. Aussitôt, la porte s'ouvrit et Hector entra. Comme d'habitude, il avait l'air renfrogné.

—Il faut que tu descendes. On a un problème.

Gio n'eut pas le temps de le questionner alors qu'il le suivait. Comme son ami ne semblait que légèrement contrarié, ça ne devait pas être si grave que ça.

Gio fut confronté à la situation dès la seconde où il descendit les escaliers.

—Vanessa. Qu'est-ce que tu fais là ?

C'était une question justifiée étant donné qu'il avait rompu avec elle il y a plusieurs semaines.

JEUX DE POUVOIR

Dès qu'elle entendit sa voix, elle pivota vers lui, lui jetant un regard noir. Mais il s'en fichait. Son attention se focalisa sur sa femme. Jazzy avait croisé les bras sur sa poitrine et lui fit un sourire. Toutefois il se doutait que celui-ci n'était pas vraiment aimable.

—Il y avait un panneau « À vendre » devant notre appartement, alors je suis venue ici pour te faire une surprise. Et, à la place, c'est moi qui ai été surprise en apprenant que tu t'étais *marié* ! hurla Vanessa.

Sa voix avait-elle toujours été aussi exaspérante ?

—*Mon* appartement, la corrigea-t-il.

Elle l'ignora et continua son cirque.

—Je pars quelques semaines pour un shooting photo et tu te maries dans mon dos ?

Jazzy attrapa sa veste sur le porte-manteau.

—Je vais vous laisser entre amants pour régler ça.

Ironiquement, la seule femme qui avait le droit de lui demander une explication ne le fit pas. Jazzy était déjà au niveau de la porte.

—Tu crois que tu vas où, comme ça ? grogna Vanessa, levant la main et s'avançant vers Jazzy qui était de dos.

—Si tu la touches, je te tue.

Gio tenta de contenir sa rage face à la jalousie injustifiée de son ex-copine.

—Je... tu ne le penses pas, dit Vanessa qui se mit à bégayer.

Jazzy pivota, se retrouvant face à face avec les griffes de Vanessa. Elle parut surprise, puis se renfrogna et prit une position défensive. À en juger par son air agacé, elle attendait de voir ce qu'il allait faire. D'un côté, il l'admira pour lui avoir laissé le soin de s'occuper de cela, au lieu de l'emmerder. Mais bizarrement, de l'autre, il était déçu, ce qui n'avait aucun sens.

—J'ai mis fin à notre relation il y a des semaines. J'ai mis mon appartement en vente. T'as pas encore compris le message, putain ? Si tu te pointes encore ici pour perturber mon foyer et manquer de respect à ma femme, je mettrai fin à ta carrière. Il suffit d'un coup de téléphone. Ne me teste pas.

Vanessa tressaillit, le regardant un instant, la bouche ouverte, avant d'attraper sa valise et de partir, en claquant la porte derrière elle.

Sa femme lui jeta un regard noir, puis fit glisser quelque chose – qui ressemblait à une carte de crédit – sur le comptoir et s'en alla également. Son silence était plus bruyant que n'importe quel claquement de porte.

Gio ne la poursuivit pas. De toute évidence, Jazzy avait besoin d'un peu de temps pour se calmer. Il n'eut pas besoin de demander à Hector de la suivre. Car, quoi qu'il arrive, il ne la laisserait jamais partir sans protection. Elle était une Detta, désormais.

CHAPITRE 14
JAZZY

Jazzy se gara dans un parking près du dock 39 pour retrouver Tommie. Alors qu'elle marchait jusqu'au *Eagle Café*, elle repensa à cette phrase qui disait que l'enfer ne pourrait jamais égaler la fureur d'une femme bafouée. Même si, techniquement, elle n'était pas celle qui avait été bafouée cet après-midi, elle avait quand même envie de déchaîner les enfers sur quelqu'un. Les raisons en étaient simples. Avant toute chose, il y avait la confrontation entre Vanessa et Gio qui semblait sortir tout droit d'un mauvais feuilleton. Elle n'en avait rien à faire qu'apparemment son mari ait rompu avec la blonde il y a plusieurs semaines. Non, elle n'en avait strictement rien à faire. Par contre, ce qui la *contrariait*, c'était l'apparence de cette blonde – manifestement un mannequin, à en juger par sa silhouette parfaite et sa mention d'un shooting photo. Elle était magnifique. Un corps parfait, des cheveux parfaits. Comment Gio avait-il pu passer de cette perfection à Jazzy ? Non pas qu'elle était une idiote peu sûre d'elle, mais quand même. Elle était ronde, petite, même, comparée à Vanessa et ses longues jambes, et brune. Leur nuit de noces avait été pleine de passion et leur alchimie avait atteint des sommets. Mais cela suffirait-il à le garder si des femmes comme Vanessa lui couraient après ? Et pourquoi s'en souciait-elle ? C'était ça qui l'irritait le plus : qu'elle en ait quelque chose à faire, justement. En fin de compte, leur mariage était une union arrangée. Elle n'était rien d'autre qu'une transaction pour lui et elle ferait bien de s'en souvenir. La deuxième chose inquiétante ce matin, c'était qu'elle n'avait toujours pas réussi à joindre sa sœur.

Un million de choses lui passèrent par la tête alors qu'elle entrait dans son café favori, sur les docks.

—Ah, te voilà, ma poule, l'accueillit Tommie.

Il leur avait gardé une place au fond, avec vue sur l'océan.

—Salut, petit Schtroumpf.

Elle l'embrassa sur la joue et se laissa tomber sur la chaise à côté de lui.

—Admets-le. Tu adores ma nouvelle coiffure.

Jazzy leva les yeux au ciel.

—OK. Ça te va bien.

Ce qui était vrai. Ces cheveux bleu glacé lui allaient bien, tout comme ses piercings aux sourcils. Ne jamais juger un livre à sa couverture aurait dû être la devise de Tommie, car sous cette crête bleue, ce jean miteux et ce look de bad boy se cachait un requin du commerce. Des deux, c'était elle qui, en majeure partie, codait leur programme, et lui s'occupait de l'aspect créatif comme le marketing, mais aussi des finances.

Malheureusement, aucun d'eux n'avait l'argent nécessaire pour donner vie à leur logiciel. Pas encore. Elle ne pouvait pas demander à son grand-père de financer leur entreprise, car il trouverait tout à fait ridicule l'idée qu'une des filles Rossi travaille. Et Tommie avait à peine de quoi payer son loyer en travaillant dans un magasin d'informatique. Sans sa bourse d'études, il n'aurait jamais pu entrer à l'université et, à la place, il serait devenu un sale type, dominant le monde.

—Bon, tu sais que je cherche actuellement un endroit pour nous qui ne soit pas trop cher ni dans un quartier louche ?

JEUX DE POUVOIR

—Ouais.

Elle fit un signe à la serveuse du fond, lui demandant silencieusement un café.

—Comment se passent tes recherches ? demanda-t-elle.

Il grimaça.

—Pas très bien.

—C'est à ça que sert notre business plan, non ? À convaincre la banque de nous accorder un prêt pour démarrer.

—Hum.

Il cliqua sur son ordinateur portable et lui montra quelques graphiques.

Pendant ce temps, alors qu'elle discutait avec lui de leur business plan, son esprit ne cessait de divaguer, repensant à Gio. Et à Vanessa. Cela la rongeait de l'intérieur de ne pas savoir si elle devait s'attendre à ce qu'une situation pareille se reproduise. Ou, pire encore, qu'il arrange les choses avec Vanessa dans son dos, ou avec une autre femme. Il était évidemment temps d'établir des règles de base entre eux. En repensant aux événements de cet après-midi, elle réalisa qu'elle avait commis une erreur. L'état d'esprit dans lequel elle était, selon lequel ce mariage n'était que temporaire, ne l'aidait pas du tout. En vérité, cela pourrait donner l'impression à Gio qu'il pouvait coucher à droite à gauche.

—Il faut que j'y aille.

Tommie fut coupé en plein milieu de sa phrase.

—Quoi ?

Jazzy posa quelques billets sur la table et attrapa son sac.

—Je suis désolée, j'avais oublié que je devais faire quelque chose. Est-ce qu'on peut terminer ça la semaine prochaine ? Chez moi ?

Sans attendre sa réponse, elle embrassa son visage perplexe et s'en alla.

***

—Bienvenue chez vous, Mme D – Thea se racla la gorge – je veux dire, Jocelyn.
—Salut, Thea.

Jazzy accrocha sa veste sur le porte-manteau et regarda autour d'elle. À part une femme de ménage dans le couloir, la maison semblait vide.

—Mon mari est-il dans les parages ?
—Non, il est parti peu de temps après vous.

Bon, apparemment leur discussion allait devoir attendre.

—D'accord, je vais travailler dans le salon.

Elle s'installa sur le canapé en cuir près de la cheminée. Une demi-heure plus tard, ses fesses commencèrent à lui faire mal à cause du cuir rigide et elle se leva. Elle s'étira et s'installa sur le tapis pelucheux en face de la cheminée. Mais elle pensa tout de même à placer un coussin sous ses fesses avant de taper à nouveau sur le clavier.

Elle tenta une fois de plus de joindre sa sœur, mais Carmen ne décrocha pas le téléphone. Peut-être qu'elle était vraiment à San Diego, ou peut-être qu'elle s'était disputée avec Franco. C'était vraiment affreux d'espérer que le mariage de quelqu'un s'effondre, mais c'était exactement ce que faisait Jazzy. Cela la tuait d'être aussi impuissante tout en sachant que, pendant ce temps, sa sœur souffrait.

JEUX DE POUVOIR

Malheureusement, tout ce qu'elle pouvait faire, c'était envoyer des SMS à Carmen pour lui dire qu'elle était là si elle avait besoin d'aide.

Cela faisait deux heures qu'elle faisait du codage et se sentait prête à faire une pause, quand une ombre s'abattit sur elle.

—Pourquoi est-ce que tu es assise par terre ?

Elle leva les yeux pour voir Gio qui la surplombait. Il était magnifique dans son costume sombre avec sa cravate noire.

—Parce que ton canapé est dur comme un roc, répondit-elle en se relevant. Il faut qu'on parle.

—Des mots qu'aucun homme n'aime entendre de la part d'une femme, dit-il en desserrant sa cravate.

—C'est dommage pour toi, mais j'ai pas mal réfléchi et je crois que nous sommes partis du mauvais pied.

—Et de quel pied s'agit-il ?

—La façon dont notre mariage a eu lieu et les attentes que tu pourrais avoir. Je me fiche de savoir que ce mariage était arrangé et qu'il a une date d'expiration.

Elle ignora son froncement de sourcil quand elle mentionna cette dernière partie.

—Je n'accepterai pas que mon mari me trompe, continua-t-elle.

Il fit tomber sa cravate et s'approcha d'elle jusqu'à ce que son dos touche le mur.

—Est-ce que tu m'accuses d'être infidèle ?

—Non, pas du tout, s'empressa-t-elle de le rassurer.

Toutefois, elle voulait s'assurer qu'il connaisse son point de vue sur la question.

—Mais je veux que les choses soient claires. Je ne suis pas comme ma sœur. Par exemple, si mon mari me trompait, je ne fermerais pas les yeux. Je lui ferais regretter.

Faites qu'il comprenne l'allusion.

Sa main se retrouva sur sa nuque, jouant avec quelques mèches de cheveux.

—Ah oui ? Et qu'est-ce que tu ferais, exactement ?

Elle lui adressa un doux sourire.

—Je lui rendrais la pareille.

L'amusement quitta son regard, immédiatement remplacé par un frisson. Pendant une seconde, son emprise sur son crâne se raffermit, puis il se détendit.

—Non, tu ne le ferais pas.

—Tu es sûr de ça ? le défia-t-elle, sans se défiler.

Elle ne comptait pas accepter que Gio ait toute une ribambelle de maîtresses. S'il n'était pas capable de la garder dans son froc pendant deux ans, ce serait son problème. Elle quitterait ce minable, quelles qu'en soient les conséquences.

—Oui, j'en suis sûr.

Avec sa main autour de sa taille, il l'attira plus près de lui.

—Tu vois, continua-t-il, si tu voulais me rendre la pareille, comme tu le dis, tu aurais simplement la mort d'un autre homme sur la conscience. Parce que je démolirai tout homme qui osera te toucher, putain. À mains nues.

—Vraiment ? Pourtant tu as laissé vivre ce connard qui m'a touchée.

Ah, apparemment elle était toujours contrariée par cette histoire.

JEUX DE POUVOIR

—Tu n'étais pas encore une Detta à ce moment-là. Mais maintenant, oui. Si l'on te touche, c'est comme si l'on me touchait, moi.

—Pouvons-nous en revenir au problème principal ?

Sa main qui glissait vers sa poitrine était très distrayante. Et ce n'était pas le moment d'être distraite. Elle était en train d'essayer de prendre position, bon sang.

—Oui, bien sûr. Tu ne veux pas que je baise d'autres femmes.

Il la souleva et marcha jusqu'au canapé, la posant sur ses genoux.

—En parlant de baiser d'autres personnes. C'est qui, ce gars ?

Elle lui lança un regard perplexe.

—Qui ?

—Ce connard avec qui tu as passé la matinée sur les docks.

—Tu m'as fait suivre ?

—Évidemment que je t'ai fait suivre. Tu es ma femme. C'est mon travail de te protéger. Et réponds à ma question. Qui est-ce ? Est-ce que tu es allée le voir pour me rendre la pareille, pour mettre ta menace, que tu viens de m'exposer, à exécution ?

Il lui fallut une seconde pour suivre le cheminement de sa pensée. Puis elle eut envie de le gifler. Comment osait-il l'accuser ?

—Non, imbécile. Je ne suis pas allée voir Tommie pour coucher avec lui. Tommie est mon ancien pote de l'université et mon associé et...

—Associé ?

Cela ne semblait pas lui plaire. Dommage.

—Oui, mon associé. Mon collaborateur, quel que soit le terme sophistiqué que tu souhaites utiliser. Même si ce n'est pas important. Donc ça n'a rien à voir avec Tommie, qui est gay, d'ailleurs.

Elle ne savait pas vraiment pourquoi elle mentionna cette dernière partie. Peut-être à cause du regard glacial de Gio et le fait qu'il ait menacé d'assassiner tout homme qui oserait la toucher. Il était hors de question qu'elle mette Tommie en danger.

—J'en ai rien à foutre. Il a quand même une bite.
—Sérieusement ?

Quand elle vit que son air renfrogné ne disparaissait pas, elle secoua la tête.

—Je ne veux pas que ma femme travaille. Tu n'en as pas besoin.

Comment avaient-ils pu passer d'une querelle sur son ancienne maîtresse à une querelle sur son travail ?

—Ouais, ben moi, je n'ai pas envie de me réveiller seule, comme un coup d'un soir minable, mais qu'est-ce que tu veux y faire, hein ? répliqua-t-elle.

Elle n'avait pas eu l'intention de s'emporter comme ça – c'était totalement hors sujet – mais elle ne pouvait pas le garder plus longtemps pour elle. D'abord la carte Centurion et maintenant ça. Il devenait de plus en plus évident que la place qu'il lui réservait dans sa vie était celle d'une femme trophée et rien de plus.

Quand elle vit son air songeur, elle soupira.

—Écoute, oublions ça, OK ? De toute évidence nous avons une vision du mariage différente. Mais juste pour que ce soit clair : je ne suis pas comme ma sœur.

JEUX DE POUVOIR

Cela ne lui avait pas échappé que Gio n'ait pas vraiment promis de rester fidèle.

—Si tu choisis d'avoir quelqu'un comme Vanessa chez toi, il n'y a aucun problème. Par contre, ne t'attends pas à ce que je reste pour regarder, conclut-elle.

Elle regarda ensuite autour d'elle, cherchant son sac.

—En fait, je crois que je vais partir.

Cela devait être un record ; mariée depuis à peine un jour et voilà qu'elle quittait déjà son mari.

Puis il se mit à rire.

C'était vraiment exaspérant ! Elle parvint à lui donner quelques coups dans la poitrine avant qu'il ne lui saisisse les mains, l'empêchant de le frapper à nouveau. Tout ce qu'elle pouvait faire c'était lui jeter un regard noir. Et il redevint sérieux.

—Je n'ai pas touché une seule autre femme depuis que nous sommes mariés.

—J'espère bien. Nous ne sommes mariés que depuis un jour.

Il prit son visage dans ses mains, l'attirant vers lui.

—Tu es la seule femme que j'ai fait venir dans cette maison. Seulement ma femme, personne d'autre. Mais si tu veux m'entendre le dire, je vais le faire. Je ne coucherai pas à droite à gauche. Maintenant que c'est dit, il est l'heure de te punir.

—De me punir ?

Il acquiesça.

—Tu m'as frappé. Je ne peux pas laisser passer ça. Il n'y a pas de place pour la violence au sein d'un mariage.

Elle resta bouche bée, jusqu'à ce qu'elle remarque la lueur dans ses yeux. Alors comme ça il aimait jouer, hein ? Elle baissa les yeux, prenant un air penaud.

—Vous avez raison, Monseigneur. Je mérite d'être punie.

Quand elle releva la tête, un feu couvait dans ses yeux.

—Enlève ta chemise et ton soutien-gorge.

Ses doigts tremblèrent quand elle s'exécuta.

—Mets tes mains derrière ton dos et ne les décroise pas. Je veux que tu prennes tout ce que je te donne.

Il bougea ses jambes jusqu'à ce qu'elle soit à cheval sur lui, plaçant sa cuisse musclée entre les siennes.

Il attrapa ses fesses et l'attira plus près. Jusqu'à ce qu'il puisse prendre son mamelon.

Elle laissa échapper un gémissement quand il mordit son téton gauche.

Alors qu'il réservait le même sort douloureux à son téton droit – mordant, léchant, mordillant, jusqu'à ce que le bout palpite sous l'effet de la douleur, de la chaleur et du froid –, elle ne put s'empêcher de chevaucher ses jambes. Elle avait besoin de friction, bon sang.

Elle s'attendait à ce qu'il lui demande de se déshabiller, mais il ne le fit pas. Sa main glissa simplement dans sa culotte, allant tout droit vers son sexe. Quand elle tressaillit, cette fois-ci il écrasa ses deux seins en même temps, aspirant ses tétons meurtris dans sa bouche, jusqu'à ce que cela lui fasse mal.

—S'il te plaît.

Elle savait qu'elle le suppliait, mais elle s'en fichait.

JEUX DE POUVOIR

Sa réponse fut d'enfoncer deux doigts à l'intérieur de son sexe humide. Elle cambra le dos et elle faillit ramener ses bras vers l'avant pour les poser sur ses épaules larges afin de lui monter dessus, mais elle parvint à se retenir.

Clairement, Gio n'en avait pas fini avec sa punition car, soudain, il glissa son doigt lisse entre ses fesses. Elle sursauta face à cette sensation, ses yeux s'écarquillant soudain de peur pendant une seconde.

—Je ne fais pas de sexe anal, trou du cul.

—Tu ne devrais pas utiliser les termes trou du cul et anal dans la même phrase, ça risque de me donner des idées.

Il retira quand même son doigt, retournant vers son clitoris, enfonçant ses doigts dans son vagin d'avant en arrière.

—Bientôt, dit-il. Ton cul m'appartient. Chaque partie de ton corps m'appartient.

À cet instant-là, elle ne pouvait qu'être d'accord. Elle était prête à tout accepter tant qu'il continuait de faire entrer et sortir ses doigts et qu'il l'autorisait à se frotter contre lui.

Oui, juste là. C'est pile le bon endroit.

Elle y était presque...

Presque...

Elle faillit geindre quand il retira ses doigts, juste au moment où elle allait jouir.

—Mets-toi à genoux.

En un clin d'œil, elle fut à genoux, une main sur sa braguette. Il n'eut pas besoin de la guider, elle savait ce qu'il voulait. Ce qu'elle attendait depuis le moment où ils s'étaient rencontrés.

Il était déjà dur, sa queue tendue contre son caleçon. Elle suça le bout rouge et gonflé pendant quelques secondes avant qu'elle ne sente sa main lui attraper les cheveux.

—Pas besoin de me taquiner, l'avertit-il. Suce-moi. Suce-moi bien fort et je te laisserai jouir avant la fin de la nuit.

Elle se mit au travail avec empressement, le suçant de la racine à la pointe. Elle sentit qu'elle mouillait de plus en plus. Une douleur et un plaisir lancinants la traversèrent de toute part, demandant à être soulagés. Elle déplaça sa main, celle qui ne tenait pas la queue de Gio, jusqu'à sa culotte.

—Arrête.

Sa voix était comme un coup de fouet.

—Je t'interdis de te faire jouir, putain. Le seul qui remplira ta chatte ce soir, c'est moi, t'as compris ?

Comme elle ne répondait pas assez vite, il attrapa ses cheveux et la tira en arrière, retirant sa bouche. Elle acquiesça et se lécha les lèvres. Son cœur s'emballa quand il baissa les yeux vers sa bouche, la poussant à se mordre la lèvre inférieure.

—Merde, siffla-t-il. Mets ton autre main sur tes seins. Je veux te voir tripoter ton mamelon. Pince-le et tire-le jusqu'à ce que ça te fasse mal. Fais-le jusqu'à ce que tu me fasses jouir.

Pourquoi lui donnait-il toujours envie de lui obéir ? Elle ne pouvait pas le nier. Elle adorait la façon dont il la traitait.

Quand il jouit enfin dans sa gorge, son téton torturé criait d'une douleur délicieuse. Avec un soupir, elle relâcha sa verge et ses seins, posant sa tête sur sa cuisse. Elle refusait de l'admettre, mais elle aimait quand il la cajolait, la complimentait.

JEUX DE POUVOIR

—T'as fait du bon travail, *bella*. Très bon travail. Maintenant, habille-toi. Je t'emmène dîner. Pas de douche pour toi, dit-il en caressant sa lèvre inférieure du bout de son pouce. J'aime savoir que tu sens encore mon odeur et que tu es toute mouillée pendant que tu es assise à côté de moi.

CHAPITRE 15
JAZZY

Apparemment, cette fellation avait ouvert l'appétit de son mari.

—Est-ce qu'il faut que je mette une robe ?

Elle n'avait pas vraiment envie de dîner dans un restaurant chic d'Union Square mais, si c'était le cas, elle ne pouvait pas non plus débarquer là-bas avec un jean.

—Non.

Son regard se posa sur elle, s'attardant un peu plus sur ses seins.

—Je reviens, dit-il.

Jazzy se brossa les cheveux, puis se maquilla et mit une jupe en jean et un haut en soie argenté.

Quand Gio sortit du dressing, elle faillit ne pas en croire ses yeux. Gio portant un costume sur mesure était sexy, mais Gio portant une tenue décontractée avec un jean noir et un polo gris avec un col en V, ça, c'était quelque chose. Celui lui donnait un air plus jeune, plus insouciant. Elle fut soudain contente de la tenue qu'elle s'était choisie. Avec un peu de chance, on verrait qu'ils étaient en couple, car elle n'avait vraiment pas envie d'avoir affaire à d'autres femmes bavant devant lui.

—Je ne savais pas que tu avais autre chose que des costumes, plaisanta-t-elle.

Il leva un sourcil.

—Tu croyais que tu étais la seule à posséder un jean ?

—Dans cette maison, oui.

Il prit quelque chose dans sa poche.

—Tourne-toi.

Jazzy lui présenta son dos et sentit un collier glisser sur sa poitrine. C'était un collier simple, en argent, avec une clé en guise de pendentif.

Il écarta ses cheveux et embrassa son lobe d'oreille.

—Quand mon père a épousé ma mère, il faisait partie de la mafia, il travaillait pour Scolini. Il a commencé tout en bas dans cette famille, jusqu'à ce qu'il arrive au sommet. Il voulait s'assurer qu'un jour, quand il aurait fondé sa propre famille, il serait capable de subvenir à leurs besoins et de les protéger. À chacun de leur anniversaire de mariage, il faisait faire le même collier pour elle, commençant par un collier en argent au début de leur vie commune. Il m'a dit qu'un homme ne devait acheter que des bijoux pour sa femme. Jusqu'à ce jour, j'ai toujours respecté cette règle.

Jazzy leva la main vers le pendentif. Contrairement à Gina, elle n'avait pas l'œil pour les bijoux mais, quelque part, elle doutait que ce soit de l'argent. Peut-être de l'or blanc. Dans tous les cas, c'était sublime.

—C'est magnifique.

Il l'emmena dans un restaurant familial italien traditionnel de la Hayes Valley, qui s'appelait *Chez Maria*, avec des nappes à carreaux rouges et blancs, des bouteilles de vin et de vieilles poteries au mur. Dès l'instant où ils entrèrent et que la serveuse âgée vit Gio, elle se mit à rayonner.

—Giovanni !

Elle quitta sa place derrière le comptoir et se précipita vers lui pour lui faire un câlin. Son regard joyeux se tourna ensuite vers Jazzy.

JEUX DE POUVOIR

—Et qui est-ce ?

—Maria, dit-il en attirant Jazzy près de lui. Je te présente Jocelyn. Mon épouse.

La femme joignit ses mains l'une contre l'autre, surprise et joyeuse à la fois.

—Oh, tu as trouvé la bonne ! Je savais que tu y arriverais. Maintenant, tu peux faire des petits bambinos et me demander d'être la marraine.

Ils échangèrent quelques civilités supplémentaires avant de s'asseoir dans un coin confortable à l'arrière.

Il ne fallut pas longtemps à Jazzy pour commander une grande pizza aux champignons avec une salade en accompagnement.

Gio prit des pâtes.

—J'aime quand une femme a bon appétit.

—Pourtant tu es sorti avec des filles qui ne mangent pas.

Après Vanessa, elle avait tapé le nom de Gio sur Google pour voir quelles autres filles apparaîtraient à son bras. En plus d'être blondes, elles étaient toutes mannequins.

—De toute évidence, mes goûts se sont améliorés depuis.

Ne sachant pas s'il était sincère, elle décida de changer de sujet.

—J'aime bien cet endroit. Comment l'as-tu trouvé ?

—Avant, je travaillais ici comme aide-serveur.

Elle dut empêcher sa mâchoire de tomber tellement elle resta bouche bée.

—Toi ? Un aide-serveur ?

—Je ne suis pas né en étant un magnat de l'immobilier.

—Ah bon ? Je veux dire, je suis surprise d'apprendre ça. Je croyais que tu avais hérité.

—Oh, j'ai hérité de mon père, mais pas de l'argent. Le nom Detta, cependant, est toujours célèbre dans certains milieux.

Elle savait qu'elle s'engageait sur un terrain dangereux, mais elle se sentit obligée de lui demander :

—Le monde de la mafia, tu veux dire ?

—Entre autres. C'était un homme connu dans son milieu, bien sûr, mais il était tout aussi célèbre auprès de n'importe quelle agence gouvernementale qui en avait après lui et les Scolinis. À l'époque, de nombreuses forces opérationnelles ont été mises en place pour empêcher les différentes Familles de déclencher une guerre à San Francisco. Au final, cette guerre a quand même eu lieu et c'est probablement ce qui a tué mes parents.

—Probablement ?

Elle avait lu des articles sur la mort de son père. Comment il avait été la victime collatérale d'une guerre de la pègre. De la même façon que beaucoup de gens de son milieu se faisaient tuer. Une partie d'elle voulait demander à Gio s'il avait l'intention de prendre le même chemin. Cela lui faisait mal de l'imaginer se faire tirer dessus. Puis elle se réprimanda intérieurement de s'être projetée si loin. Elle n'avait aucune raison de penser à ça.

—Probablement.

Cette fois-ci, son ton fut brusque.

OK, c'était clairement un sujet sensible, même si elle ne pouvait pas lui en vouloir. Elle-même n'était toujours pas capable de parler de ses parents sans que les larmes ne lui montent aux yeux.

—Alors, que s'est-il passé après la mort de tes parents ? Qui t'a élevé ?

JEUX DE POUVOIR

—Avec Scolini et ses associés hors-jeu, nous avons été livrés à nous-mêmes. Notre seule chance a été que ceux qui avaient éliminé Scolini avaient eux-mêmes été neutralisés. Ils étaient soit morts, soit en prison.

Elle savait ce qu'il voulait dire : que c'était la seule raison pour laquelle personne n'avait mis fin à la lignée de son père en le tuant, lui et ses frères. Imaginer ces derniers en tant qu'orphelins lui donna presque envie de lui prendre la main par-dessus la table.

—Nous avons été envoyés dans un foyer. Ce n'était pas un endroit très agréable, ajouta-t-il alors que le pouls visible sur sa mâchoire en disait long. Personne ne veut adopter quatre garçons, encore moins la progéniture de mafieux. Non pas que je les aurais laissé faire. Je n'aurais jamais laissé personne changer mon nom. Nous sommes restés là-bas pendant trois mois, jusqu'à Caitlin O'Brian.

Elle fronça les sourcils, n'ayant jamais entendu ce nom auparavant.

—Notre grand-mère maternelle, expliqua-t-il. Elle avait rompu tout contact avec notre mère quand celle-ci a épousé mon père. Nous ne l'avions vue qu'en photos. Il lui a fallu des mois avant de remplir toute la paperasse mais, finalement, elle a réussi à devenir la tutrice de cinq garçons, mes frères et Hector. En tant que veuve célibataire de soixante-dix ans, elle n'était pas une candidate éligible, mais notre grand-mère était plus que déterminée. Elle est morte il y a quelques années, expliqua-t-il en la regardant droit dans les yeux. Elle m'a fait promettre, sur son lit de mort, de lui faire d'autres petits O'Brian. Elle n'a jamais voulu reconnaître le nom de notre père et je n'ai pas eu le cœur de lui dire que mes enfants s'appelleraient Detta.

Les enfants. Elle n'avait même pas pensé à ça. Tout était allé si vite entre eux. Elle prenait la pilule et n'avait pas l'intention d'arrêter de sitôt. Mais si elle le faisait... l'image d'un magnifique petit garçon avec des cheveux noirs et des petits yeux bleus lui vint à l'esprit. À sa grande surprise, cette idée ne l'effraya pas. Un jour, oui, elle en aurait envie. Avec l'homme avec lequel elle choisirait d'être, le genre de relation qui dure pour toujours. Quand elle y réfléchissait, il était difficile pour elle de ne pas imaginer un enfant qui ressemblait à un mini Gio.

Elle se racla la gorge.

—Elle avait l'air merveilleuse.

—Oh oui, elle l'était.

Quand leur dîner arriva, ils mangèrent dans un silence agréable. Quand le serveur vint leur demander s'ils voulaient un dessert, Gio déclina la proposition.

—Je prendrai mon dessert plus tard.

Ce qui fit doucement sourire le serveur et Jazzy jeta un regard noir à son mari pour l'avoir fait rougir. Mais il n'était pas le seul à pouvoir infliger une punition. Même si elle avait également envie de rentrer à la maison pour devenir son dessert, elle décida de passer commande.

—Je prendrai une panna cotta, s'il vous plaît. J'adore cette texture onctueuse dans ma bouche. Il n'y a rien de mieux.

Le serveur s'en alla, un sourire au visage.

—Tu joues avec le feu, *bella* ?

—Comment ça ?

Elle aussi pouvait faire des sous-entendus et le faire attendre.

JEUX DE POUVOIR

À sa grande surprise, il se leva et se glissa sur le siège à côté d'elle, la bloquant efficacement. Il se mit à jouer avec ses mèches de cheveux du bout des doigts.

D'un point de vue extérieur, cela paraissait probablement innocent : juste un homme tellement épris de sa femme qu'il ne supportait pas cette distance entre eux.

Il plaça un doigt sur son menton, lui écartant les lèvres. Sa langue s'enfonça à l'intérieur, conquérant sa bouche. Elle se retrouva esclave de ses caresses, de son goût, de la façon dont il mordillait ses lèvres, les mordait avant d'apaiser la douleur en devenant tout doux et aimant. Le temps que le dessert arrive, Jazzy fut certaine que tous ses os avaient fondu.

Gio s'écarta, autorisant le serveur à lui servir sa sucrerie avec la petite cuillère qui l'accompagnait.

Malheureusement, entre-temps, l'appétit de Jazzy avait changé et elle désirait désormais quelque chose de plus charnel. Elle voulait partir d'ici, tout de suite. La seule chose qui l'en empêchait était sa fierté et ce rictus sur les lèvres de Gio. Ce salaud savait exactement à quoi elle pensait.

—Ah, enfin, la gourmandise que j'ai attendue toute la soirée, dit-elle, prenant une cuillère.

Elle tenta d'ignorer la main de Gio qui se faufilait sous sa jupe, à l'abri des regards. Il caressa sa gorge du bout de son nez.

—Comment est la pana cotta, *bella* ? Cette crème onctueuse que tu aimes tant.

Sa question fut suivie d'un mouvement de son doigt, passant lentement sur sa culotte, la faisant se tortiller sur son siège.

—Délicieuse.

Elle tenta de serrer les genoux, mais sa main entre ses cuisses ne la laissa pas faire. Quand il enfonça un doigt en elle, elle put à peine retenir un gémissement.

—Je suis ravi qu'elle te plaise.

Il plissa les yeux, marquant ses mots. La frustration était gravée sur son visage et, étonnamment, cela la rendit encore plus audacieuse.

—Oh oui, j'aime beaucoup. Je pourrais en manger toute la nuit.

Un sourire malicieux apparut sur son beau visage.

—Toute la nuit, tu as dit ?

Bizarrement, ses paroles résonnaient comme une menace ; voire une promesse, peut-être. Mais elle n'aurait pas été fidèle à elle-même si elle n'avait pas répondu au feu qui brûlait dans ses yeux par du feu.

—Oh oui, bébé. Je pourrais faire ça toute la nuit. Et toi ?

Quelle que soit la patience dont il avait fait preuve jusqu'à présent, celle-ci disparut en une seconde. Il lui arracha la cuillère des mains. Avant même qu'elle n'ait le temps de réfléchir, il la tira vers le haut et la fit sortir du restaurant.

—Attends !

Elle tenta de l'arrêter quand ils furent dehors et qu'il fit signe à son chauffeur.

—On a oublié de payer l'addition.

—Maria sait comment me facturer l'addition.

Ses mots étaient courts, son ton sec.

Elle tressaillit face à ce désir féroce qu'elle perçut dans ses yeux bleus. Pendant un moment, Jazzy craignit de l'avoir poussé un peu trop loin.

JEUX DE POUVOIR

La voiture s'arrêta devant eux et Gio ouvrit la porte arrière. Dès qu'ils entrèrent, il la mit sur ses genoux, le dos contre son torse. Il n'y eut aucuns préliminaires. Plus de baiser pour la préparer. Non pas qu'il ait besoin de le faire : sa culotte était trempée. Sa main disparut à nouveau sous sa jupe, la lui arrachant.

—Plaque tes mains contre la vitre.

Dès l'instant où elle posa ses mains contre la cloison qui leur servait d'intimité, il l'empala sur son sexe et commença à la pénétrer.

Il laissa échapper un petit rire fragile, ses doigts s'agrippant à ses épaules, lui claquant soudain les fesses.

—Toute la nuit, *bella,* putain. Tu me baiseras toute la nuit jusqu'à ce que tu aies le droit de jouir.

Elle n'aurait peut-être pas dû jouer avec le feu. Elle se plaqua contre lui, en arrière, ses fesses se heurtant à son ventre dur.

Il ajouta un, deux, trois doigts dans son orifice gourmand, l'étirant encore plus.

Elle rebondit sur Gio jusqu'à ce qu'elle sente qu'il allait bientôt jouir.

—C'est ça, *bella*. Presse ton cul contre moi.

Le temps que la voiture s'arrête, elle tremblait d'un désir inassouvi. Même s'il était en train de rentrer sa queue dans son caleçon de manière décontractée, elle pouvait percevoir ce feu qui brûlait dans les yeux de Gio. Il était tout aussi affecté qu'elle par cette explosion de désir qu'il y avait entre eux. Et, étrangement, cela la fit se sentir puissante, comme jamais auparavant. Pour la première fois, elle estima pouvoir gérer cet homme.

Fidèle à sa promesse, Gio la garda éveillée toute la nuit. L'aube allait se lever quand il la laissa enfin jouir. À ce moment-là, elle était en sueur, épuisée et haletant comme une folle. Quand elle s'écroula enfin sur lui, sa tête sur son torse, elle ferma les yeux.

—Jocelyn ?

Elle leva les yeux, surprise par son ton soudain sérieux.

—Oui ?

—Ne me menace plus jamais de me quitter.

Ne sachant pas trop quoi répondre à cela, elle hocha simplement la tête.

CHAPITRE 16
GIO

Gio était en plein milieu d'une réunion avec Jackson et son gestionnaire de compte quand sa secrétaire les interrompit soudain.

—Je suis désolée de vous déranger, M. Detta, mais je viens juste de recevoir un appel de la banque à propos d'une transaction inhabituelle avec l'une de vos cartes de crédit. Je voulais d'abord vous en informer avant de bloquer la carte et d'appeler la police.

Il se doutait de quelle carte de crédit il s'agissait. Il ne put s'empêcher de sourire en pensant à la personne qui l'utilisait et qui elle aussi était inhabituelle.

—Je m'en occuperai, Gale. Pas besoin de la bloquer. Cela doit s'agir de la nouvelle carte que j'ai donnée à ma femme il y a quelques semaines.

Elle cligna des yeux quand elle l'entendit dire qu'il était marié et son regard se déplaça vers sa main gauche où il portait une alliance, mais elle était trop professionnelle pour poser la moindre question.

Quand elle ferma la porte derrière lui, il appela Hector sur son téléphone.

Ce dernier lui répondit par un brusque : « Ouais ? »

—J'ai entendu dire que ma femme était partie faire quelques emplettes aujourd'hui, dit-il afin de confirmer qu'elle était bien celle qui avait utilisé la carte.

—Certainement. Ta femme est déterminée à nourrir tous les foyers de San Francisco.

Voilà qui était surprenant. Quand il avait cru qu'elle était partie faire des achats, il pensait plutôt à des achats en magasin.

Il entendit Hector jurer dans sa barbe.

—Bon sang, femme, repose cette boîte par terre. Elle est trop lourde pour toi.

—Tu n'as pas intérêt à crier sur mon épouse, l'avertit Gio, car, ami ou pas, personne ne criait sur sa femme à part lui.

—Je criais sur Mary. Merde.

D'autres insultes suivirent. Hector adorait jurer.

—Je préfère mille fois être sur une zone de combat que cette merde.

Gio se demanda ce que cet ancien marine pouvait bien maudire. Il avait demandé à son ami de s'occuper personnellement de la sécurité de Jazzy au lieu d'assigner cette tâche à l'un de ses employés. C'est-à-dire jusqu'à ce que le meilleur garde du corps d'Hector revienne de mission. Il ne confierait la sécurité de Jazzy à personne d'autre. Hector avait toujours assuré ses arrières et était prêt à prendre une balle pour protéger sa femme.

—Qu'est-ce qui se passe, Hector ?

Quand il entendit un homme hurler en fond, Gio se leva.

—Tu peux terminer ça, dit-il à Jackson.

Puis il se rendit à sa voiture.

Hector semblait courir.

—Un connard est entré avec un couteau, il cherchait sa femme et ses enfants. Ai-je mentionné que ton épouse est dans un foyer pour femmes, dans un quartier qui craint ?

JEUX DE POUVOIR

—Non, tu ne l'as pas mentionné. Envoie-moi l'adresse, dit Gio d'un ton sec. J'arrive.

Il arriva ensuite au foyer, mais trouva Hector front contre front avec une Mary pas si timide que ça, finalement.

—Recule, s'il te plaît, dit-elle, pointant son doigt dans sa direction. Tu fais peur à ces femmes.

Gio regarda derrière elle, apercevant les femmes en question qui étaient assises dans une salle d'attente, les observant d'un air inquiet. Leurs regards passèrent d'Hector à un homme blotti contre le mur, tenant son bras contre lui et gémissant de douleur.

—Pourquoi ? À cause de mes cicatrices ? grogna Hector.

Mary eut l'air déconcertée.

—Quoi ? Je ne vois pas en quoi quelques cicatrices insignifiantes aient un rapport avec quoi que ce soit. Elles ont peur parce que tu as cassé le bras de cet homme et, si je ne t'avais pas stoppé, tu l'aurais frappé à mort. Au cas où tu ne l'aies pas remarqué, c'est un foyer pour femmes, ici. La plupart ont fui une vie pleine de violence. Alors s'il te plaît, recule et laisse la police se charger du reste.

Hector croisa les bras sur sa poitrine ; la chaleur quitta instantanément ses yeux. Il recula quand une voiture de police s'arrêta devant le bâtiment.

Gio fut moins vite apaisé. Il chercha son épouse dans la pièce. Juste à ce moment-là, Jazzy tourna dans l'angle. Elle était accompagnée par une adolescente avec qui elle discutait des meilleures consoles de jeu. Il dut se rappeler qu'elle avait l'air d'aller bien. Très bien, même. Il lui était difficile d'avouer intérieurement qu'elle lui avait fait peur. Quand il avait entendu qu'un homme armé d'un couteau se trouvait non loin d'elle, il avait paniqué. Même s'il savait qu'avec Hector, elle ne risquait rien, il avait quand même besoin de la voir de ses propres yeux.

—Qu'est-ce que tu fais là ?

Il n'avait pas eu l'intention de parler d'un ton si brusque, mais il n'avait pas pu s'en empêcher.

Contrairement aux femmes derrière Mary, sa propre épouse n'avait pas le moins du monde l'air effrayée. Et, vu son air agacé, elle n'aimait pas du tout son ton.

—Je suis venue pour régler le problème du routeur Internet.

Gio essaya de garder son calme. Vraiment. Mais ne comprenait-elle donc pas le danger qu'elle avait couru ?

—Il y avait un homme avec un couteau.

Elle jeta un coup d'œil à l'imbécile qu'emmenaient les flics.

—Oui, ben, c'est un foyer pour femmes. Malheureusement, ce genre de choses arrive parfois.

Cela ne paraissait pas être un incident, pour elle.

—Cet endroit n'a-t-il donc pas de sécurité ?

—Ils n'ont pas assez de fonds, expliqua-t-elle tout en s'approchant de lui. Les coupes budgétaires habituelles ont mis cet endroit à rude épreuve. Une bonne partie de l'argent sert à fournir des lits, des vêtements, de la nourriture. Les bases. Il ne reste tout simplement plus assez pour avoir un agent de sécurité vingt-quatre heures sur vingt-quatre.

Il l'attira dans un coin, près de l'accueil.

—Tu ne peux pas venir ici sans sécurité.

Ses yeux brillèrent, prêts à lancer des flammes.

—Écoute-moi bien, l'Étalon italien.

—Je suis à moitié irlandais.

JEUX DE POUVOIR

Elle ricana.

—Ouais, ben moi, je suis à moitié un ange, mais personne ne m'a encore jamais appelée comme ça. Je viens ici chaque semaine. N'envisage même pas de m'éloigner de cet endroit.

—Hector, l'appela-t-il par-dessus l'épaule de Jazzy. Occupe-toi de ça.

Il savait qu'il n'avait pas besoin de dire autre chose. Cela avait toujours été ainsi entre eux ; quelques mots, même un simple regard, suffisaient.

Le feu qui habitait les yeux de Jazzy s'éteignit soudain, puis se transforma en surprise et finalement en joie. Elle sauta dans ses bras, le serrant contre elle.

—Merci. Merci beaucoup.

Son sourire illuminait la pièce entière.

Il ne savait pas vraiment pourquoi, mais il aimait la voir heureuse. Il aimait aussi qu'elle joue paresseusement avec les boutons de sa chemise, même s'il doutait qu'elle soit consciente de ce qu'elle faisait. Elle sembla plus détendue en sa présence, parlant de façon animée de ce refuge dont elle était clairement passionnée. Il n'aurait pas été fidèle à lui-même s'il n'avait pas cherché à en tirer profit.

—Hector, pourquoi tu ne laisserais pas Mary choisir l'agent de sécurité ? Je suis sûr qu'elle saura opter pour un bon candidat.

À en juger par les lèvres pincées d'Hector, cette suggestion ne lui plaisait pas du tout. Mais comme Gio comptait le financer, il ne protesterait pas.

Quand le sourire de Jazzy s'élargit encore plus, il sut qu'il avait fait le bon choix.

—Oh, toi, tu seras très chanceux ce soir, murmura-t-elle.

SHANNA BELL

Il l'était. Ils l'étaient tous les deux.

CHAPITRE 17
JAZZY

Jazzy se réveilla au milieu de la nuit, désorientée. Elle avait passé une bonne partie de la soirée à tailler une pipe à Gio et elle en avait adoré chaque seconde. Elle s'était endormie, complètement rassasiée, alors elle ne comprenait pas vraiment ce qui n'allait pas, jusqu'à ce qu'elle entende un hurlement.

Gio se retournait dans tous les sens, les draps ne le couvrant que jusqu'au niveau des hanches. Des gouttes de sueur perlaient sur sa peau. Un corps qui se tordait, comme s'il était à l'agonie.

—Lâche-moi, putain !

Surprise par son grognement, elle s'assit, ne sachant pas vraiment quoi faire. En raison de ses expériences précédentes avec Mary, elle savait qu'il ne fallait pas réveiller quelqu'un durant un cauchemar.

—Non ! Lâche-moi, bordel !

Quand il poussa un cri, elle ne put plus le supporter. Elle lui caressa doucement l'épaule, espérant le réveiller. Il se mit à frissonner et elle se glissa à côté de lui, enroulant un bras autour de sa taille. Cela sembla fonctionner, car son corps s'immobilisa soudainement.

Tout arriva en un clin d'œil. Gio roula, la clouant contre le matelas et appuyant de tout son poids sur elle. Il l'attrapa par la gorge en montrant les dents. Ses yeux étaient comme de la glace fondue, brillant de rage.

Elle se figea et son rythme cardiaque s'accéléra quand elle comprit que Gio n'était pas encore réveillé. Elle attendit qu'il la reconnaisse.

Encore et encore.

S'il te plaît, s'il te plaît, arrête ça.

—Gio ?

Il la regardait droit dans les yeux, mais elle n'était pas sûre qu'il la voyait vraiment.

—C'est rien. C'est juste un cauchemar.

Sa poitrine se souleva puis il cligna des paupières. Mais il ne dit pas un mot. Il lui fallut une minute entière avant qu'elle n'ose à nouveau prendre la parole.

—Gio ? murmura-t-elle. Tu es un peu en train de m'écraser, là.

Ce fut comme si elle avait prononcé le mot magique. Il relâcha immédiatement sa gorge. Ses jambes se positionnèrent au-dessus de ses cuisses et il plaça ses bras autour de sa tête. Doucement, il se mit à embrasser son cou, son nez, caressant l'endroit où ses mains étaient positionnées quelques secondes auparavant. Il y avait dans son regard une question silencieuse. Comme s'il lui demandait la permission de continuer. Elle n'aimait pas le voir vulnérable, n'étant pas sûre de ce qu'elle ressentirait s'il continuait de la caresser. Il y avait peut-être des non-dits entre eux et certains conflits qui n'étaient toujours pas résolus, mais elle était sûre d'une chose : depuis le moment où elle avait posé les yeux sur Giovanni Detta, il n'y avait pas eu un seul instant où elle ne l'avait pas désiré. Alors elle fit la seule chose qu'elle pouvait faire, ce que son corps la poussait à faire.

Sa main trouva son membre rigide, le caressant, tandis que son autre main l'attirait plus près.

JEUX DE POUVOIR

—Fais-moi l'amour, Gio. S'il te plaît, prends-moi.

Au fond d'elle, elle s'attendait à ce qu'il extériorise le reste de sa rage en se défoulant sur son corps. Qu'il la maltraite, la prenne violemment. Mais ce ne fut pas ce qui se passa. Il déposa le plus doux des baisers sur ses lèvres et écarta ses cuisses. Avec un coup de reins, il la pénétra sans relâche, l'embrassant doucement.

Elle prit tout. Sa douleur, sa rage, ses pénétrations profondes, comme s'il la marquait. Quand il jouit enfin, il l'emporta avec lui, sa langue profondément enfoncée dans sa bouche, étouffant son gémissement.

D'un geste rapide, il s'écarta d'elle, son souffle bruyant résonnant dans la nuit.

Jazzy se coucha sur lui, soulagée de voir qu'il ne s'éloignait pas.

—Tout va bien, dit-elle doucement, embrassant son torse. Tout va bien.

Elle savait ce que c'était que de ne pas pouvoir parler de certaines choses. Des choses si sales, si horribles, que le fait même de les exprimer par les mots tachait votre âme. Parfois, il y avait des secrets qu'il valait mieux ne pas dire. Enfouis, profondément en vous. Dans un endroit si lointain, caché, et sombre, que personne ne pourrait jamais mettre en lumière ni dévoiler au grand jour.

—Si jamais tu as besoin d'en parler, je suis là.

Il ne dit rien. À la place, il continua de caresser ses cheveux, et cela suffisait.

***

Quand elle se réveilla le lendemain, ce fut à nouveau dans un lit vide. Le côté du matelas où dormait habituellement Gio était froid ; ses cauchemars avaient vraiment dû le secouer. L'homme qu'elle croyait avoir épousé, l'homme qu'elle pensait avoir totalement percé à jour, avait en réalité plusieurs facettes. Chaque jour, elle réalisait de plus en plus qu'il n'était pas seulement celui qu'il montrait aux autres ; le vrai magnat de l'immobilier surnommé le Glacier Noir. Car au plus profond de Giovanni Detta brûlaient les flammes de l'enfer.

Après une douche, elle enfila un jean ample et un débardeur noir. Aujourd'hui, elle avait de nouveau rendez-vous avec Tommie pour revoir leur business plan qu'ils allaient présenter à la banque.

Elle envoya un message à Tommie, lui indiquant son adresse, alors qu'elle se rendait à la cuisine pour prendre son petit-déjeuner. Comme d'habitude, Thea s'était surpassée. Ses pancakes aux myrtilles étaient à tomber par terre. Ce qui signifiait que Jazzy allait clairement devoir faire un jogging cet après-midi.

Quand elle prit son ordinateur et un verre de jus d'oranges fraîchement pressées dans le salon, la première chose qu'elle remarqua fut le nouveau canapé. Une vague de chaleur la submergea quand elle vit que c'était un gros canapé marron, peluncheux et très confortable. Elle fut surprise que Gio se soit rappelé qu'elle s'en était plainte, sans parler du fait qu'il l'avait remplacé. Elle ne put s'empêcher de sourire face à son geste.

Ce ne fut qu'une heure plus tard, alors qu'elle était en plein travail de codage, que la sonnette retentit et que Tommie fut escorté à l'intérieur par Thea.

JEUX DE POUVOIR

Tommie était comme d'habitude : jean troué, tee-shirt noir et un sac en bandoulière qui contenait son bien le plus précieux : son ordinateur.

—Alors, avec qui as-tu dû coucher pour entrer ici ? plaisanta-t-il.

—Je, hum, en fait, j'habite ici.

—Tu habites là ? Tu plaisantes ? demanda-t-il, regardant autour de lui, la bouche grande ouverte.

—Si tu ne fermes pas la bouche, tu vas finir par gober les mouches, le taquina-t-elle.

Bon, effectivement, elle ne lui avait pas vraiment parlé de sa vie personnelle. Comme le fait que son grand-père était un ancien banquier pour la mafia. Ou qu'elle était mariée à la progéniture d'un mafieux à moitié légitime qui était devenu un homme d'affaires. Ou, bon, OK, elle ne lui avait rien dit.

Tommie lui jeta un regard noir.

—Et dire que tu me laisses t'offrir le déjeuner, petite merdeuse.

—Ouais, merci d'ailleurs. Ces bagels à la citrouille étaient délicieux.

—T'as dormi sur mon canapé miteux, se plaignit-il tout en observant ce salon qui semblait tout droit sorti d'un magazine.

—Si j'étais à ta place, je ne dirais pas ça à voix haute, l'avertit-elle.

—Pourquoi ? Sinon quelqu'un dans ce manoir à la *Scarface* va me faire dormir avec les poissons ? se moqua-t-il.

—Si tu la touches, je te réduirai moi-même en pièces et il ne restera plus grand-chose pour les poissons.

Tommie pivota, regardant d'où venait la voix.

Jazzy s'énerva contre Gio qui venait juste d'entrer.

—Ce n'est pas drôle.

—Effectivement, puisque ce n'est pas une blague.

Son regard froid se posa sur son ami effrayé.

Quand Hector les rejoignit depuis le balcon, Tommie déglutit – pour de vrai. Mais il fallait dire qu'en tant que chef de la sécurité, c'était le travail d'Hector d'être menaçant. Sa silhouette large, ses muscles à perte de vue, et son perpétuel air renfrogné auraient intimidé n'importe qui. Enfin, tout le monde sauf elle depuis qu'elle s'était battue avec le diable en question et qu'elle l'avait vaincu. Hector avait beau avoir l'air menaçant de l'extérieur, il n'était pas pire que Marco qui était beau à l'extérieur, mais pourri à l'intérieur.

Ne pense pas à ça, Jazzy. Garde ce souvenir enfermé dans ta boîte mentale.

—Alors comme ça, t'aimes pas *Scarface*, hein ? grogna Hector.

Tommie commença à bégayer.

—Hum, en fait, j'ai vraiment adoré ce film. C'est juste... je ne savais pas... je veux dire...

Jazzy eut pitié de lui.

—Vous voulez bien arrêter, oui ? Il est ici avec moi.

En seulement deux enjambées, Gio se tint à côté d'elle, son bras autour de sa taille, l'attirant contre lui.

—Et pourquoi, exactement ?

Il était impossible de rater ce ton tranchant dans sa voix. Il n'aimait clairement pas que Tommie soit près d'elle. Eh bien, tant pis. Car, pour le moment, c'était aussi sa maison. Elle pouvait inviter qui elle voulait.

JEUX DE POUVOIR

—Gio, je te présente mon associé, Tommie Green. Nous allons utiliser cet endroit comme siège social, jusqu'à ce que nous trouvions des bureaux.

—Il y a des bureaux dans la Tour Detta. Fais ton choix.

Être à côté de lui toute la journée pour qu'il puisse l'observer de loin et la distraire ? Non, merci.

Tommie se racla la gorge.

—Nous ne pouvons pas nous permettre de louer des bureaux dans cette tour, monsieur... hum, Detta, je présume ?

Gio l'embrassa lentement, revendiquant clairement ce qui lui appartenait et elle put à peine s'empêcher de lever les yeux au ciel.

—Vous présumez correctement. Et il est évident que je ne ferai pas payer ma propre épouse.

Son ami tourna immédiatement la tête vers elle.

—Épouse ?

Elle soupira.

—Tommie, je te présente Giovanni Detta. Mon mari.

Cela lui faisait toujours bizarre de le dire à voix haute. Et puis, au fond, elle avait le sentiment que tout ceci était une imposture, étant donné que leur mariage était arrangé.

—Merci pour l'offre, d'ailleurs, mais nous allons devoir refuser, dit-elle revenant au sujet initial. Tout ce dont nous avons besoin actuellement, c'est d'un ordinateur et d'un organigramme. Il y a assez d'espace dans cette grande maison. Un espace qui ne nous coûtera pas un centime.

—Hector, peux-tu escorter M. Green jusqu'au salon ? J'ai besoin de parler une minute avec ma *femme*.

Avant même que Jazzy ne puisse protester, Hector emmena Tommie un peu plus loin. Elle s'était attendue à ce que son ami proteste, mais il était déjà en train de suivre le garde du corps. Avait-elle rêvé ou venait-il de mater le cul d'Hector ?

Lorsque Gio la saisit par le coude et la guida jusqu'à leur chambre, elle sut que cela allait prendre plus d'une minute.

Dès qu'il ferma la porte derrière elle, il la contourna.

—Pourquoi ne lui as-tu pas dit que tu étais mariée ?

—Je n'ai pas eu l'occasion de le faire.

Quand il leva un sourcil, elle ajouta :

—Parce que c'est bizarre, d'accord ? Tommie sait que je ne suis pas une personne impulsive. Je ne suis pas du genre à foncer tous azimuts comme ça en épousant un inconnu. J'imagine que je n'avais pas envie qu'il ait une mauvaise opinion de moi.

Il resta silencieux pendant un instant.

—Tu le regrettes ?

Elle le regarda droit dans les yeux, des yeux qui comme d'habitude ne trahissaient pas ce qu'il pensait.

—Non, je ne le regrette pas.

—Tu parais surprise.

—Peut-être que je le suis, admit-elle. Je veux dire, on a quand même eu un début difficile avant de nous marier. C'est le moins que l'on puisse dire. Je pense que, d'une certaine manière, je m'attendais au pire.

Il prit sa joue dans ses mains, la caressant du bout de son pouce quand elle mentionna leur début difficile. Elle ne sut pas ce qui la poussa à agir ainsi, mais elle saisit sa main et y déposa un baiser, lui disant silencieusement qu'elle ne lui reprochait pas cette gifle d'il y a quelques semaines.

JEUX DE POUVOIR

—Je n'aime pas que tu ne dises pas aux gens que nous sommes mariés, comme si c'était un vilain secret.

—Ce n'était pas pour ça...

—Je n'aime pas que tu travailles avec lui.

—Tu n'aimes pas que je travaille avec lui, ou tu n'aimes pas que je travaille tout court ? Je ne suis pas une femme au foyer, Gio. Si c'était comme ça que tu avais imaginé ta petite vie parfaite et bien rangée, tu aurais dû épouser Gina ou Mary.

—Et pourtant, tu es là, ma femme, dit-il d'un ton caustique. Au foyer.

—C'était une très mauvaise blague.

—Tu n'as pas besoin de travailler, dit-il en fronçant les sourcils, comme si la possibilité qu'une femme travaille était un concept inconnu pour lui.

—Mais j'aime ça.

—Mais tu n'es pas obligée. Tu es ma femme.

Il gesticula autour d'elle, comme s'il lui montrait le monde qui l'entourait.

—Si tu as besoin de quoi que ce soit, dis-le-moi.

C'était comme parler à une mule. Sa vision sur son rôle en tant que femme était assez archaïque. Mais cela ne la surprenait pas vraiment. Les femmes étaient considérées comme des trophées – un joli objet brillant – par la plupart des hommes dans le monde, existant seulement pour valoriser le statut de leur mari.

Le mariage de sa sœur en était la preuve.

—Alors quoi, tu croyais que ma vie allait s'arrêter durant notre mariage ? Qu'elle s'arrêterait et ne redémarrerait que quand tu l'aurais décidé ? ricana-t-elle. Réfléchis. J'ai un cerveau, tu sais, et je compte bien l'utiliser.

—Pour faire quoi ?

—Pardon ?

Était-il vraiment en train de dire qu'il ne pensait pas qu'elle soit capable de penser par elle-même ? Était-il vraiment si...

—Pour quelle raison utilises-tu ton cerveau ? Sur quoi est-ce que tu travailles ? clarifia-t-il.

—Tu veux vraiment savoir ?

—Je ne te l'aurais pas demandé, sinon.

Elle le regarda d'un air suspicieux, essayant de comprendre s'il se moquait d'elle. Mais il semblait sincèrement intéressé par sa réponse. Très bien. Elle lui laisserait une chance. Juste une seule.

—Nous sommes en train de développer un logiciel pour traquer les gens. C'est un logiciel de reconnaissance faciale, spécifiquement conçu pour les enfants. Nous avons l'intention de l'utiliser pour retrouver les enfants kidnappés et en fuite.

Elle continua encore quelques instants jusqu'à ce qu'elle réalise que, en gros, elle était en train de lui présenter leur business plan.

—Je t'ennuie, là.

—Non, pas du tout. Ça a l'air de te passionner. Ne laisse jamais personne tuer cette passion que tu as pour ce que tu veux entreprendre, lui dit-il en l'attirant près de lui. Je veux que tu reconsidères mon offre pour vos bureaux.

—Je ne crois pas...

Il posa un doigt sur ses lèvres, la faisant taire.

—Réfléchis-y, d'accord ?

Quand elle acquiesça, il enleva son doigt.

—Retourne-toi, ordonna-t-il.

—Quoi ?

JEUX DE POUVOIR

—Tourne-toi et pose tes mains contre le mur. J'ai envie de jouer.

Pourquoi cette voix lui donnait-elle envie d'obéir ? Elle fit ce qu'il lui demandait et attendit. Encore et encore. L'anticipation fit vibrer son corps et il était difficile pour elle de ne pas tourner la tête.

Le son de sa braguette qui glissait vers le bas lui parut obscène dans cette pièce silencieuse.

—Tu es ma femme.

Il attrapa ses cheveux, lui penchant la tête en arrière, contre lui. Il mordit son épaule, apaisant la douleur par de doux baisers qui allèrent de son cou et son menton à sa bouche.

—À qui appartiens-tu, *bella* ?

Elle cria quand la paume de sa main atterrit sur ses fesses.

—À toi. C'est à toi que j'appartiens.

—N'oublie et ne nie jamais cela.

***

Ce ne fut qu'au bout d'une demi-heure qu'il la laissa enfin partir. Elle le maudit de lui avoir donné si chaud, de l'avoir agacée et d'avoir refusé de la laisser jouir.

Peu importe le nombre de fois où elle l'avait supplié. Il avait évoqué une histoire « d'anticipation », de « plus tard », mais, honnêtement, elle était déjà partie trop loin à ce moment-là pour écouter ce qu'il lui disait.

Quand elle retourna au salon, Tommie lui adressa un sourire amusé.

—Ne commence même pas, l'avertit-elle.

Il leva les mains d'un air défensif.

—Pas de souci, je resterai bouche cousue. En parlant de bouche, la tienne est un peu, hum... rouge et gonflée. Tu devrais peut-être mettre un peu de glace dessus.

Elle lança un feutre imaginaire dans sa direction, le faisant rire. Elle se laissa retomber sur le canapé, à côté de lui, et attrapa son téléphone qui se trouvait sur la table basse.

—Alors comme ça, tu t'es mariée, hein ? Et tu ne m'as même pas invité. Je suis blessé.

Elle percevait une centaine de questions dans son regard, et elle ne pouvait pas lui en vouloir.

—Ça s'est un peu fait sur un coup de tête, dit-elle, pas vraiment prête à lui parler des conditions de son mariage. Je promets de tout t'expliquer. Plus tard.

Il haussa un sourcil percé.

—Comme pour ta disparition soudaine en Europe ?

—Tu ne connais pas la moitié de l'histoire, gronda-t-elle tout en essayant à nouveau de joindre sa sœur.

—Tout va bien ? demanda Tommie qui paraissait inquiet, imitant probablement sa propre expression.

—C'est Carmen. Je ne l'ai pas vue depuis des semaines et je n'arrive pas à la joindre. À part quelques textos de temps en temps, c'est tout. Je sais qu'il se passe quelque chose. En fait, je pense – ce n'était pas facile de dire ça – qu'elle est maltraitée par son mari. Un mari que j'ai surpris avec une autre femme le jour de mon mariage.

Tommie grimaça.

—Eh ben, ça a l'air d'être un sacré gentleman.

—Je ne comprends pas pourquoi elle reste avec lui. Pourquoi n'importe quelle femme resterait avec un homme qui la maltraite.

JEUX DE POUVOIR

—Parfois, les gens n'ont pas vraiment le choix.
—On a toujours le choix, rétorqua-t-elle.
Il haussa les épaules, n'osant pas croiser son regard.
—Peut-être qu'elle n'a pas l'impression de mériter mieux.
Elle releva la tête en entendant ce ton étrange dans sa voix. Il fixait son écran d'ordinateur.
—Hum, on dirait que tu parles en connaissance de cause, dit-elle avec précaution.
Il haussa à nouveau les épaules.
—C'était il y a longtemps.
Quand elle lui lança un regard appuyé, il souffla.
—Bon, OK, il n'y a pas si longtemps. Il y a cinq ans pour être exact. Je venais tout juste de faire mon coming out et ma famille m'a pratiquement ostracisé. Tout ce que j'avais, c'était mon petit ami. Mon ex devenait assez violent après quelques verres. La maltraitance ne commence pas dès le premier jour, tu sais. C'est comme une maladie, un parasite, qui t'envahit chaque jour un peu plus. D'abord, tu te dis que c'était un accident, que ça n'arrivera plus jamais. Puis, la deuxième fois, quand il te supplie de lui pardonner, tu te convaincs que le pardon fait partie de l'amour. Ne nous enseigne-t-on pas que l'amour triomphe toujours ? Au moment où les choses ont commencé à dégénérer, je n'avais personne sur qui compter. À vrai dire, je le croyais quand il me disait qu'il serait le seul qui voudrait de moi. Quand tes propres parents ne t'adressent plus la parole, les deux personnes au monde qui sont censées t'aimer de manière inconditionnelle, tu te demandes si tu mérites vraiment d'être aimé. Quoi qu'il en soit – il prit une grande

inspiration – il m'a fallu deux côtes cassées et une visite aux urgences avant de le larguer. Il m'a fallu beaucoup de temps pour m'en remettre.

Jazzy resta sans voix. Elle n'en avait eu aucune idée. Il y a cinq ans, ils ne s'étaient même pas encore rencontrés et elle aimait se dire que, si cela avait été le cas, elle aurait été là pour lui. Maintenant, elle se sentait comme une merde d'avoir jugé sa sœur parce qu'elle restait avec son mari.

—Je suis vraiment désolée d'apprendre ça, dit-elle en déposant un baiser sur sa joue et en posant sa tête sur son épaule. J'aurais voulu être là pour toi.

Il soupira et lui rendit son étreinte.

—Mais tu l'es, désormais.

Après que Tommie fut parti, Jazzy commença à s'agiter. Elle était toujours aussi excitée et Gio était introuvable. Déterminée à s'occuper elle-même de son petit problème, elle se rendit dans leur chambre, à la recherche de son jouet favori.

—C'est ça que tu cherches ?

Surprise, elle sursauta. Elle plissa les yeux en voyant Gio agiter son vibromasseur dans sa direction.

—Qu'est-ce que j'ai dit, *bella* ? Tu pourras avoir ma queue après le dîner. On dirait que quelqu'un va encore être puni. Ou bien – il regarda son vibromasseur – va recevoir une nouvelle leçon.

Qu'est-ce que ça pouvait bien vouloir dire ? Et pourquoi est-ce que cela lui donnait si chaud tout en la contrariant à la fois ?

Il s'assit sur le bord du lit et tapota sa cuisse.

—Viens sur mes genoux.

—Je suis déjà tout endolorie.

JEUX DE POUVOIR

—Je ne vais pas te donner la fessée à nouveau. J'ai autre chose en tête.

Apparemment, il avait un cœur, après tout. Elle bondit vers lui et se pencha sur ses genoux.

—Tu vas me laisser jouir, cette fois-ci ?

Elle sursauta quand quelque chose de froid coula sur son anus. Son souffle devint erratique quand son doigt glissa plusieurs fois sur la vulve, taquinant le bord. Elle n'avait jamais fait de sexe anal auparavant et, bien qu'elle soit curieuse, maintenant que le moment semblait arrivé, elle était un peu nerveuse.

OK, elle était super nerveuse.

—Non.

Quoi ? Ah oui, il répondait à sa question.

—C'est pas gentil, fut tout ce qu'elle parvint à dire quand un autre doigt glissa en elle.

Enfin.

—S'il te plaît, Gio, remplis-moi. Remplis-moi de partout.

Elle savait qu'il aimait quand elle se mettait à parler, qu'elle verbalisait ses désirs.

—Dis-moi ce que tu aimes d'autre.

—Ça. Juste là.

Elle tenta de pousser ses fesses en arrière, pour faire levier et se faire pénétrer par son doigt, mais il retira celui-ci. C'était injuste.

—Je ne peux pas remplir tous tes orifices en même temps, bébé. Aucun homme ne le peut.

Pourquoi fallait-il que ce soit par un seul homme ? Quand il se raidit sous elle, elle réalisa qu'elle avait parlé à voix haute. Oh non.

—Je ne voulais pas dire...
—Si, je crois bien.
La tension la saisit à la gorge, tuant lentement son désir.

Elle n'avait encore jamais exprimé son fantasme d'être dominée par plus d'un seul homme. Cela semblait bête ; quelque chose qu'elle n'avait lu que dans les livres. Soudain, elle sentit que l'atmosphère dans la pièce changeait et elle essaya de se relever, mais il la maintint sur ses genoux.

—Je suis désolée.

Elle détestait l'idée qu'il puisse s'imaginer qu'il n'était pas assez bien. Quand elle avait eu ce fantasme, elle imaginait Gio. Tout autre homme n'était qu'un visage flou.

—Ne le sois pas. C'est normal d'avoir des fantasmes sexuels.

À en juger par le ton de sa voix et ses douces caresses sur ses fesses, il ne disait pas seulement ça pour détendre l'atmosphère.

—Donc, toi aussi, tu en as ?

Cela faisait d'elle une immense hypocrite, mais elle détestait l'imaginer avec une autre femme. En fait, cela lui donnait même envie de tuer quelqu'un. En commençant par lui.

Ses lèvres lui brûlèrent l'oreille quand il se pencha près d'elle.

—J'ai déjà fait un plan à trois *et* un plan à quatre, murmura-t-il.

—Je te déteste.

Les mots jaillirent de sa bouche.

—Non, c'est faux. Mais pour répondre à ta question, oui, j'ai des fantasmes aussi. Ils sont simplement différents des tiens, comme j'ai plus d'expérience.

JEUX DE POUVOIR

Ce qui voulait dire qu'il avait déjà eu assez de temps pour explorer ses désirs. Elle n'était pas sûre de vouloir les connaître. Mais ce qu'elle savait, c'était comment le faire sortir de ses gonds.

—Comme tu as beaucoup d'expérience, ça te dérange de répondre à quelques questions pour apaiser ma curiosité ?

Il continua de lui caresser les cheveux tout en lui répondant :

—Demande-moi ce que tu veux.
—As-tu déjà couché avec un homme ?
—Non.
—Avec une chèvre ?

Cela lui valut une tape sur les cuisses.

—Hé, ça fait mal !
—Tu ne sais pas encore ce qu'est la douleur, mais continue comme ça et tu le sauras assez vite.

Hum, OK. Plus de blagues sur les animaux, alors.

—Est-ce que ça t'arrive de vouloir à nouveau coucher avec plusieurs femmes ?

Même si cette idée la tuait, il fallait qu'elle lui pose la question.

—Non. Mais j'ai d'autres fantasmes que je te présenterai bientôt.

Elle ne put s'empêcher de soupirer de soulagement. Elle tortilla des fesses pour attirer à nouveau son attention sur la tâche à accomplir.

—Je suis tout ouïe.
—Bien. Prends une grande inspiration.
—Pourquoi devrais-je...

Oh... À peine avait-elle rétorqué qu'il avait commencé à enfoncer quelque chose de dur et rigide entre ses fesses.

—Tu te souviens quand tu m'as traité de trou du cul et que je t'ai dit de ne pas utiliser les mots « anal » et « trou du cul » dans la même phrase avec moi ?

—Oui, lâcha-t-elle.

—C'est maintenant que je les mets en pratique, *bella*. Ton cul est à moi, tout comme ta chatte. Chaque matin, pour les prochaines semaines, tu me tailleras une pipe, puis, moi, je remplirai ton beau postérieur avec un plug.

—Ah oui ? demanda-t-elle, les mains crispées.

Cela commençait à la brûler.

—Oui.

Il semblait parfaitement sûr de lui. Comme c'était agaçant.

—Parce qu'à la fin, je te récompenserai.

Il la récompenserait ? D'accord, ça, elle pouvait s'en accommoder.

CHAPITRE 18
GIO

Gio découvrit que la vie de couple n'était pas si différente de celle d'un célibataire, à part le fait que Jazzy était dans son lit toutes les nuits. Un mois après son mariage, il n'avait toujours pas assouvi son désir pour elle. En fait, la situation avait même empiré. Car, comme elle aimait le sexe – beaucoup – et pouvait suivre son rythme, il en était arrivé au point de vouloir essayer de nouvelles choses. Il se demanda si elle aimerait sa surprise.

—Bon, tu veux que je continue à surveiller Green ou bien le rapport te suffit ?

—Gio ?

Il leva la tête vers ses frères et Hector qui le fixaient du regard. Ils lui adressèrent un sourire amusé ; enfin, surtout Jackson et Vince – Hector, lui, souriait rarement.

—Jazzy va monter un business.

Depuis leur manoir. Il devait être reconnaissant qu'elle ne commence pas en étant dans leur garage ou leur sous-sol, comme certaines de ses idoles de la technologie.

—Et alors, qu'est-ce que tu en penses ?

Comme toujours, Jackson allait droit au but.

Gio avait été surpris d'apprendre que sa femme avait vraiment envie de travailler. La plupart des femmes avec qui il couchait d'habitude cherchaient surtout à trouver un mari riche. Il avait toujours pensé qu'après avoir fait tomber l'homme qui avait assassiné ses parents, il finirait par épouser une femme. Quand il aurait la quarantaine. Il subviendrait à ses besoins, et comblerait tous ses désirs.

C'était ainsi qu'un homme devait être. Il devait prendre soin de sa famille. Le fait qu'elle ait envie de travailler, de gagner de l'argent, voulait-il dire qu'elle ne lui faisait pas confiance et ne le pensait pas capable de s'occuper d'elle ? De toujours subvenir à ses besoins ?

—Je trouve ça...surprenant.

—Tu sais, c'est un nouveau millénaire, dit Jackson, tout en essayant manifestement de garder un visage sérieux. Les femmes travaillent, maintenant.

—Connard.

Il repensa à Jazzy. Ce qui était bizarre, d'ailleurs. Il n'avait jamais pensé à ses maîtresses en dehors de la chambre. Alors pourquoi est-ce que ce petit diablotin occupait son esprit en plein milieu d'une réunion ? C'était peut-être parce qu'elle était sa femme. Il supposa que cela la rendait différente. Et parce qu'elle l'attendait. Il aimait rentrer chez lui et retrouver une Jazzy à moitié endormie qui l'attendait, quelle que soit l'heure.

Gio examina le dossier de Tom Green. Le gamin aux cheveux bleus avec des piercings aux sourcils. Cela lui rappela Vince à l'époque. Son frère avait toujours été le plus rebelle d'entre eux, passant par plusieurs étapes de l'adolescence. Vince aimerait probablement ce gamin. Gio, lui, n'en était pas encore sûr.

—Il est inoffensif, poursuivit Hector, lui donnant de plus amples informations sur Green. Diplômé avec mention, plein d'entreprises voudraient probablement l'embaucher. Pourtant, le gamin travaille dans un magasin d'informatique. Il ne semble avoir aucun contact avec sa famille, à part avec sa grand-mère qui est en maison de retraite. Son compte en banque est pratiquement vide, la plupart de ses économies vont dans la maison de retraite. La grand-mère est probablement la raison pour laquelle il n'a accepté aucun travail en dehors de San Francisco. Il n'a pas d'antécédents. Il y a cependant un dossier indiquant qu'il a porté plainte contre son ex-petit ami pour agression.

—Comment ça s'est terminé ?

Si cet ex violent était toujours dans les parages, il pourrait être une menace. Et une menace envers Tommie était une menace potentielle envers Jazzy.

—L'imbécile a attaqué les flics quand ils ont voulu le questionner, alors les accusations se sont accumulées. Il purge une peine de six ans actuellement.

Il ferma le dossier de Green et le posa à côté de ceux des employés du refuge pour femmes et du beau-frère de Jazzy, Franco Caruso. Tous des dangers potentiels pour sa femme. Le plus gros, en revanche, était Caruso. D'après le rapport, ses finances étaient encore pires que ce qu'il croyait, ce qui pouvait rendre un homme de sa trempe encore plus dangereux. Ce qui l'inquiétait particulièrement, c'était que, d'après Vince, Caruso était responsable de la disparition de l'une de ses maîtresses. Il ne voulait pas que Jazzy s'approche de cet homme.

Il sortit son téléphone quand il l'entendit vibrer. Il téléchargea la photo que lui avait envoyée Jazzy et sa verge se transforma immédiatement en acier solide. Cette nana était folle. Il ne pouvait pas détourner son regard de ce zoom sur son magnifique fessier, le bout d'un plug anal rose qui dépassait d'entre ses fesses rosées.

—Merde.

Il réalisa qu'il s'était trompé. La raison pour laquelle il n'arrivait pas à la sortir de son esprit était parce que cette maudite femme était toujours en train de préparer quelque chose.

Il pressa l'interphone et demanda à être mis en relation avec l'informaticien.

—Jones, mon épouse vient de m'envoyer une photo sur mon téléphone. Effacez-la. Et assurez-vous qu'elle soit totalement supprimée.

Quelques clics sur un clavier furent suivis d'un sifflement et Gio grinça des dents. Il ne s'était jamais considéré comme possessif, pourtant, voilà qu'il se sentait comme un homme des cavernes avec sa femme.

—Jones ?

—Oui, M. Detta ?

—Même si je suis certain que ma femme apprécierait le compliment, ne faites plus jamais ce bruit pour tout ce qui la concerne.

L'informaticien balbutia immédiatement, s'excusant longuement.

Gio raccrocha, se retrouvant à nouveau face à trois paires d'yeux.

—Alors comme ça, elle t'a envoyé une photo, hein ? dit Vince, essayant de prendre un air innocent. Je savais qu'elle ne serait pas ennuyeuse dès la seconde où je l'ai rencontrée. Vous êtes un couple exclusif ?

Le fait qu'il ait posé cette question prouvait bien que son frère avait un mode de vie dont Gio ne voulait rien savoir.

JEUX DE POUVOIR

Quand Gio ne répondit pas à cette question ridicule, Vince lui dit :

—Je vois. Tu devrais amener Jazzy au club un soir. On a une soirée Masque et Mystère ce vendredi. Je suis sûre qu'elle serait sublime avec une tenue en cuir. Tu pourrais lui acheter un beau corset et...

—Arrête d'imaginer ma femme avec un corset ! s'énerva Gio.

Vince ricana.

—Je vous mets sur la liste alors ?

—Va te faire foutre, Vince. Juste, va te faire foutre.

Gio devait encore s'arrêter quelque part avant de rentrer chez lui. Il donna l'adresse du magasin d'informatique où travaillait Tommie Green à Raoul. C'était un petit local à Soma entre la galerie d'art et un restaurant chinois.

Il attendit jusqu'à ce que le seul client du magasin termine son affaire et que le lieu soit désert.

—M. Detta, l'accueillit Tommie. Que puis-je faire pour vous ?

—Vous allez accepter un espace de bureaux dans la Tour Detta, M. Green.

—Ah bon ?

—Oui, car je ne vais pas laisser ma femme travailler dans ces bureaux minables que vous visitez. C'est une Detta, ce qui fait d'elle une cible aux yeux de certaines personnes. Je ne peux pas l'exposer à de telles menaces, notamment en sachant qu'elle pourrait être parfaitement en sécurité dans mon bâtiment. Alors, vous allez ravaler votre fierté et accepter mon offre. C'est la seule condition pour que Jazzy le fasse.

Tommie plissa les yeux. Il passa une main à travers ses cheveux bleus, montrant ainsi sa nervosité.

—Vous allez me faire une offre que je ne pourrai pas refuser, c'est ça ?

Si cette affaire n'avait pas été si importante pour lui, Gio aurait souri. Ce gamin avait du cran. Il avait également raison sur cette offre qu'allait lui faire Gio.

—Oui, Tommie, je vais vous faire une offre que vous ne pourrez pas refuser.

CHAPITRE 19
JAZZY

Jazzy était mariée depuis un mois environ. Un mois à vivre une sorte d'étrange lune de miel parfaite. Gio s'occupait bien d'elle. Il passait la plupart de ses soirées à la maison, dînant avec elle comme un couple normal. Elle avait été occupée à faire ses propres trucs, développant son business plan et son logiciel. Ils ne se voyaient pas beaucoup durant la journée, mais la nuit, oh, les nuits étaient incroyables. Gio était une énigme. Cet homme à l'air renfermé était un véritable caméléon sous la couette. Même si, parfois, il omettait complètement la couette, la prenant sur le canapé, dans la douche, et même une fois sur son bureau dans la bibliothèque. Pour une personne extérieure, ils auraient probablement l'air d'un couple de jeunes mariés ordinaires. Jusqu'à présent, il n'avait pas essayé de faire la loi avec elle. La seule chose qu'il tenait absolument à assurer, c'était sa sécurité. Là-dessus, il était intraitable. Elle ne pouvait aller nulle part sans Hector. En tant que chef de la sécurité et directeur de l'agence de sécurité, elle trouvait que l'ancien marine était un peu surqualifié pour le poste, mais cela ne semblait pas le déranger.

Pourtant, elle n'arrêtait pas de se demander quand serait la prochaine tuile. Les hommes puissants comme Giovanni Detta avaient une certaine façon de traiter les gens. Il l'avait prouvé en massacrant presque ce connard qui l'avait frappée. Était-ce justifié ? Peut-être. Elle n'avait pas pitié de cet imbécile. Or, tôt ou tard, Gio allait finir par se rendre compte qu'il n'avait pas épousé la bonne fille Rossi et tout ce bonheur finirait par disparaître. Mais, jusqu'à ce que ce moment arrive, elle en profiterait au maximum ; donnant vie à tous ses fantasmes, le plus récent ayant eu lieu ce matin.

Elle sourit en repensant à la photo qu'elle lui avait envoyée. Jusqu'à présent, c'était l'un des plus gros plugs anaux qu'elle ait utilisés. C'était le jouet éléphant et elle était censée le garder encore pour quelques heures. Ce qu'elle fit, jusqu'au moment où elle décida de rendre visite à sa sœur.

Sa patience avait des limites. Il était temps pour Carmen d'ouvrir les yeux. À sa grande surprise, cette fois-ci, quand Jazzy lui envoya un SMS, Carmen lui répondit immédiatement en lui disant qu'elle souhaitait la voir.

Jazzy prit deux taxis et un ferry jusqu'à North Bay. La première chose qu'elle remarqua en arrivant à la *Casa*.

Caruso, fut l'absence de gardes autour du périmètre. Cela faisait un moment qu'elle n'avait pas visité cet endroit, à la périphérie du comté de Marin. Étrangement, l'endroit semblait différent. Plus abandonné.

Elle sonna et ce fut Carmen qui lui ouvrit au lieu de la gouvernante. Sa sœur paraissait amaigrie, ses vêtements étaient larges sur elle.

—Enfin, la salua Jazzy en lui faisant un câlin. Où étais-tu passée, ces dernières semaines ?

Carmen sourit d'un air crispé.

—Je t'en prie, entre. Allons dans la cuisine. J'ai fait du thé.

Jazzy fronça le nez en la suivant à l'intérieur.

—Je n'ai jamais compris ton amour pour le thé.

—Ne t'inquiète pas, il y a aussi du café pour toi.

JEUX DE POUVOIR

Lorsqu'elles s'assirent à la table de la cuisine, donnant sur un jardin vide, Jazzy remarqua le silence.

—Où sont les autres ?

Carmen lui tendit un mug.

—Franco a viré le personnel et ne laisse plus entrer personne dans la maison. Depuis que le reste de sa famille est allé en prison et s'est fait tuer, il est parano, il croit que tout le monde est après lui. Il y a quelques jours, il a eu une réunion avec son avocat. Je crois qu'il fait l'objet d'une enquête.

Bien. J'espère qu'ils le mettront en prison. Jazzy acquiesça tout en prenant une gorgée de café.

—Il est devenu... plus instable, ces derniers temps.

—Bon, et maintenant, qu'est-ce que tu vas faire ?

S'il te plaît, laisse-moi t'aider. Ce dont toute femme avait besoin c'était d'être avec un homme qui la tire vers le haut et non pas vers le bas. Elle aurait aimé que Carmen s'en rende compte.

—Je... je vais le quitter, Jaz.

—C'est vrai ? Je veux dire, enfin !

—Je... je suis enceinte, dit Carmen la voix tremblante.

Oh, merde.

—C'est, euh...

Jazzy ne savait absolument pas quoi en penser.

—C'est une bonne ou mauvaise nouvelle ? demanda-t-elle finalement.

Dans tous les cas, elle soutiendrait sa sœur, mais elle n'allait évidemment pas la féliciter si cette dernière ne comptait pas garder le bébé.

Carmen sourit.

—C'est une bonne nouvelle, Jazzy. C'est une très, très bonne nouvelle.

Elle prit sa sœur dans ses bras.

—Alors dans ce cas je suis très, très heureuse pour toi. Je n'arrive pas à croire que je vais être tata !

Le sourire de Carmen s'élargit.

—Et je n'arrive pas à croire que je vais être maman, dit-elle en soupirant profondément. J'imagine que tout ça, absolument tout, vaudra le coup, après tout.

Jazzy se détestait de ne pas avoir remarqué plus tôt à quel point sa sœur était malheureuse.

—Pourquoi tu ne me l'as jamais dit ? *Nonno* n'aurait jamais laissé Franco...

—Je ne pouvais pas le dire à grand-père. Tu sais ce qu'il pense du mariage. Il m'aurait dit que c'était mon devoir de soutenir mon mari, quoi qu'il arrive. Et toi, tu aurais essayé de m'aider en fonçant tête baissée. Franco....

Pendant un instant, elle cessa de respirer.

—Il t'aurait fait du mal, enchaîna-t-elle. Il a menacé de te tuer si jamais je m'enfuyais. Pour lui, si sa femme le quittait, ce serait la pire des humiliations. Mais, avec le bébé, cela change tout. Je ne peux pas le laisser donner cette éducation à mon fils ou le laisser faire du mal à ma fille, dit-elle, laissant un sanglot lui échapper. Je ne veux pas que ma fille grandisse avec une mère lâche, incapable de la protéger de son propre père.

—Tu n'es pas une lâche, dit Jazzy avec véhémence, tenant fermement sa sœur. C'est lui qui est lâche pour avoir osé lever la main sur toi. Pour croire que, parce qu'il est plus fort, c'est normal de te faire du mal.

Jazzy attrapa son sac qui était sur le comptoir.

JEUX DE POUVOIR

—Allons-y.

Carmen secoua la tête.

—Je ne vais pas tout laisser derrière moi pour qu'il le détruise ensuite quand il réalisera que je l'ai quitté. Certaines anciennes affaires à maman sont rangées dans le grenier. Franco ne reviendra pas de son voyage avant demain matin. J'ai encore le temps.

Elle regarda autour d'elle, un peu troublée, et Jazzy ne pouvait qu'imaginer ce que sa sœur était en train de vivre.

—Je réserverai un camion de déménagement, lui promit Jazzy.

—Je... je ne sais pas quoi faire maintenant, Jaz.

Oh merde.

—Est-ce que tu reviens sur ta décision ?

Même si elle voulait absolument emmener sa sœur loin d'ici, elle savait qu'il fallait que la décision vienne d'elle.

—Non.

Carmen prit un air déterminé quand elle posa la main sur son abdomen.

—Je ne sais pas où aller, mais je ne resterai pas ici. Ça peut paraître bête étant donné que j'ai appris que j'étais enceinte seulement aujourd'hui, mais j'aime ce bébé. Je ferai tout mon possible pour le ou la protéger.

—On trouvera une solution, d'accord ? Tu viendras avec moi. On verra ce qu'on fera ensuite, chaque chose en son temps.

—Tu es sûre que ton mari sera d'accord avec ça ? Il ne voudra peut-être pas...

—Ne t'inquiète pas pour ça. Tout va bien entre Gio et moi. Ça ne le dérangera pas.

Du moins, c'était ce qu'elle espérait. Et s'il s'attendait à ce qu'elle tourne le dos à sa sœur, eh bien, tant pis pour lui.

Elles se mirent d'accord pour se retrouver dans quelques heures et Carmen partit à l'étage pour préparer ses affaires.

Jazzy envoya un message à Gio pour l'informer qu'elle ne serait pas là pour dîner, car elle devait passer prendre sa sœur. Il répondit immédiatement en lui disant qu'il n'aimait pas qu'elle aille chez Caruso. Elle ignora son message incendiaire.

Elle envoya ensuite un message à Tommie et se rendit chez lui, contente de voir son ancienne camionnette garée devant son appartement.

Il ouvrit la porte, habillé d'un short violet et d'un débardeur noir, ses clés cliquetant dans sa main.

—Merci beaucoup, dit-elle en tendant la main vers les clés, mais il secoua la tête.

—Non, je vais t'emmener.

—Tu n'es pas obligé de faire ça durant ton jour de congé. Sincèrement. Je vais juste...

—Je ne vais pas te laisser toi et ta sœur traverser ça toutes seules, Jaz. Elle aura besoin de parler à quelqu'un par la suite. Quelqu'un qui peut la comprendre.

—Très bien. On aura peut-être besoin de muscles pour porter ses affaires de toute façon.

Il gémit.

—Arf, moi et ma grande gueule.

Avec la circulation dense de fin d'après-midi, il leur fallut au moins une heure de trajet pour aller chez Carmen.

—Sympa, dit Tommie en se garant sur la pelouse devant chez Carmen.

JEUX DE POUVOIR

Il observa le grand jardin et les colonnes de marbre blanches qui encadraient les lieux.

—Ne te laisse pas duper par l'extérieur, l'avertit-elle. Crois-moi quand je te dis qu'il vaut mieux vivre dans ton van plutôt que là-dedans.

Il ricana, mais la suivit, même s'il paraissait désormais moins impressionné.

Ils trouvèrent la porte d'entrée ouverte. Quand Jazzy la poussa légèrement, elle s'ouvrit en grand. Cela l'inquiéta immédiatement.

—J'imagine qu'elle veut partir dès que possible, hein ? dit Tommie.

—J'espère que c'est pour ça, oui.

Le couloir de l'entrée et le salon étaient vides. Aucune Carmen en vue.

—Ça ne te dérange pas de regarder dans le grenier ? Elle a dit qu'il y avait des trucs à Maman qu'elle voulait emmener avec elle.

Jazzy chercha d'abord Carmen dans le salon et la salle à manger, mais les pièces étaient vides. Puis elle entendit des voix provenant de la cuisine. Elle tourna à l'angle et la bile lui remonta dans la gorge.

Franco se tenait au-dessus de sa sœur qui gisait dans une flaque de sang sur le sol de la cuisine.

—Il n'y a plus aucune loyauté dans ce monde. Tu crois que tu peux me quitter comme ça ? Je t'ai achetée, salope. J'ai payé cher pour ton corps vierge. Tu ne peux pas me quitter. Tu ne me quitteras jamais !

Franco se servit un verre tout en continuant son monologue. Il y avait un pistolet à côté de sa main sur le comptoir.

Jazzy comprit qu'elle devait faire très attention.

—Je prends un vol plus tôt et qui est-ce qui m'accueille dans ma propre putain de maison ? Ma salope de femme, qui fait ses affaires.

Carmen avait les yeux fermés et Jazzy eut le sentiment que sa sœur était inconsciente.

Franco continua de marmonner en prenant un autre verre.

—Cette salope froide et stérile croyait vraiment qu'elle pourrait me quitter.

Pas stérile. Le bébé. Oh, mon Dieu, le bébé !

Jazzy faillit dévoiler la situation de sa sœur, mais décida de ne pas le faire. Elle ne savait pas vraiment ce que ferait Franco s'il apprenait que Carmen était enceinte. Peut-être qu'il paniquerait totalement et se mettrait à tirer.

Elle sursauta quand il jeta le verre de whisky contre le mur et que celui-ci se brisa en mille morceaux.

Elle dut probablement émettre un son, car, soudain, Franco leva la tête. Ses yeux devinrent des fentes quand il la vit.

—Franco, s'il te plaît. Carmen saigne. Laisse-moi appeler une ambulance.

Il souffla.

—Pourquoi ? Je ne lui ai pas tiré dessus. Je lui ai juste cassé la jambe, pour qu'elle ne puisse pas s'enfuir, putain.

—Il y a beaucoup de sang, s'il te plaît.

Il fronça les sourcils.

—Je ne sais pas pourquoi elle saigne comme ça. Avant, ça ne lui arrivait jamais.

JEUX DE POUVOIR

Jazzy eut envie de vomir. Elle se rappela qu'elle devait garder son sang-froid, même si tout en elle lui criait de lui prendre son pistolet et de tuer ce bâtard.

—S'il te plaît, laisse-moi l'aider, essaya-t-elle à nouveau, cherchant une arme autour d'elle.

Il y avait une bouilloire sur le comptoir, à côté de lui. Quelques couteaux sur le mur à côté du frigo.

—Peut-être que *toi* tu peux me satisfaire. Ta sœur, elle n'y arrivait clairement pas. Un putain de glaçon. Qu'est-ce que tu en dis, Jocelyn ? dit-il avec un hoquet, ses yeux scrutant son corps. Tu veux baiser ? Je le vois, tu sais. Je le vois dans tes yeux que tu me désires. Il y a un feu en toi. De la passion.

Son discours délirant réveilla un souvenir profondément enfoui.

T'en as envie, hein ? Tu veux que je te baise.

Elle eut la nausée. Elle serra les poings et ce fut seulement par pure volonté qu'elle ne lui sauta pas dessus.

Puis elle perçut un mouvement derrière Franco. Derrière la porte de la cuisine qui donnait sur le jardin se tenait Tommie. Son visage était pâle comparé à sa crête bleue.

Elle détourna le regard, ne voulant pas alerter Franco.

—C'est quoi ce flingue sur le comptoir, Franco ? demanda-t-elle d'une voix forte.

Franco saisit l'arme et se mit à glousser. Ce bâtard était réellement en train de glousser.

—Il appartenait à mon père. Le Don Caruso, autrefois puissant. Je ne pouvais pas le laisser. Je pourrais en avoir besoin, là où je vais.

Le seul endroit où tu iras, c'est en enfer.

—Je vais vérifier que ma sœur va bien, d'accord ?

Elle ne pouvait pas juste rester là devant la porte. Doucement, observant Franco du coin de l'œil, elle s'agenouilla à côté de Carmen et pressa ses doigts contre son cou. Elle fut immédiatement soulagée quand elle sentit son pouls.

—Ça va aller, dit-il. Lève-la. On s'en va dans une heure.

Cet homme était cinglé.

—Tiens bon, sœurette. Je vais te sortir de là.

Apparemment, ses paroles furent comme un drap rouge que l'on agite devant un taureau, car, soudain, Franco se mit en mouvement. Il l'attrapa par les cheveux, la soulevant et agitant son arme devant son visage.

—Tu ne l'emmèneras nulle part, grogna-t-il. Elle est à moi. Elle sera toujours à moi.

Ses yeux étaient ceux d'un homme fou.

—Va te faire foutre, elle n'est pas quelque chose qui t'appartient et que tu peux cogner à volonté. C'est un être humain, connard !

Et ensuite, parce qu'elle le pouvait, elle lui cracha au visage.

Son poing heurta son visage, la faisant se plier en deux. Elle tomba à genoux, essayant de reprendre son souffle. Son regard se posa sur sa sœur qui, Dieu merci, avait ouvert les paupières. Quand Jazzy leva les yeux, cette fois-ci, le pistolet de Franco était braqué sur elle.

Ce qu'on racontait sur cette histoire de voir sa vie défiler devant ses yeux n'était qu'un mensonge. Elle ne vit qu'une seule chose : Gio. Leurs nuits passionnées passées ensemble, les dimanches matin paresseux. Il allait être furieux quand il allait apprendre qu'elle s'était fait tuer à cause de son imprudence.

JEUX DE POUVOIR

Avant même qu'elle ne puisse émettre le moindre son, ou le supplier pour garder la vie sauve, Tommie décida d'agir. Il se jeta contre Franco et l'entraîna par terre. Alors que les hommes luttaient sur le sol, cherchant tous les deux à attraper le pistolet, Jazzy retomba sur ses pieds, ignorant la douleur dans son estomac. Elle se figea quand un coup de feu retentit.

La peur s'empara d'elle quand elle vit que Franco se relevait, laissant un Tommie sanguinolent sur le sol, avec une balle dans l'épaule.

Avec un cri de guerre qu'elle ne pensait même pas avoir en elle, elle se jeta contre Franco, le frappant et lui donnant des coups de pied partout où elle le pouvait. Elle entendit le pistolet tomber par terre au loin, mais elle n'avait pas le temps de le chercher. Franco trébucha en arrière quand elle lui enfonça le genou dans le ventre. Sa tête heurta le mur, faisant tomber les pots et les casseroles sur le sol. Hélas, cela ne suffit pas à le neutraliser. Il fonça à nouveau vers elle.

Mais, juste avant qu'il ne puisse l'atteindre, il s'arrêta net, les yeux écarquillés sous l'effet de surprise.

Jazzy ne comprit pas pourquoi il s'était arrêté, jusqu'à ce qu'il tombe à genoux, dévoilant sa sœur qui se tenait juste derrière lui.

Franco tomba face contre terre et c'est alors que Jazzy vit le couteau de cuisine qui était planté dans son dos. Carmen tomba elle aussi à genoux, tenant une main sur son ventre.

Elle entendit le bruit de bottes lourdes qui couraient vers elles.

—C'est quoi ce bordel ?!

La bordée de jurons d'Hector ne fut jamais si bien accueillie.

Elle se rua vers Tommie qui était couché sur le dos et lui attrapa la main.

—Hé, Schtroumpf guerrier. S'il te plaît, tiens le coup, d'accord ?

Hector prit quelques serviettes et les pressa contre la blessure de Tommie.

—Continue d'appuyer. Je vais aller jeter un coup d'œil à ce *cabrón*.

Tommie grogna.

—Les cicatrices, c'est plutôt sexy, non ?

Jazzy appuya sur l'épaule de Tommie à l'aide de ses deux mains. Elle observa sa sœur, qui était toujours à genoux, regardant fixement le corps sans vie de Franco.

—Carmen ?

Aucune réaction.

—Carmen !

Toujours pas de réaction.

Tommie essaya de se relever, mais Jazzy le maintint au sol.

—Ne bouge pas ! Nous allons rester assis en attendant l'ambulance.

Sauf que ce ne fut pas seulement l'ambulance qui finit par arriver. Gio les accompagnait également.

Elle se leva et s'écarta pour faire de la place aux ambulanciers.

Gio ne dit pas un mot. Son visage était un masque illisible, contrairement à ses poings et sa mâchoire serrée qui voulaient tout dire.

JEUX DE POUVOIR

Jazzy savait qu'elle allait avoir des ennuis. Elle savait également que, maintenant qu'il était là, tout allait bien se passer. C'était idiot, mais elle avait le sentiment que sa présence à elle seule garantissait que personne n'allait mourir.

Ne pouvant plus supporter la distance qui les séparait, elle se jeta dans ses bras. Ce fut comme si un barrage avait cédé. Quand il la tint fermement contre lui, elle ne put retenir ses larmes.

CHAPITRE 20
GIO

Sa femme tremblait dans ses bras. S'il n'y avait pas eu cette rage dévorante en lui, il aurait peut-être tremblé aussi. De peur. Une putain de peur véritable qu'il lui soit arrivé quelque chose. Quand il avait reçu le message d'Hector, il était déjà en chemin pour aller chez Caruso. Cela ne lui avait pas plu qu'elle aille là-bas et apparemment son mauvais pressentiment à l'égard de cet endroit s'était révélé vrai.

En parlant de Caruso, il baignait dans une mare de sang, le sien, la tête sur le côté, haletant. Cet enfoiré était toujours en vie.

Quand les ambulanciers qu'il avait emmenés avec lui s'avancèrent vers Caruso, Gio s'interposa.

—Pas lui.

Il avait d'autres plans en tête pour ce connard.

Les ambulanciers examinèrent rapidement certains signes vitaux avant de placer Tommie sur une civière. Ils emmenèrent Carmen en deuxième.

Caruso parvint à s'appuyer sur sa main et à se relever.

Hector lui donna un coup de pied dans la tête, le faisant à nouveau efficacement tomber par terre. Puis, il le traîna plus loin.

Jazzy leva les yeux de sa chemise. Elle essuya ses larmes et cligna des yeux quand elle vit que la cuisine était presque vide, mis à part eux.

—Attends. Dans quel hôpital les ont- ils emmenés ? Il faut que nous les suivions...

Gio prit sa joue dans sa main. Ses beaux yeux noisette le regardaient avec insistance. Il aurait aimé pouvoir lui épargner cela. Le regard désemparé de la jeune femme réveilla en lui quelque chose qu'il croyait éteint depuis longtemps.

—Est-ce que tu me fais confiance pour que je m'occupe de ça ?

Un silence s'installa quelques secondes.

—Oui.

Elle paraissait surprise, ce qui l'agaça. Mais ils auraient cette conversation plus tard. Là, tout de suite, il fallait qu'il s'occupe de ce bazar.

—Très bien. Ils recevront les soins médicaux dont ils auront besoin. Dis-moi ce qui s'est passé.

Quand elle eut terminé, il perçut qu'elle le regardait avec défiance.

—C'était de la légitime défense. Carmen n'avait rien prémédité. Je ne vais pas la laisser aller en prison. C'était de la légitime défense.

—Elle n'ira pas en prison, acquiesça-t-il.

Jazzy s'affaissa contre lui, la tension quittant son corps. Il fut surpris qu'elle ait imaginé qu'il puisse laisser cela se produire. Elle lui appartenait, désormais, avec une sœur meurtrière et compagnie.

—Elle va s'en sortir, marmonna Jazzy, comme pour s'en convaincre. Nous allons tous nous en sortir.

—Il ne t'arrivera jamais rien avec moi, tu le sais, n'est-ce pas ? Une menace contre ma femme est une menace contre moi.

JEUX DE POUVOIR

Et, soudain, il apparut. Ce léger scintillement dans son regard, avant qu'elle ne baisse la tête, cachant cette histoire qui se déroulait dans ses yeux.

—Crache le morceau.

—Quoi ? dit-elle d'un air confus.

—Tu as quelque chose à me dire ? Des secrets, profondément enfouis ? Un squelette dans le placard ?

Son regard s'embrasa. Bon sang, quand cela se produisait, généralement il avait envie de la poser sur ses genoux. Il avait quand même besoin de garder le contrôle. Il y avait des limites qu'il évoquerait et qu'elle accepterait. Et si elle ne le faisait pas, il y aurait des conséquences. Il fallait qu'elle le comprenne.

—Si je te disais quels étaient ces secrets, ils ne seraient plus profondément enfouis, n'est-ce pas ?

Il se jeta sur elle en un clin d'œil. Elle tressaillit quand il la poussa contre le mur, son genou entre ses cuisses, jusqu'à son entrejambe. Ses pupilles se dilatèrent et il dut lutter contre l'envie de la déshabiller, là, tout de suite.

—Plus de secrets. Je ne peux pas te protéger si je ne sais pas ce que tu fuis.

Voilà qu'elle était de retour, cette expression neutre qu'elle prenait quand il disait qu'elle fuyait quelque chose.

—Ou à cause de qui, ajouta-t-il.

—S'il te plaît, murmura-t-elle doucement.

Il l'attira à nouveau contre lui. Tout ça n'était pas terminé. Quel que soit ce qui l'effrayait, il finirait par le savoir. Plus tard. Quand elle ne serait pas en train de trembler contre lui.

Elle se racla la gorge.

—Franco. Est-ce qu'il...

—Il respirait encore quand Hector l'a emmené.

Elle soupira de soulagement.

—Tant mieux. Ce bâtard mérite de souffrir avant de mourir en prison. J'imagine que je devrai faire une déclaration à la police.

—Non, tu n'auras pas à le faire. Nous n'avons pas vraiment appelé une ambulance pour lui, Jaz. Le personnel médical que tu viens de voir ne travaille pas dans un hôpital officiel et ils ne sont pas venus ici avec une ambulance officielle non plus. La police ne sera pas impliquée.

—Mais...

—On s'occupe de Franco. Nous ne parlerons plus de ça.

Comme s'il allait laisser vivre le bâtard qui avait osé pointer son arme sur elle. L'idée même était ridicule.

—Attends une minute. Et Tommie ? On lui a tiré dessus. Les blessures par balle sont toujours signalées à la police.

—Tommie a été transféré dans une clinique privée, tout comme ta sœur. Aucune blessure par balle ne sera signalée.

—Je veux les voir.

—Tu les verras.

Son chauffeur n'eut pas besoin qu'on lui indique où se trouvait la clinique. Ce n'était pas la première fois qu'ils s'y rendaient.

Quand ils entrèrent dans le hall et demandèrent à voir Tom Green, une infirmière les informa qu'il était actuellement en train de se faire opérer. Gio allait devoir revoir son jugement sur le gamin, qui avait d'abord été négatif et agacé. Il n'avait pas aimé que cet homme, ou n'importe quel homme d'ailleurs, passe du temps avec sa femme. Cependant, il n'était pas encore prêt à reconnaître pourquoi, même s'il devait avouer que tout cela était alimenté par la jalousie. Un sentiment nouveau pour lui, même s'il n'était pas totalement inconnu. Son père n'avait jamais toléré qu'un homme s'approche de son épouse non plus. C'était peut-être simplement dans ses gènes. Mais Tommie Green avait pris une balle pour sa femme, ce qui voulait dire que Gio lui était redevable.

L'infirmière les guida jusqu'à la chambre de Carmen. Sa silhouette fine semblait encore plus petite dans cette grande chambre, disparaissant presque dans le lit.

Ses yeux étaient fermés et, selon l'infirmière, elle était sous sédatif. Apparemment, elle s'était effondrée après avoir appris qu'elle avait perdu le bébé.

Gio avait vu beaucoup de merdes dans sa vie et ne comprenait que trop bien ce qui pouvait pousser un homme à tuer, voler, mentir ou tricher pour s'en sortir. Mais il ne pourrait jamais comprendre qu'il puisse lever la main sur sa propre femme et encore moins tuer la chair de sa chair.

Jazzy était absolument dévastée. Elle sanglota contre sa chemise, alors qu'il la tenait dans ses bras dans la chambre de Carmen.

—Il a tué son bébé, Gio. Je venais juste d'apprendre cet après-midi que j'allais devenir une tante. Carmen était tellement enthousiaste.

Gio réalisa quelque chose, ce soir-là. Les femmes n'étaient pas obligées d'aimer leurs maris, mais celle-ci, si. Il voulait cette passion féroce avec laquelle elle défendait sa sœur et son ami. Il avait déjà son corps, mais il voulait son cœur, son esprit et son âme également. Le contraire était inacceptable.

***

Gio quitta la clinique – laissant Raoul derrière pour qu'il puisse ramener Jazzy à la maison dès qu'elle serait prête – et prit un taxi jusqu'au club privé dont Vince était propriétaire. Il entra dans le bâtiment par l'arrière.

Hector était déjà là, en train de l'attendre ; son habituel air renfrogné était accompagné d'une certaine fureur qui brûlait dans ses yeux. Son ami avait un côté très protecteur concernant les femmes et les enfants. Le fait que Jazzy ait failli être blessée pendant qu'il la surveillait ne ferait qu'inciter encore plus l'ancien marine à vouloir régler son compte avec Caruso.

—Par ici, grogna-t-il presque, ouvrant la marche vers le sous-sol.

Contrairement à Vince, Gio n'était pas fan du milieu sadomasochiste, c'est pourquoi il n'avait encore jamais visité les lieux. Malgré la soirée de merde qu'il avait passée jusque-là, il ne put s'empêcher de sourire quand il découvrit où Hector avait caché Caruso.

—Le donjon ?

Le grand gaillard haussa les épaules.

—Ça me semblait approprié.

Caruso était attaché à une croix de Saint-André. Il ne bougeait pas.

—Il est toujours en vie ?

—J'ai recousu sa blessure. Je ne voulais pas que ce *cabrón* meure avant que tu n'aies l'occasion de... lui parler.

La porte du donjon s'ouvrit et Vince entra.

—Je me suis dit que tu aurais envie d'être là, dit Gio en le saluant.

JEUX DE POUVOIR

Son frère avait voulu régler ses comptes avec Caruso depuis qu'une soumise qui avait pour habitude de fréquenter son club avait disparu et que tous les doigts s'étaient pointés vers Caruso. Bien évidemment, ce connard savait couvrir ses traces alors il s'en était tiré. Enfin, jusqu'à présent.

—Je ne manquerais ça pour rien au monde.

Son frère tourna son regard glacial vers la silhouette enchaînée au mur.

—Il est toujours en vie ?

Gio acquiesça.

—Pour le moment.

Hector quitta la pièce et revint avec un seau d'eau, puis éclaboussa le visage de Caruso avec. Ce dernier revint à lui, crachant et jurant.

Gio dut vraiment prendre sur lui pour ne pas lui enfoncer un couteau dans la gorge. Mais ç'aurait été bien trop miséricordieux. Et il était loin de l'être quand quelqu'un menaçait sa famille.

—C'est la fin pour toi, Caruso. Personne n'a le droit de faire du mal à ma femme et de vivre ensuite. S'il y a un Dieu en lequel tu crois, avec qui tu as envie de faire la paix, c'est le bon moment pour le faire.

Il s'avança vers le placard sur la droite et prit une jolie canne.

—Va te faire foutre, Detta, dit Caruso en regardant la canne en bois, tout en essayant de cacher sa peur. Tu sais à qui tu as affaire ? T'es un homme mort. Un homme mort !

Gio avait appris qu'il y avait deux types d'hommes. Ceux qui suppliaient pour qu'on leur laisse la vie sauve, lui promettant tout ce qu'il voulait. Et ceux qui le menaçaient comme pas possible. Caruso appartenait au dernier groupe, sauf qu'il n'avait rien pour appuyer sa menace.

—Tu es foutu, Caruso. Ta famille est foutue. Ton héritage, quel qu'il ait pu être, est également perdu. Tu ne manqueras à personne.

Il le vit se produire sous ses yeux. Cet instant où un homme comprend qu'il ne verra pas le prochain lever de soleil. Ce moment où il perd tout espoir et se déchaîne.

—Qu'est-ce qu'il fait là ? dit Franco en désignant Vince du menton. Tu es venu me voir mourir pour pouvoir consoler ma femme ? Quoi ? Tu crois que je n'ai pas vu la façon dont tu la regardais à mon mariage ? Comme tous les hommes, d'ailleurs. C'est une sirène. Elle a l'air innocente et baisable, comme ça, de l'extérieur, mais une fois que tu commences à la baiser, elle est aussi froide qu'un poisson, dit-il en laissant échapper un rire cruel. J'ai tout essayé avec elle. Je l'ai même emmenée dans un club, une fois, mais son joli sexe est resté frigide.

C'est là que Vince lui donna un coup de fouet, marquant Caruso au visage.

—Espèce de malade ! Tu parles mal de ta propre épouse. La femme qui vient juste de faire une fausse couche, à cause des coups que tu lui as portés.

Caruso resta perplexe durant une fraction de seconde, puis ce rictus haineux réapparut.

—Qui peut être sûr que c'était le mien ?

Gio planta son poing dans l'estomac de Caruso, le faisant grogner de douleur. Son humeur s'améliora immédiatement.

JEUX DE POUVOIR

Vince agita son fouet sous le menton de Caruso.

—Tu te souviens de Kimberley ?

Un flash apparut dans ses yeux, indiquant qu'il se souvenait vaguement, puis il détourna le regard.

—Je ne sais pas de quoi tu parles.

—Tu l'as massacrée, connard. Je sais que c'était toi. Voyons voir si tu encaisses bien tous ces jouets que tu imposais à tes soumis.

Avant même que cet enfoiré ne puisse prononcer un seul mot, Gio brisa la canne sur son genou droit, éclatant l'os.

Puis les cris retentirent. Encore et encore.

CHAPITRE 21
JAZZY

Une semaine après les coups de feu, tout revint à la normale. Enfin, si l'on pouvait considérer que le fait que Carmen soit sortie de la clinique pour ensuite quitter le pays soit quelque chose de normal.

Carmen était en fuite. Elle se fuyait elle-même, elle fuyait la douleur que lui provoquait la perte de son bébé et Dieu sait quels autres démons qui la hantaient. Jazzy lui avait rendu visite à la clinique tous les jours, mais Carmen avait refusé de dire un seul mot. Elle lui tournait simplement le dos en fixant le mur ; elle avait un regard vide qui inquiétait Jazzy. Ce matin, elle avait reçu un message de Carmen lui indiquant qu'elle avait besoin de temps. Alors c'était tout ce que Jazzy pouvait faire : lui laisser le temps et de l'espace.

Tommie, heureusement, était plus facile à vivre. Gio avait déclaré qu'il resterait avec eux jusqu'à ce qu'il se soit remis de sa blessure par balle. Encadré par Hector et Gio, les protestations de Tommie n'avaient même pas franchi ses lèvres. Elle était contente que, pour une fois, son bon sens ait pris le pas sur sa fierté.

Il était étendu sur le canapé, terminant un appel téléphonique. Il grogna lorsqu'il tendit la main pour saisir son mug sur la table basse.

—Il vient de se produire quelque chose de très intéressant. Je viens de me faire réembaucher.

—C'est génial. Tu n'aurais pas dû te faire virer dès le départ. Je suis certaine qu'il existe une loi contre le licenciement d'un employé qui peut prouver qu'il a été admis dans une clinique.

Quand elle vit son regard pensif, elle ajouta :

—C'est *super*, non ?

—Oui, bien sûr. Mais c'est aussi bizarre que j'ai été réembauché en un jour, et avec une augmentation en plus.

—Non, ce n'est pas bizarre. Je suis sûr que le magasin s'est dégradé après ton départ.

Il ricana.

—Tu sais, le fait que Giovanni Detta appelle mon connard de boss, c'est comme apporter un bazooka à un combat aux couteaux.

—Tu veux dire que c'est exagéré ?

—Ouais, carrément, ouais.

—Je ne suis pas d'accord. Et je n'ai pas demandé à Gio d'appeler ton patron. Mais c'est vrai que je suis peut-être allée le voir pour protester parce que tu t'étais fait virer, admit-elle.

—Eh bien, il a clairement décidé de faire quelque chose à ce sujet. Probablement juste pour te faire taire.

Elle lui pinça la jambe, le faisant grimacer.

—Tu l'as mérité.

—Je crois qu'on devrait le faire.

—Faire quoi ?

—Accepter l'offre du roi de l'immobilier de San Francisco pour les bureaux.

Elle gémit.

—Il a réussi à te convaincre, hein ?

Tommie rougit légèrement.

—Oui, grommela-t-il. Ton mari a une...

JEUX DE POUVOIR

—Personnalité dominatrice ? proposa-t-elle quand elle vit qu'il ne trouvait pas les mots.

—Ouais, c'est la phrase que je cherchais. Et aussi...

Il resta silencieux un moment.

—Il s'est également occupé de ma grand-mère, continua-t-il.

—Est-ce qu'elle va bien ?

Elle savait que sa grand-mère avait Alzheimer et vivait dans une maison de retraite. C'était d'ailleurs la raison pour laquelle Tommie avait eu deux emplois pendant ses études, même si cela ne l'avait pas empêché de finir premier de sa classe.

Il haussa les épaules, comme si ce sujet n'était pas important, alors qu'au fond elle savait que c'était ce qui le faisait avancer.

—J'ai reçu un appel de la maison de retraite. Ils m'ont parlé d'une histoire de coupes budgétaires gouvernementales et de son assurance maladie qui ne couvrait plus tout. Ils comptaient la jeter à la rue, Jaz, et, merde ! cet endroit que je pouvais à peine financer n'était même pas correct. Ton mari a proposé de la transférer dans un établissement de premier choix si j'acceptais de travailler dans ses bureaux, et il espère aussi que ça t'influencera, et je n'ai pas pu refuser.

—Tu n'aurais pas dû de toute façon. J'aurais fait la même chose.

—C'est vrai ? demanda-t-il d'un air hésitant. Je me sens un peu comme un enfoiré d'avoir accepté.

—Évidemment que j'aurais fait pareil.

Elle posa son ordinateur sur la table basse et se blottit contre lui.

—J'aurais aimé que tu m'en parles plus tôt, pour que je puisse te proposer mon aide. Tu es trop fier, bon sang.

—En parlant d'être trop fiers... je pense vraiment qu'on devrait accepter de travailler dans ses bureaux. Ça donnerait une bonne image pour les futurs clients. J'ai vraiment besoin que ça fonctionne, Jaz.

Et elle aussi, mais peut-être pour d'autres raisons. Elle était déterminée à vivre dans un monde où les enfants – ces petites voix qui étaient ignorées ou bien trop souvent perdues – étaient en sécurité. Avec le logiciel qu'ils étaient en train de développer, elle espérait contribuer un peu à cette cause.

***

Elle décida de surprendre son mari cet après-midi en lui rendant visite dans sa tour. Et puis, ce serait peut-être également l'occasion parfaite de vivre son fantasme au bureau, avec un magnat de l'immobilier. Elle avait changé de tenue avant de venir.

En entrant dans la Tour Detta, elle observa son reflet dans la fenêtre. Elle avait choisi une jupe crayon noire avec un haut en soie rouge et des talons aiguilles. C'était une bonne manière de se préparer pour leur rendez-vous avec la banque en fin d'après-midi.

Elle donna son nom à la réception et prit place dans la salle d'attente. Sortir la carte « Je suis sa femme » lui paraissait stupide et gâcherait également la surprise, alors elle s'assit. Et attendit.

Encore et encore.

JEUX DE POUVOIR

Au bout d'une demi-heure, elle attendait toujours. C'est là qu'Hector entra et s'assit à côté d'elle.

—Pourquoi ?

Elle adorait sa façon de n'employer qu'un seul mot en s'attendant à ce qu'elle comprenne tout le sens qu'il y avait derrière.

—J'ai envie de lui faire une surprise.

—J'imagine. Je ne t'ai jamais vue porter autre chose qu'un jean auparavant.

Ses lèvres s'étirèrent presque en un sourire. Presque, mais pas tout à fait.

Apparemment, elle était plus transparente qu'elle ne le pensait.

—Tais-moi, marmonna-t-elle.

Hector n'était pas aussi patient qu'elle. Il avança jusqu'à la réception. Après qu'Hector lui eut dit quelques mots et eut désigné Jazzy du menton, la réceptionniste devint rouge cramoisi. Elle avertit le vigile près de l'ascenseur que Jazzy avait le droit de monter.

Enfin.

Elle se leva et, après avoir silencieusement remercié le grand gaillard, elle entra dans l'ascenseur.

Il n'y eut qu'une seule fille, portant un rouge à lèvres rose vif, qui entra après elle. Elle semblait légèrement nerveuse, vérifiant plusieurs fois sa coiffure et son maquillage dans le miroir de l'ascenseur.

—Vous avez un rencard sexy pour le déjeuner ? plaisanta Jazzy.

—J'espère bien, oui. Je viens voir le patron, lui confia la fille. Il est sexy. Genre assez sexy pour faire la couverture de GQ, mais très viril, vous voyez.

Jazzy hocha la tête. Elle ne voyait que trop bien.

—Même son nom est sexy, dit la fille avec enthousiasme. Giovanni Detta.

Elle eut l'impression que quelqu'un venait de lui donner un coup de poing.

—Je crois avoir lu quelque part qu'il était marié, dit Jazzy avec désinvolture.

La fille remit une couche de rouge à lèvres.

—Oui, apparemment, mais bon, personne n'a jamais vu sa femme. C'est probablement une femme de la haute société frigide, prétentieuse et ennuyeuse. Forcément, sinon elle lui aurait déjà rendu visite, pour marquer son territoire, quoi. Quelle femme ne le ferait pas ?

Au lieu de cogner le rouge à lèvres contre le visage de madame Rose Vif, Jazzy sourit.

—Vous avez raison. Une vraie femme lui pisserait dessus pour montrer qu'il lui appartient.

Quand la fille la regarda d'un air vide, elle expliqua :

—Comme le font les animaux.

—Ah, OK.

Rose Vif déboutonna sa chemise, dévoilant un certain décolleté.

—Souhaitez-moi bonne chance.

Lui souhaiter bonne chance n'était pas vraiment ce que Jazzy avait en tête. Elle voulait plutôt lui souhaiter d'avoir la peste.

JEUX DE POUVOIR

Quand l'ascenseur s'arrêta à leur étage, la fille releva les épaules et redressa son buste, puis se mit à marcher.

Jazzy suivit Rose Vif qui se pavanait avec ses talons hauts. La fille s'arrêta à la machine à café, réfléchissant clairement à ce qu'elle allait faire ensuite.

C'est là que Jazzy repéra le visage de quelqu'un qui n'était pas le bienvenu et qu'elle avait croisé pour la dernière fois à son mariage. Comment s'appelait cette fille, déjà ? Lisa. Elle réalisa soudain qu'apparemment *deux* requins tournaient autour de son mari.

C'est là que Jazzy passa devant elle.

Gio se tenait devant le bureau de la réception, donnant plusieurs instructions à une femme en costume qui prenait des notes.

S'il fut surpris de la voir débarquer sur son lieu de travail, il ne le montra pas. Quand elle l'embrassa – avec la langue et tout – au milieu du couloir, là, par contre, il fut clairement surpris. Que Dieu lui vienne en aide si jamais il la repoussait.

Mais elle soupira de soulagement quand il l'attira plus près. Bien sûr, Gio n'aurait pas été fidèle à lui-même s'il n'avait pas essayé de prendre le dessus en la traînant à moitié dans son bureau.

—Reprogrammez mes réunions, Gale. Ma femme et moi allons être occupés.

Du coin de l'œil, elle vit que le regard perplexe de Rose Vif devint soudain horrifié quand elle comprit qui était Jazzy. Et, non, Jazzy ne put retenir ce sourire diabolique sur son visage. Elle salua même la fille de la main.

Dès la seconde où Gio ferma la porte derrière eux, il l'attira dans ses bras et la posa sur son bureau.

—J'aime bien ta jupe.

—Tommie m'a dit ce que tu as fait pour sa grand-mère.

—Je ne l'ai pas fait pour ton ami. Je l'ai fait pour moi. Je n'aime pas que ma femme aille travailler dans des quartiers louches.

—Toi, ça ne t'avait pas posé problème, protesta-t-elle, se rappelant comment lui avait démarré son entreprise.

Contrairement à ce qu'elle avait cru, Giovanni Detta n'avait pas été riche dès le départ. Il avait dû travailler pour en arriver là.

—J'avais quand même de l'argent pour démarrer. Tous mes frères, y compris Hector, avaient investi tout ce qu'on avait dans l'entreprise. Nous avons également pu faire une pause, car Luca avait gagné beaucoup d'argent à un tournoi de poker. Nous avons commencé dans des bureaux de merde à Tenderloin, mais mes frères étaient là pour couvrir mes arrières.

—Tu savais que Tommie allait me parler de ces bureaux, n'est-ce pas ?

Il ne le nia pas.

—Je voulais obtenir quelque chose de sa part et je lui ai donné quelque chose en retour.

—Mais quand même... tu aurais pu tenter une approche différente.

Il leva un sourcil.

—Comme quoi ?

Il allait vraiment l'obliger à le dire. Très bien alors.

—Comme de le contraindre à faire ce que tu veux.

—J'aime d'abord négocier, au lieu de forcer pour obtenir ce que je veux.

Elle pouffa de rire et agita sa bague devant lui.

—Ce gros diamant dit tout le contraire.

—Contrairement à ce que tu crois penser, *bella*, je ne mange pas de chatons au petit-déjeuner et je ne tue pas ceux qui ne sont pas d'accord avec moi. Je ne le fais que quand je désire vraiment quelque chose ou quand on me provoque.

Ouais, elle était assez mitigée à ce sujet, mais elle n'allait pas rentrer là-dedans. Le fait qu'il l'ait laissée le revendiquer devant Rose Vif et Lisa lui donnait une certaine marge de manœuvre pour au moins quelques jours.

—Hum, à vrai dire, je suis venue te parler de quelque chose.

Il enleva son haut, posant ses mains sur ses seins.

—Alors, parle.

—Je n'arrive pas à me concentrer quand tu fais ça.

—Je vais te baiser sur mon bureau.

—Oui, s'il te plaît.

Attendez. Pourquoi était-elle venue, déjà ? Ah, oui.

—Premièrement, j'ai besoin de quelques conseils de la part de mon mari, le grand patron. Des choses qui pourraient me servir cet après-midi durant notre réunion avec la banque.

—J'imagine qu'il est hors de question que je te fasse ce prêt ?

—Hors de question.

—Je m'en doutais un peu. Sois juste toi-même, *bella*. Sois cette fille passionnée que tu es et tout ira bien. Tant que tu as ce feu qui brûle dans tes yeux, tout ira bien. Aucun homme ne peut y résister. Tu vas y arriver.

—Je n'en suis pas aussi certaine que toi, mais j'apprécie ta confiance, dit Jazzy. Fais attention à ma jupe !

Il leva un sourcil et elle comprit pourquoi. Elle était là, sur son bureau, ses seins débordant de son soutien-gorge, son rouge à lèvres étalé partout sur son visage et elle le réprimandait pour un morceau de tissu.

—Portes-en une autre.

Sur ces paroles, sa main glissa sous la fente de sa jupe et il la déchira.

Il la retourna, pour que son dos soit face à lui. Ses mains s'agrippèrent au bord du bureau quand il se pencha sur elle.

—Tu t'es préparée, ce matin.

Peu importe le nombre de fois où il lui posait des questions sur le plug anal, son visage s'enflammait.

—Oui.

—Laisse-moi voir ça.

Sa main glissa jusqu'à son string et il le baissa. Il caressa ses fesses et joua avec son clitoris, tout en tournant le plug plusieurs fois. Puis il l'attrapa par les cuisses et s'enfonça en elle.

La force avec laquelle il la pénétra faillit la faire tomber face contre terre sur son bureau. Alors qu'il continuait de la baiser, ses jambes cédèrent et sa joue heurta la surface froide. Elle tomba sur les coudes, s'empalant sur son membre.

—C'est ça, bébé. Prends ce que tu veux.

Peut-être que travailler à la Tour Detta avait ses avantages, après tout.

CHAPITRE 22
GIO

Après leur partie de baise au bureau, l'après-midi de Gio fut rempli de réunions habituelles et se termina par un nouveau rapport sur Bianchi. Ce dernier avait encore vendu une partie de ses biens pour couvrir ses dettes. Adieu ses voitures de luxe et son prestigieux yacht à la marina. Quand son épouse avait appris qu'il avait commencé à vendre ses bijoux, elle l'avait quitté. Bianchi était désormais tout seul dans sa grande maison. D'après leur informateur, il s'était enfermé dans sa chambre, buvant, parlant tout seul et cassant tout ce qui lui tombait sous la main.

Gio fut très heureux d'apprendre que Bianchi devenait légèrement fou alors que le monde autour de lui s'écroulait. Mais ce qui le rendait encore plus heureux, c'était de rentrer chez lui pour retrouver Jazzy.

Il trouva sa femme assise sur le nouveau canapé, les jambes croisées, un calepin sur les genoux et un stylo dans les cheveux. Il y avait tout un tas de livres éparpillés sur le sol et la table basse.

Elle sauta dès qu'elle le vit. Ses yeux étaient pleins d'excitation et elle affichait un immense sourire.

—On l'a fait, Gio ! On a eu le prêt !
—Félicitations, *bella*. Je savais que tu y arriverais.
Elle joignit ses mains, l'air aussi excité qu'une enfant.
Puis elle s'arrêta soudain.

—Attends une minute... est-ce que tu y es pour quelque chose ?

—Bien sûr que non.

Même si ce n'était pas passé loin.

Il avait été tenté. Tout ce qu'il aurait eu à faire était de passer un coup de fil discret et expliquer que Jocelyn Detta – une toute nouvelle entrepreneuse dans le milieu des logiciels – était en réalité sa femme. Ce qui aurait été facile puisqu'il connaissait très bien le directeur de la banque. Finalement, il avait décidé de ne pas s'en mêler. Cela semblait important pour elle, qu'elle puisse y arriver toute seule. Et puis, si jamais elle l'avait appris, elle lui aurait fait la peau et l'aurait tenu par les couilles, et non pas de manière agréable.

—Tu es sûr ? insista-t-elle, les mains posées sur les hanches.

—Absolument, dit-il en l'attirant plus près. Je n'ai pas demandé à la banque de te donner le prêt. Nous devrions fêter ça.

Ses yeux scintillèrent à nouveau.

—Oui, on devrait. J'ai déjà bu des coups avec Tommie cet après-midi. Maintenant, je vais t'emmener dîner. Ne me regarde pas comme ça. C'est ma fête, donc c'est moi qui régale.

Jazzy le régala avec une pizza dans un petit restaurant, à quelques minutes de chez eux. À peine eurent-ils franchi le pas de la porte, qu'elle s'arrêta :

—Tu crois que je peux déduire ces frais comme dépenses professionnelles ? lui demanda-t-elle, le faisant presque rire.

—Je te mettrai en contact avec mon fiscaliste.

Elle ne protesta même pas, toujours grisée par son bonheur.

JEUX DE POUVOIR

—Je n'arrive pas à croire que c'est vraiment en train de se produire. Je veux dire, oui, évidemment, c'est pour ça qu'on a travaillé tout ce temps, mais maintenant c'est concret. Nous pouvons commencer à développer davantage, à rendre le programme plus stable. Avec un peu de chance, d'ici l'année prochaine, la version bêta sera prête. Imagine tout le bien que l'on pourrait faire en retrouvant ces enfants disparus ou kidnappés. C'est pour ça que nous n'avons pas accepté un boulot dans une grande entreprise de la Silicon Valley.

Tout cela semblait très important pour elle, comme si c'était quelque chose de personnel, et il ne put s'empêcher de se demander pourquoi.

Avant qu'il ne puisse lui poser plus de questions, ils furent interrompus par une serveuse qui déposa les menus devant eux.

—Salut, je suis Mandy et je m'occuperai de votre table pour la soirée. Waouh, j'adore tes cheveux, ils sont super épais et brillants, on dirait de la zibeline ! J'aimerais que les miens soient comme ça. Je peux les toucher ? demanda-t-elle.

Elle tendit la main et passa ses doigts à travers les boucles de Jazzy sans même attendre qu'elle lui donne la permission.

Gio reposa immédiatement son menu.

—Ne touche pas ses cheveux.

L'idiote leva les yeux au ciel et pouffa de rire, comme s'il avait fait une putain de blague.

—Pas besoin de t'inquiéter, mon beau. Je ne pense pas que je suis genre.

Elle lui fit un clin d'œil.

Elle venait vraiment de lui faire un clin d'œil.

Il serra la mâchoire.

—Si tu ne la lâches pas tout de suite, je te brise les doigts.

Il ne plaisantait pas.

Son sourire disparut et elle recula.

C'est ça, connasse. Regarde-moi dans les yeux et ose me dire que je ne te ferai pas de mal.

—Je... je suis désolée.

Mandy devint toute pâle, pivota et se dépêcha de partir.

Jazzy lui lança un regard désapprobateur.

—Sérieusement ?

—Elle était impolie.

Et puis, il n'aimait pas quand les autres touchaient ce qui lui appartenait. Enfin, il reconnut immédiatement son mensonge. Il n'aimait pas quand quelqu'un d'autre touchait *Jazzy*, ce qui était un drôle de sentiment. Avant, cela ne lui avait jamais posé problème qu'une femme avec qui il était attire l'attention des autres. C'était même plutôt l'inverse ; il s'en délectait, considérant que cela le mettait, lui, en avant. La différence, c'était que Jazzy portait son nom de famille. Elle était à lui, qu'elle le reconnaisse ou non. La sienne, celle qu'il devait protéger, baiser et toucher. Celle qui n'était à personne d'autre, juste à lui.

—Tu sais que tu lui as foutu une peur bleue, là, n'est-ce pas ?

S'il ne l'avait pas fait, il aurait perdu le contrôle.

—C'était le but. Elle a de la chance que je n'aie pas appelé son patron pour la faire virer. Pas encore.

Et dans un, deux, trois...

—Je t'interdis de faire ça ! Si ça se trouve, c'est une mère célibataire qui a absolument besoin d'un travail.

JEUX DE POUVOIR

—Je me fous de savoir si elle subvient aux besoins de tout un putain d'orphelinat. Mais puisque tu t'inquiètes tant pour elle, pourquoi ne passons-nous pas un accord ?

—Quel genre d'accord ? demanda-t-elle d'un air suspicieux.

Malgré son air bravache, Jazzy avait un cœur tendre. Le monde allait finir par l'avaler et la recracher si elle continuait comme ça. Il aurait dû lui faire remarquer, l'endurcir, mais, étrangement, il ne le fit pas.

—Dès que nous entrerons dans notre chambre ce soir, tu me donneras tout ce que je veux, et je m'assurerai qu'elle ne se fasse pas virer. Et avant même que tu ne poses la question, ouais, je suis ce genre de mec mesquin. Je n'hésiterai pas à la faire virer comme une malpropre.

Il vit la défiance dans son regard, mais il s'en fichait. Il était également en colère contre elle, pour ne pas avoir empêché cette fille de la toucher.

—Je n'arrive pas à y croire, siffla-t-elle.

—Et pourtant si.

Il ne bluffait jamais. Elle aurait dû le savoir, désormais.

Elle saisit le menu et lui lança un regard furieux.

—Et qu'est-ce que tu veux dire exactement par : « tout ce que je veux » ? Ce n'est pas parce que je ne veux pas être à moitié responsable de la perte d'emploi d'une femme innocente que je vais accepter toute demande un peu tordue de ta part. Si ça se trouve, tu aimes les golden showers. Dans ce cas-là, je préfère la laisser porter le chapeau.

Bien. Ils en étaient désormais au stade de la négociation. Elle tâtait le terrain tout en lui expliquant qu'elle avait des limites strictes. Il aimait qu'elle ne se soumette pas tout de suite. Mais c'était inévitable : ce soir, c'était le grand soir. Le soir où elle serait complètement soumise à lui. Pour que cela fonctionne, il avait d'abord besoin de sa loyauté. Et pour gagner sa loyauté, elle devait lui faire confiance. Quoi de mieux que de commencer par son corps ?

Même s'il ne considérait pas que Jazzy manque d'assurance par rapport à son corps – d'ailleurs, pourquoi serait-ce le cas, toutes ses courbes étaient magnifiques, putain –, ses remarques précédentes sur ses ex, mannequins, l'avaient fait réfléchir.

—Je veux que tu portes un ensemble que j'ai créé pour toi.

Il vit immédiatement l'intérêt dans ses yeux, car elle ne retenait pas son désir. Il n'avait jamais rencontré une femme aussi en phase avec lui sexuellement. Aussi audacieuse, intéressée et réceptive. Elle était putain d'addictive et il n'était pas sûr de ce qu'il ressentait à ce sujet.

Une fois qu'ils eurent terminé leur dîner, il la ramena à la maison et la laissa même payer. Il n'arrivait même pas à se rappeler à quand remontait la dernière fois où une femme lui avait offert le dîner. Malgré son enthousiasme après avoir invité « le magnat de l'immobilier », comme elle aimait le surnommer, il décida que ce serait la dernière fois.

Ils ne revirent pas Mandy, mais Jazzy lui laissa un pourboire très généreux, après avoir jeté un regard sévère à Gio.

Raoul les ramena à la maison en un rien de temps. Il pouvait voir l'anticipation dans ses yeux alors qu'ils montaient les escaliers jusqu'à leur chambre. Même s'il avait très envie de lui arracher ses vêtements, il garda le contrôle. Ce n'était pas ce qui était prévu. Ce soir, il avait un autre fantasme à réaliser.

Elle marcha d'un pas nonchalant dans la chambre, laissant tomber ses habits sur le sol, un sourire sur le visage.

JEUX DE POUVOIR

—Alors, quel genre de tenue est-ce que tu veux que je porte ? Un costume d'infirmière ? Ou bien celui d'une nonne ? Ou...oh.

Elle s'arrêta net quand elle vit la boîte sur sa coiffeuse.

—Mets ça pendant que je prends une douche.

Il écourta sa douche, l'anticipation le rendant impatient de voir Jazzy dans ce costume de chat en latex noir qu'il avait créé pour elle.

Quand il entra nu dans la chambre, elle se tenait sur le lit, les jambes écartées. Couverte de latex de la tête aux pieds. Toutes ses magnifiques courbes recouvertes.

—Eh bien, voilà qui était inattendu, dit-elle d'une voix traînante. Je ne savais pas que tu étais un fétichiste du latex.

—Ce n'est pas le cas.

Par contre, il commençait à se dire qu'il était un fétichiste de Jazzy.

—Tu aimes explorer de nouvelles choses, alors. J'aurais dû m'en douter.

Le costume de chat avait deux trous à l'avant, dévoilant ses seins larges. Pour le moment, le reste de son corps était couvert. Jusqu'à ce qu'il mette la main sur la fermeture éclair invisible qui débutait sous son nombril et descendait le long de son sexe, jusqu'entre ses fesses.

Il attrapa un plug anal et un vibromasseur dans son tiroir et les jeta sur le lit. Ses yeux s'écarquillèrent quand elle vit les jouets. Il banda rien qu'en la voyant se mordre la lèvre inférieure avec anticipation.

—Écarte les jambes. Pose tes mains sur la tête de lit. Ne les bouge plus.

Alors qu'elle faisait ce qu'il lui demandait, il rampa sur elle, se positionnant entre ses jambes. Il attrapa ses seins. Il adorait jouer avec. Ils avaient une odeur et un goût délicieux. Ses doux tétons suppliaient qu'il s'occupe d'eux. Il joua avec eux pendant un moment, tout en ignorant ses gémissements.

—S'il te plaît, Gio.

Qu'on ne dise jamais qu'il laissait sa femme le supplier. Enfin, pendant *trop longtemps*.

Il releva un genou, le pressant contre son entrejambe.

—Oh, ouais.

Elle entreprit de se frotter contre son genou, cherchant plus de friction. Mais cela ne suffirait pas à la faire jouir et ils le savaient tous les deux.

Un par un, il aspira ses tétons dans sa bouche, donnant autant d'attention à l'un qu'à l'autre. Ses seins se démarquaient comme de la neige sur le latex noir qui les encerclait.

Il se retira, descendant le long de son corps, jusqu'à ce que son visage soit entre ses jambes. D'un geste rapide, il tira la fermeture éclair avant de son costume, dévoilant son ventre et allant de plus en plus bas.

Quand elle essaya de rentrer son ventre, il mordit la peau tendre.

—Ne fais plus jamais ça. Ton ventre aussi m'appartient. Toutes les parties de ton corps m'appartiennent, dit-il, léchant et suçant la douce rondeur de son abdomen.

Il tira la fermeture éclair encore plus bas jusqu'à ce que sa splendide chair rose et les rondeurs de ses fesses soient exposées. Elle était déjà trempée. Quand il enfonça un doigt dans ses replis chauds, ses parois intérieures l'enserrèrent.

JEUX DE POUVOIR

Il plongea un autre doigt en elle, tout en lapant sa douce crème.

—Tout à moi.

Puis il enfonça sa langue en elle. Ses fesses s'écartèrent du lit alors qu'elle se cambrait.

—Ouh, ouais, souffla-t-elle. Tu es tellement doué avec ta langue. Plus profond s'il te plaît, s'il te plaît.

Gio n'arrêta pas de la baiser avec des caresses lentes et sensuelles, lapant sa chaleur liquide, jusqu'à ce qu'elle crie son nom et s'écroule sous lui.

Sans même lui laisser le temps de récupérer, il saisit le grand vibromasseur sur le lit. Avec des petits cercles lents, Gio l'enfonça en elle, lui donnant un léger coup pour s'assurer qu'il la pénètre le plus profondément possible.

Quand elle arqua le dos, il sut qu'il avait fait du bon travail. Ensuite arriva le moment qu'il attendait depuis des semaines.

Il récupéra une bouteille de lubrifiant dans le tiroir de sa table de chevet et fit royalement gicler le gel dans ses mains. Son doigt glissant se mit à entourer le petit trou plissé alors qu'il appliquait le gel d'avant en arrière. Quand il en mit également sur le plug anal, il fut certain qu'il ne lui ferait pas de mal – pas trop – pour sa première expérience anale.

Il attrapa ses fesses dodues dans ses paumes et les écarta en grand pour qu'il puisse voir ce trou dans lequel il voulait désespérément entrer. Avec des mouvements de rotations lentes, il poussa le plug dans son ouverture plissée, puis l'enfonça.

Elle se mit à gémir quand il commença à le pousser vers l'intérieur, l'anneau serré de muscles s'étirant jusqu'à ce que le plug entre.

Elle haleta :

—Pleine. Tellement pleine.

Il lui fit un sourire et appuya sur le bouton du vibromasseur.

Jazzy sursauta sous lui, écarquillant les yeux, laissant échapper un cri de ses lèvres rouges et gonflées.

Ses mains se posèrent à nouveau sur ses genoux, lui écartant les jambes. Il aimait voir tous ses trous remplis, même s'il s'agissait de jouets artificiels.

Il prit sa queue dans ses mains et la claqua contre ses lèvres couleur cerise.

—Ouvre.

Ses grands yeux noisette le regardèrent, pleins de confiance alors qu'elle ouvrait la bouche et taquinait le bout de sa verge. Se rendait-elle compte de la façon dont elle le regardait ? Si ouverte, attentionnée et confiante de savoir qu'il allait prendre soin d'elle.

Elle lécha à nouveau la fente de son membre.

—Baise ma bouche, s'il te plaît.

Il raffermit sa prise contre sa tête tout en commençant à lui enfoncer son membre dans la gorge. D'une main il lui donnait son sexe, de l'autre il pinçait et tirait ses tétons. Elle était tellement belle comme ça, putain, avec tous ses trous remplis. Jamais elle n'aurait plus l'impression de baiser avec plusieurs hommes.

Juste au moment où il allait jouir dans sa bouche, il se retira.

—Non...

La salive s'écoula de sa bouche en même temps qu'elle protesta. Il la vit couler le long de sa poitrine, laissant une traînée brillante sur le latex.

JEUX DE POUVOIR

Il se laissa retomber sur son corps et l'embrassa. Leurs langues s'entremêlèrent tel un bras de fer, les laissant essoufflés pendant un instant. Ses bras, qui s'accrochaient toujours à la tête de lit, tremblaient, secouant ses seins. Il banda encore plus, juste en regardant sa poitrine et son sexe nus, tandis que le reste de son corps était dissimulé sous le latex moulant, lui dévoilant toutes ses courbes. Il retira le vibromasseur, l'éteignit et le jeta plus loin, mais il laissa le plug anal.

Elle laissa échapper un doux gémissement alors qu'il attrapait fermement sa croupe de manière autoritaire et s'enfonçait entre ses cuisses. Il souleva ses hanches pour pouvoir la pénétrer plus profondément. Il la chevaucha pendant un moment, appréciant ses halètements et petits cris. Il se retira totalement pour s'enfoncer à nouveau, s'enfouissant complètement en elle.

Elle hurla, cria, s'agita sous lui, le suppliant de la faire jouir.

—À qui appartiens-tu ?

Même pour lui, sa voix lui paraissait très dure.

Les seins de Jazzy rebondissaient d'avant en arrière, sa bouche était rouge et gonflée, son crâne heurtait la tête de lit.

—S'il te plaît... Gio... s'il te plaît.

—Tu sais que j'adore quand tu me supplies, mais réponds à ma question. À qui appartient ce putain de corps ? À qui appartient chaque centimètre, bon sang ?

Il la pénétra encore plus fort, ce qui faisait un peu mal alors que ses bourses venaient heurter ses fesses.

Elle ouvrit grand les yeux.

—Gio...

—De tes magnifiques cheveux à tes petits orteils. À qui appartiens-tu ? rugit-il.

Jazzy posa sa main sur sa joue, mais il ne la réprimanda pas d'avoir lâché la tête de lit.

—Toi, répondit-elle doucement. Ce corps t'appartient.

Oh que oui. Il prit sa bouche tout en continuant de la baiser, chevauchant cette vague folle sur laquelle ils se trouvaient tous les deux.

—On ne fait que commencer. J'espère que ton cul a été assez élargi, parce qu'il est temps pour lui de prendre ma queue.

Il la retourna sur son ventre et se laissa retomber sur elle. D'une main, il repoussa le latex et enleva le plug ; de l'autre il saisit le bout de son érection et s'enfonça doucement dans son fondement. Elle siffla face à cette invasion. Il savait qu'il était bien plus large que le plug.

—Expire, *bella*.

—Ça brûle.

Merde, elle était aussi serrée qu'un poing. Pourquoi avait-il attendu si longtemps pour la prendre par-derrière ? Quel idiot il avait été.

Lentement, il se mit à chevaucher son fion, s'accrochant à ses hanches, si fermement qu'il allait laisser des marques sur ses fesses roses.

Le visage de Jazzy était plaqué contre la literie, étouffant ses cris. Elle gémit, s'agita, jura, puis elle se mit à s'enfoncer sur lui en repoussant ses fesses en arrière. La pièce fut remplie par le bruit de leurs respirations lourdes et la chair qui claquait contre la chair.

Il lui suffit d'un petit coup sur son clitoris pour qu'elle s'effondre sous lui, l'entraînant avec elle alors qu'il déversait sa semence chaude en elle.

JEUX DE POUVOIR

Il s'écroula sur Jazzy, son visage enfoui dans le creux de son cou, haletant avec force.

De la folie. Son addiction à son corps était de la pure folie. Ce soir était la première fois où il avait pu avoir un avant-goût de ce qu'il ressentirait si un autre touchait ce qu'il considérait comme sien.

Le meurtre. Cela lui donnerait envie de commettre un meurtre.

CHAPITRE 23
JAZZY

Aujourd'hui, c'était l'anniversaire de Mike. Ce jour-là, ils avaient pour habitude de jouer aux touristes dans leur ville natale en commençant par prendre un petit-déjeuner au *IHOP* – il adorait leurs pancakes aux myrtilles –, puis ils se rendaient à vélo jusqu'au Golden Gate Bridge et déjeunaient ensuite à Fisherman's Wharf. Ensuite, il lui achetait toujours une friandise au *Chocolate Heaven*. Mike choisissait toujours des éclats de chocolat noir et elle ne jurait que par les délicieux carrés de chocolat au lait et au caramel de *Ghirardelli*.

C'était la première fois depuis qu'ils étaient enfants que Jazzy ne pouvait pas fêter l'anniversaire de Mike avec lui. Alors qu'elle était assise dans la cuisine, elle observa le jardin, regardant au loin. Elle n'avait pas envie de manger. Ni de parler. Ni de travailler. Elle avait déjà envoyé un message à Tommie pour qu'il prenne le relais aujourd'hui, car elle ne viendrait pas au bureau.

Thea paraissait inquiète, toutefois après ne pas avoir réussi à faire parler Jazzy, à part quelques mots, elle la laissa seule.

Elle entendit au loin la sonnette qui retentissait, mais elle n'eut pas envie d'aller voir qui était là. Thea ouvrirait la porte, ou quelqu'un d'autre. Cela n'avait pas vraiment d'importance, car aujourd'hui c'était l'anniversaire de son ami d'enfance, son premier amant, l'homme avec qui elle avait partagé ses secrets les plus sombres. L'homme qui n'était plus.

La matinée lui parut incroyablement vide, contrairement à ce bonheur incroyable qu'elle avait éprouvé cette nuit. Elle n'avait jamais été une fétichiste des costumes, mais savoir que Gio en avait conçu un juste pour elle la faisait se sentir spéciale. Très spéciale, et elle n'avait pas envie de réfléchir à pourquoi elle ressentait cela. Elle avait peur de ne plus pouvoir nier que, quelque part au cours des derniers mois, Giovanni Detta avait conquis une place dans son cœur. La nuit dernière, il avait vénéré chaque partie de son corps, y compris son ventre par lequel, elle devait l'admettre, elle était assez complexée.

—Jocelyn, excusez-moi ?

Elle se tourna vers Thea, qui se tenait dans l'embrasure de la porte.

—Un colis vous a été livré.

—Qu'y a-t-il à l'intérieur ?

—Je ne sais pas, c'est assez gros.

Le colis était grand et carré. Le livreur l'avait posé dans le couloir, à côté du miroir. Elle eut l'impression de savoir de quoi il s'agissait et, alors qu'elle le déballait, ses mains se mirent à trembler.

Elle eut l'impression que son estomac se retournait et des larmes remplirent ses yeux quand elle découvrit un tableau qui représentait un phénix rouge renaissant de ses cendres. La moitié inférieure de la toile était noire, ce qui lui fit penser à l'obscurité et au désespoir. Cependant, l'oiseau magnifique était sorti de l'obscurité profonde, laissant derrière lui une traînée de feu alors qu'il s'envolait vers le soleil. Seul le bout de sa queue touchait encore l'obscurité, comme si on le tirait vers l'arrière d'une manière ou d'une autre.

Elle reconnut immédiatement le peintre.

JEUX DE POUVOIR

Mike...
—Il y avait aussi une enveloppe.

Elle se vit vaguement prendre l'enveloppe que lui tendait Thea et l'ouvrit.

Jazzy, si tu lis ce courrier, c'est que je suis parti.

J'ai pensé à te laisser des lettres, même un journal, pour te dire ce que tu représentes pour moi. Ce que tu as représenté pour moi chaque jour où tu étais à mes côtés, me tenant la main alors que je subissais un autre traitement. Finalement, j'ai décidé de te le montrer, car je suis un homme qui peint et non un homme de lettres.

Entre-temps, je suis sûr que tu es déjà allée contempler les tableaux de maîtres comme j'ai toujours voulu le faire sans jamais pouvoir le concrétiser. Parce que c'est le genre de personne que tu es : si tu fais une promesse, tu la tiens. Il n'y a rien que tu ne ferais pas pour ceux que tu aimes et je suis honoré de quitter cette vie en sachant que j'en ai fait partie. J'aurais aimé pouvoir faire la même chose pour toi. J'aurais aimé pouvoir tuer ton monstre. Je n'ai peut-être pas pu le faire au cours de cette vie, mais n'oublie jamais que je te regarde d'en haut. Sache qu'au moment où je t'écris cette lettre, je prie pour que tu trouves ici ton ange gardien avant que l'on ne se retrouve de l'autre côté.

Je t'aime, pour toujours.
Mike.

Ses larmes coulèrent sur la lettre, effaçant certains mots. C'était trop. Ce qui était arrivé à sa sœur, Tommie qui se faisait tirer dessus, et maintenant ça. Elle ne pouvait plus supporter tout ça. Pas aujourd'hui. Elle laissa retomber la lettre et se rendit à l'étage, ignorant les appels de Thea derrière elle.

J'aurais aimé pouvoir tuer ton monstre.

Pourquoi, pourquoi devait-il lui rappeler son existence ? Le monstre dans son placard, le souvenir le plus sombre de son enfance qu'elle essayait désespérément d'oublier ?

Sale.

Petite salope.

Ce souvenir la faisait se sentir sale.

Elle se déshabilla et entra dans la douche, laissant le jet puissant heurter sa silhouette. Elle ne bougea pas de sous les jets d'eau jusqu'à ce qu'elle se sente à nouveau propre. Puis elle ferma l'eau et se glissa dans le lit.

Dormir. Il fallait qu'elle dorme jusqu'à ce que la douleur cesse.

CHAPITRE 24
GIO

Gio reposa la lettre de Mike. Il savait que le peintre avait été le premier amant de Jazzy. Un autre homme que lui aurait peut-être apprécié que sa femme n'ait pas eu beaucoup d'amants, mais lui non. Ce n'était pas pour rien si ce Mike avait été le seul. Et si elle avait encore des sentiments pour lui ?

Jazzy n'était ni sur la terrasse ni dans la bibliothèque, ni dans aucun des autres endroits où il avait l'habitude de la trouver. À la place, il la trouva dans leur lit, ce qui était inhabituel étant donné qu'il n'était que onze heures du soir. En règle générale, Jazzy était plutôt une couche-tard durant la semaine et restait debout jusqu'à minuit.

Il prit une douche rapide et alla se coucher. Dès qu'elle sentit que son côté du lit s'affaissait, elle roula vers lui et se blottit contre son torse. Il aurait probablement dû lui poser des questions sur la lettre et la peinture, mais il ne le fit pas. En revanche, il l'embrassa. C'était ce qu'il avait attendu de faire toute la journée. Ce dont il mourait d'envie. La seule chose dans sa vie qui lui appartenait totalement. La sienne, celle qu'il devait protéger, tenir dans ses bras et à qui il devait procurer du plaisir. Il allait éradiquer tout autre homme de son esprit.

Elle écarta les jambes et se pressa contre lui.

Il n'avait encore jamais baisé une femme qui était aussi réceptive avec lui. Jazzy était aventureuse au lit et naturellement soumise sous la couette. En dehors de la chambre, elle pouvait avoir un sacré caractère mais, une fois à l'intérieur, elle aimait perdre le contrôle.

Après qu'il l'eut fait jouir, elle le serra à nouveau dans ses bras. Il avait remarqué ça chez elle, dès leur première nuit passée ensemble. Elle adorait se blottir contre lui dans le lit, cherchant sa chaleur et probablement son réconfort et sa protection, même si elle ne l'admettrait jamais.

—J'ai reçu un tableau aujourd'hui, dit-elle soudain.

—C'est une belle peinture, admit-il à contrecœur.

Il n'aimait peut-être pas l'artiste, mais il ne pouvait pas nier son talent. Il y avait une certaine beauté dans ce phénix qu'il avait dessiné. Une beauté et une force, jusqu'à la résilience que le feu sous l'oiseau représentait et qu'il associait à sa femme.

—C'est de la part de Mike. On a grandi ensemble. Il était mon amour de jeunesse. Nous avons dû le cacher à mon grand-père pendant une bonne partie de nos vies. La petite fille d'Antonio Rossi avec le fils d'une femme de ménage. Que Dieu nous en préserve !

Il y avait un ton acerbe dans sa voix qui l'inquiétait.

—Pourtant, vous avez continué à vous voir.

Elle hocha la tête.

—Jusqu'à la première année d'étude. Quand je suis enfin partie du manoir, loin de sous la coupe de mon grand-père, enfin, aussi loin que possible, nous n'avons plus été obligés de cacher notre relation. Ironiquement, c'est là que nous nous sommes rendu compte que nous ne voulions pas être ensemble. Enfin, pas comme ça. C'est drôle de voir à quel point on peut avoir envie de quelque chose quand c'est interdit et, dès la seconde où tu obtiens ce que tu veux, ça perd de son charme. Nous savions qu'il valait mieux que nous soyons simplement amis.

Il mentirait s'il affirmait ne pas être soulagé en entendant cela. L'idée que son cœur puisse appartenir à un autre homme lui était insupportable.

—Mike avait toujours rêvé de voir les tableaux de maîtres : Da Vinci, Rembrandt, Raphael, etc. Malheureusement, il n'a jamais eu les moyens de voyager et il aurait préféré mourir plutôt que d'accepter quelque chose de ma part. C'est pour ça que je suis allée en Europe quand je te fuyais, avoua-t-elle en pouffant de rire.

Il fut soulagé de l'entendre rire, même si c'était à ses dépens.

—Je lui ai promis de finir sa liste de choses à faire avant de mourir pour lui.

—Quel monstre aurait-il voulu tuer pour toi, *bella* ?

Elle se raidit dans ses bras.

—Tu as lu la lettre. Tu n'avais pas le droit.

Non, effectivement. Mais il était quand même content de l'avoir fait.

—Réponds à ma question.

—C'est juste une expression.

—Non, c'est faux. C'était sa dernière lettre pour toi. Chaque mot a été soigneusement pensé avant d'être écrit. Tu vois, il n'a pas parlé des monstres en général, mais il a employé le mot monstre au singulier. Dis-moi qui est ton monstre.

—Je ne peux pas, murmura-t-elle.

—Tu te rends compte de ce que tu me demandes ? Tu me demandes de céder face à une menace contre ma femme ! s'énerva-t-il.

Comme s'il allait laisser vivre quelqu'un qui lui voulait du mal. Si jamais, que Dieu nous préserve, quelqu'un lui faisait un jour du mal, il ferait brûler le monde entier. Puis une autre pensée lui traversa l'esprit.

—Est-ce qu'Antonio le sait ?

—S'il te plaît, Gio, laisse tomber.

Elle devait bien savoir désormais qu'il ne le ferait pas, il ne pouvait pas laisser passer quelque chose qui puisse représenter une menace pour elle.

—Évidemment qu'il ne le sait pas, dit-il, répondant lui-même à sa question. Sinon, il ne l'aurait pas laissé vivre, qui que soit ce monstre.

Elle ne dit pas un mot. Quelle femme têtue ! Durant une seconde, il s'attendit à ce qu'elle s'enfuie, et il se prépara à l'enchaîner au lit si nécessaire. À sa grande surprise, elle soupira profondément et se blottit contre lui.

—Avec toi, je suis en sécurité, dit-elle. Je suis en sécurité.

Il eut l'impression qu'elle se parlait plus à elle-même et pas vraiment pour le rassurer sur sa sécurité. Bien évidemment, il n'était absolument pas rassuré. Ce soir, il laisserait passer. Mais, dès demain, Jocelyn Detta se réveillerait dans un tout nouveau monde.

CHAPITRE 25
JAZZY

Jazzy était assise dans sa voiture devant le portail de l'entrée quand elle constata que sa clé ne fonctionnait pas. Le portail restait fermé de façon inquiétante.

Un soupçon de panique lui traversa la poitrine. Hector ne semblait apparemment pas venir vers elle pour lui expliquer que le portail ne s'ouvrait pas à cause d'un problème technique.

Elle baissa la vitre quand il toqua dessus.

—Qu'est-ce qui se passe, Hector ?

—Tu ne peux pas partir.

—Comment ça, je ne peux pas partir ?

—Ce sont les ordres de Gio, dit-il en la scrutant du regard. Il veut que tu restes à l'intérieur pendant qu'il part à la chasse au monstre, un truc comme ça. J'espère vraiment que ce n'est pas une histoire de jeux de rôles parce que mes hommes sont payés à l'heure et ils ne sont pas donnés.

Incroyable !

Elle ramena sa voiture au garage puis déboula dans la maison tout en composant le numéro de Gio.

—Oui, *bella* ?

—Il n'y a pas de « *bella* » qui tienne. Je veux que tu rappelles tes sbires.

—Mes sbires ? Tous les gars d'Hector sont d'anciens militaires très bien entraînés. Je ne pense pas qu'ils apprécieraient ce terme que tu emploies pour parler d'eux.

—Je me fiche de savoir ce qu'ils apprécieraient ou non. Et si tu prenais en compte ce que, *moi*, je n'apprécie pas ? Laisse-moi te donner un indice. Le fait d'être enfermée est tout en haut de la liste !

—Puisque nous parlons de ce que nous n'apprécions pas, dit-il, prenant une voix soudain très sérieuse, la numéro une pour moi, c'est que je n'apprécie pas quand ma femme me cache des choses. Notamment quand cela concerne sa sécurité.

Elle lui raccrocha au nez, bouillonnant de l'intérieur. Elle passa le reste de la journée à maudire son mari et à tenir une conf call avec Tommie. Comme il était trop gênant d'admettre qu'elle s'était fait punir comme une enfant, elle lui expliqua qu'elle avait la grippe. Quand le soleil se coucha enfin, elle était toujours aussi furieuse mais, au moins, elle avait plus ou moins une idée de la façon dont elle allait s'occuper de M. Je-suis-le-roi-du-monde.

Elle l'attendit, allongée sur le lit, portant sa lingerie la plus sexy. Une nuisette rouge, totalement transparente. Quand il entra dans leur chambre, son regard s'enflamma.

Tant mieux.

Elle lui adressa un sourire tendre.

—Regarde-moi bien. Parce que c'est tout ce que tu pourras faire tant que tu ne me laisseras pas sortir de cette maison. Tu pourras regarder mais pas toucher. Tu veux me garder prisonnière dans ma propre maison ?

—Donc tu reconnais que c'est ta maison ?

Il ignora son commentaire.

—Si, *moi,* je dois souffrir, alors toi aussi. Ces jambes resteront fermées.

Il s'approcha du lit tout en enlevant sa veste de costume.

JEUX DE POUVOIR

—Qui comptes-tu punir avec cette période de sécheresse, *bella* ?

Elle ne daigna pas lui répondre.

Il s'avança vers elle, ses yeux rivés sur ses seins et bondit littéralement sur elle. Elle essaya de rouler sur le côté, mais n'y parvint pas avant qu'il ne se jette sur elle.

—Lâche-moi, je suis énervée contre toi.

—Dis-moi qui est ce monstre.

—Lâche-moi, répéta-t-elle.

Il la relâcha avec un soupir.

Ils ne firent pas l'amour ce soir-là, ni la nuit suivante. Elle ne lui adressa pas non plus un mot, le punissant de manière classique par son silence. Malheureusement, il semblait trouver cela amusant. Elle commençait à se demander si son silence n'était pas plus une récompense plutôt qu'une punition.

Elle avait accroché le tableau de Mike dans son bureau à domicile. Ce dernier était trop personnel pour qu'elle l'accroche à la vue de tous. En le regardant, elle savait ce que son ami avait essayé de faire. Tout comme Mary, il avait insisté pour qu'elle se fasse aider concernant ses problèmes du passé. Elle avait toujours refusé. Le phénix et ce qu'il représentait étaient son dernier recours pour la pousser à affronter ses démons. Malheureusement, elle ne pouvait pas faire ça. Parfois, il valait mieux laisser certaines choses enterrées.

Le troisième jour de son emprisonnement, Jazzy eut l'impression qu'elle allait devenir folle. Évidemment, elle ne voulait pas donner la satisfaction à Gio de lui montrer comment il avait affecté son état mental. Alors elle gardait tout pour elle, quittant seulement la maison pour aller courir. Heureusement, leur domaine était immense, elle avait donc assez d'espace. Malheureusement, l'endroit était également extrêmement bien gardé, ce qu'elle découvrit quand elle chercha des failles, se promenant tranquillement.

Ce qui amusa Hector, qui afficha un rictus.

Aujourd'hui, elle apprit également que son grand-père avait été admis à l'hôpital. Elle lui parla au téléphone et, même s'il la rassura en lui disant qu'il allait bien et qu'il était déjà de retour chez lui, elle voulut aller voir ça de ses propres yeux.

Elle attendit toute la journée que Gio rentre à la maison. Elle demanda même à Thea de lui préparer son repas préféré pour le mettre de bonne humeur.

Il lui adressa un regard curieux depuis la table de la salle à manger quand elle lui demanda s'il voulait plus de vin. Quand il acquiesça, elle lui servit un autre verre et s'assit à nouveau en face de lui.

—Mon grand-père a été admis à l'hôpital, aujourd'hui. J'aimerais aller lui rendre visite ce soir.

—Non.

Ce fut comme si un étau se resserrait autour de son cœur.

—Non ? C'est tout ? Juste, non ?

—Non.

Ce simple mot l'anéantit et lui brisa le cœur.

—Je commence à comprendre pourquoi tu as hérité du surnom le Glacier Noir, murmura-t-elle.

Si elle pensait que cette remarque le mettrait en colère, elle ne pouvait pas mieux se tromper. Il continua de manger son dîner, comme si elle n'avait pas dit un seul mot.

Incapable de rester assise à la même table que lui, elle se leva et quitta la pièce.

JEUX DE POUVOIR

Elle ne pouvait clairement pas compter sur son empathie. Il était temps de faire appel aux gros bonnets. Elle se rendit dans son bureau et appela Tess.

—Salut, Jaz, ça fait longtemps que je n'ai pas eu de tes nouvelles, répondit son amie d'un air enjoué. T'as besoin que je punisse encore quelques méchants pour toi ?

—Salut, Tess. Non, rien de tout ça, mais j'ai besoin de quelques informations sur quelqu'un. Une personne assez vicieuse.

—Oooh, ça me plaît, ça. Vicieuse à quel point ? Le genre de personne sur qui je pourrais déterrer des saletés et que je pourrais envoyer sur une galaxie très, très lointaine, du style en prison, grâce à un coup de fil anonyme ? Tu sais que je peux trouver n'importe quoi sur n'importe qui, se vanta-t-elle.

Peu importe la gravité de la situation, Tess parvenait toujours à la faire sourire et à glisser une réplique de *Star Wars*.

—J'ai juste besoin de savoir si cette personne est toujours loin, très, très loin de moi. Loin du genre « sur un autre continent ».

Elle lui donna le nom de Marco et quelques informations basiques.

—Je suis dessus. Je reviens vers toi au plus vite.

Elle allait devoir être la plus raisonnée des deux. Son plan était simple. Marco était à Monaco, ou quelque part d'autre en Europe, en train de vivre la belle vie. Elle allait faire promettre à Gio de ne rien entreprendre contre lui et lui prouverait ensuite que Marco n'était pas revenu sur le continent américain depuis une décennie. Cela semblait être la seule façon pour elle de sortir de cette fichue prison dorée.

Le lendemain matin, elle fut réveillée par Gio qui lui prit doucement le menton et lui fit tourner la tête vers lui. Puis sa main glissa le long de son corps. Par-dessus sa poitrine, pétrissant ses seins sans donner d'attention à ses tétons qui s'étaient déjà durcis, la trahissant. De là, il continua son chemin jusqu'à son nombril, enfonçant ses doigts dedans, puis il se rendit jusqu'à son petit coin spécial. Son entrejambe chaud qui était déjà mouillé et brûlant pour lui.

Pendant tout ce temps, ils étaient silencieusement allongés l'un à côté de l'autre, le visage de Gio observant le sien. Lui était sur le côté, elle sur le dos, haletant alors que ses doigts atteignaient son sexe.

Elle ne put s'en empêcher. Elle écarta les jambes, lui donnant plus d'espace pour qu'il fasse des ravages sur son corps, pour que la magie opère.

Mais même si elle était d'humeur lascive, elle devait rester honnête. Elle n'était pas du genre à mener les gens en bateau, et encore moins Gio.

—Je ne te sucerai pas et ne chevaucherai pas ta bite non plus, dit-elle fermement.

Il fallait qu'il sache ce qui l'attendait.

Mais il ne réagit pas. Il glissa simplement deux doigts en elle, les enfonça férocement alors que le haut de son pouce dessinait des cercles autour de son sexe, la faisant frissonner.

C'était de la pure folie. Ils étaient tous les deux au lit, les couvertures remontées jusqu'à leurs hanches, et ne disaient pas un seul mot alors que Gio la doigtait. Il garda le rythme, allant de plus en plus vite, de plus en plus fort, de plus en plus profond, oh, tellement profond.

JEUX DE POUVOIR

Elle mordit sa lèvre inférieure, déterminée à ne pas émettre un seul bruit quand elle jouirait. Oui, c'était mesquin, mais il aimait qu'elle soit bruyante au lit et il ne méritait pas de l'apprécier. Tout ça, c'était pour elle. Elle avait mérité un orgasme après tout ce stress qu'il lui avait infligé, bon sang.

Elle cambra le dos quand il enfonça cinq doigts en elle et un choc violent la traversa, la faisant s'effondrer en un tas tremblant.

—Tu es si belle avec ta fougue, dit-il doucement, brisant enfin le silence. Comment peux-tu t'attendre à ce que je reste là à ne rien faire et que je laisse quelqu'un te faire du mal ?

Sur ces mots, il sortit du lit, la laissant derrière lui, rassasiée, mais l'esprit encore plus troublé.

Cet après-midi, Tess l'appela. Ce matin, Marco Rossi avait pris un avion pour San Francisco.

CHAPITRE 26
GIO

Auparavant, Gio ne s'était jamais soucié de ce que les autres pensaient de lui, à part sa famille. Il savait quels étaient sa réputation et son surnom dans le monde impitoyable de l'immobilier : le Glacier Noir. Personne n'avait jamais osé l'appeler comme ça en étant face à lui ni mentionner ce surnom en sa présence. La remarque de Jocelyn l'avait transpercé comme un poignard. Non pas parce que cela l'avait blessé, mais parce que c'était à ce moment-là qu'il avait réalisé à quel point il lui faisait du mal en la maintenant presque prisonnière.

Il allait falloir que l'un d'entre eux cède et il avait peur que, s'il ne trouvait pas une solution à cette impasse dans laquelle ils étaient, pour la première fois, ce soit peut-être lui.

Alors, que devait faire un homme quand sa femme était inflexible ? Il devait parler aux personnes avec qui elle avait grandi et pour qui elle était très protectrice afin de recueillir des informations. Comme Carmen était toujours en dehors du pays, Mary semblait être le deuxième meilleur choix.

Étant donné qu'Hector avait à faire au foyer, il se joignit à lui. Alors qu'ils entraient, Gio fut heureux de constater qu'un garde se tenait là et ne fut absolument pas surpris qu'il s'agisse d'une femme.

—Je vois que Mary a déjà choisi un agent de sécurité.
Hector grogna.

—Déjà ? Elle m'a harcelé à ce sujet dès la seconde où tu lui en as promis un. Cette femme est tenace quand elle veut quelque chose.

Ils rencontrèrent Mary à la cantine. Elle tenait une petite fille sur ses genoux, lui donnant le biberon.

—Tu as dit que c'était urgent, dit-elle en jetant un coup d'œil à Hector.

Il parla de la lettre à Mary. Bien entendu, elle connaissait Mike. On pouvait lire en Mary comme dans un livre ouvert. Il doutait même qu'elle sache vraiment mentir.

—Il lui a envoyé une peinture après sa mort ? demanda Mary qui semblait impressionnée. Je ne peux pas vraiment dire que ça me surprend. Ils ont toujours eu une connexion spéciale.

Il n'était pas venu ici pour entendre parler de cette putain de connexion.

—Dis-moi de qui Jazzy a peur. Elle ne veut pas me le dire.

—Oh, Jazzy ne te dira rien, lui assura Mary, tapotant le bébé sur ses genoux. Elle est plus têtue qu'une mule. Tu n'imagines même pas le nombre de fois où elle s'est retrouvée front contre front avec grand-père, aucun d'eux ne cédant d'un millimètre.

Ça, il l'avait bien compris, c'est pourquoi il était là.

—Donne-moi son nom.

Comme s'il avait reçu un signal, Hector s'approcha de Mary, la coinçant. C'était comme la Bête au-dessus de la Belle en version réelle.

JEUX DE POUVOIR

—Ça ne marchera pas, tu sais, dit-elle en regardant Hector d'un air agacé. Tes cicatrices et ta silhouette immense ne me font pas peur. Je n'ai peut-être pas encore vu grand-chose de ce monde, mais je sais que les apparences sont seulement superficielles.

Il avait peut-être sous-estimé Mary. Elle paraissait toute fragile et angélique, mais le regard acide qu'elle lançait à Hector était tout le contraire.

Son ami fut également pris de court par son attitude. Après avoir lâché un grognement, il se détendit et fit un pas en arrière.

De toute évidence, il était temps d'adopter une approche différente.

—Je ne peux pas la protéger si je ne sais pas de qui je dois la protéger.

Visiblement, Mary se détendit à son tour.

—Je... je ne peux pas briser sa confiance comme ça. Je suis certaine qu'elle te le dira quand, si cela arrive un jour, elle se sentira prête à en parler. Tu sais, j'aimerais qu'elle le fasse. J'ai essayé de lui donner le numéro de téléphone du docteur Stein, mais elle a refusé de le prendre, dit-elle en soupirant et en détournant le regard pendant un moment. Elle m'a sauvé la vie et ça me tue de savoir qu'elle porte en elle une culpabilité qu'elle ne devrait pas éprouver.

Gio échangea un regard avec son ami. Il n'eut pas besoin de dire quoi que ce soit ; ils avaient une piste. Tout ce qu'ils avaient à faire, c'était de trouver le docteur.

Peu de temps après, Hector lui remit une copie du dossier médical de Mary. Ce dernier avait un air très sombre alors qu'il faisait les cent pas dans le bureau de Gio pendant que celui-ci examinait le document.

Ce qu'il lut lui donna la nausée. Cela lui donna envie de commettre un meurtre. Ça *allait* se terminer par un meurtre sanglant, probablement précédé d'une bonne séance de torture. Malheureusement, cela allait devoir attendre. Marco Rossi n'était pas revenu aux États-Unis depuis plus de dix ans. Ce n'était que lorsque son père s'était retrouvé à l'hôpital qu'il avait eu le courage de le faire.

D'après ses sources, ce connard avait atterri à San Francisco dans la soirée, pour ensuite prendre un vol de retour vers l'Europe quelques heures plus tard. Le seul arrêt qu'il avait fait était apparemment chez son père. Gio ne pouvait qu'imaginer avec quoi le vieil homme l'avait menacé.

—Je pars à sa poursuite.

À la poursuite de Marco. Hector n'eut pas besoin de dire son prénom.

Gio leva les yeux vers son ami.

—Il est déjà retourné en Europe et il est probablement parti se cacher. C'est plus facile d'envoyer des gars à sa poursuite. Ça pourrait te prendre des semaines, même des mois, avant de le retrouver.

—M'en fiche. Je trouverai cet enfoiré.

Gio n'en doutait pas. Personne n'échappait à un ancien marine. Ce n'était pas pour rien que son équipe l'avait surnommé le Loup.

Après qu'Hector fut parti, Gio s'en alla rendre visite à Antonio Rossi. Il était temps d'affronter l'homme qui aurait dû éliminer Marco en premier lieu.

Le vieil homme était assis dans la bibliothèque et donnait l'impression d'avoir vieilli de dix ans depuis la dernière fois qu'ils s'étaient vus. Gio était au courant de ses problèmes de santé. Le vieillard minimisait les faits auprès des filles, mais Gio savait que ses jours étaient comptés. Antonio avait dû remarquer quelque chose dans son regard, car il demanda à ce que tout le monde quitte la pièce.

Il n'avait pas de temps à perdre avec les civilités. Il n'était pas venu ici pour bavarder.

—Je vais tuer ton fils.

Mais il dut reconnaître qu'Antonio garda son calme : l'homme ne broncha même pas. Il ne fit également pas semblant de ne pas comprendre de quoi parlait Gio.

—Comment l'as-tu découvert ? Jazzy ne te l'aurait jamais dit.

Et n'était-ce pas justement ce sur quoi Antonio avait compté toutes ces années ? Le silence de ses petites-filles. Avec le recul, cela expliquait beaucoup de choses. Pourquoi Jazzy avait été élevée de cette façon. Pourquoi elle avait plus de liberté que les autres filles. Et pourquoi il ne lui avait pas rendu justice, comme on le faisait d'habitude dans ce milieu. Il se sentait bien trop coupable – et c'était mérité.

—Elle ne m'a rien dit. Je l'ai découvert en examinant le dossier de Mary.

Antonio pinça les lèvres.

—J'ai banni Marco des États-Unis.

—Pourtant, il est revenu.

—Il ne reviendra plus. Pas même après que je serai parti. Je lui ai dit qui Jazzy avait épousé. Il sait qu'elle est protégée.

—Ça ne suffit pas. Quand tu débusques un serpent, tu lui coupes la tête.

Antonio serra un peu plus les lèvres.

—Un homme n'entre pas au paradis avec le sang de son fils sur les mains. J'ai fait beaucoup de choses dont je ne suis pas fier. J'ai commis de nombreux crimes, mais je ne suis pas un tueur d'enfants.

—Et qu'en est-il de tes petites-filles qui étaient aussi des enfants, à l'époque ? Celles qui se sont fait mordre par le serpent. Tu ne laisses pas un serpent s'échapper pour qu'il revienne te mordre un jour. Si tu fais ça, tôt ou tard, quelqu'un d'autre doit réparer tes erreurs. Et dans ce cas, ce serait moi.

—On dirait que tu as déjà pris ta décision. Pourquoi es-tu là, Detta ?

—Je suis là pour te prévenir que tu assisteras bientôt à un enterrement. Ne te mets pas en travers de mon chemin. Si Jazzy compte pour toi, ne la fais pas venir à tes funérailles avant que ce ne soit ton heure.

Antonio plissa les yeux, mais ne réagit pas.

Tant mieux. La conversation était terminée de toute façon.

***

Un peu plus tard cette nuit-là, alors qu'il observait à nouveau le dos de sa femme dans le lit, il se mit à réfléchir à la prochaine étape. Jazzy n'avait pas encore craqué – même si elle lui avait paru particulièrement anxieuse aujourd'hui. Et, bien qu'il soit en partie furieux contre elle, il était également sacrément fier d'elle. Mais la discorde dans son mariage le perturbait et il avait l'impression d'être déboussolé. Ce n'était pas seulement pour sa sécurité, même si c'était sa principale préoccupation. C'était également une histoire de confiance.

Comme, toi, tu lui as fait confiance ?

JEUX DE POUVOIR

Peut-être que si elle avait refusé de lui confier son secret, il n'avait personne d'autre à blâmer que lui-même. Pourquoi lui aurait-elle fait confiance s'il ne lui avait rien confié de son côté ?

—La première semaine au centre d'accueil, j'ai failli me faire violer, lui dit-il alors qu'elle lui tournait le dos. J'avais dix ans et, à l'époque, je n'étais qu'un petit garçon maigrichon. Deux garçons plus âgés m'ont attrapé et immobilisé tandis qu'un troisième s'approchait de moi. Si Hector n'avait pas été là, j'aurais vécu bien pire qu'une lèvre fendue et une cicatrice au sourcil.

Il resta immobile un instant.

—Ce que j'essaie de te dire, c'est que je sais ce que ça fait de se sentir impuissant. Ce jour-là, ce moment même après qu'Hector leur a mis une bonne raclée, je me suis juré de ne plus jamais être aussi vulnérable. Ni moi, ni mes frères, ni personne que je considère comme ma famille. Je te protègerai du mal, même si cela implique de t'enfermer et que tu me détestes. Parce que ça, je peux le supporter. Par contre, je ne peux pas continuer à vivre en me disant que je n'ai pas réussi à te protéger, ce qui, en tant que mari, est ma mission la plus importante.

Protéger et pourvoir.

—Ce n'est pas la plus importante, murmura-t-elle.

Avant même qu'il n'ait le temps de lui demander ce qu'elle voulait dire par là, elle se mit finalement à parler.

—Je l'ai trouvé dans la chambre de Mary.

***

JAZZY

Elle pouvait lui dire, désormais, car Marco avait rompu l'accord. Il était revenu aux États-Unis. Dès l'instant où Tess lui avait appris la nouvelle, elle s'était à nouveau sentie comme une enfant de dix ans, sentant le souffle chaud de Marco dans son cou, horrifiée et dégoutée en montant sur lui. Plus que terrifiée, mais déterminée à faire en sorte qu'il laisse tranquille une Mary en pleurs.

—Gio... il est... il est ici.

Elle ne savait pas comment démarrer son récit, pas quand tout ce qu'elle avait en tête, c'était que Marco était quelque part à San Francisco. Son grand-père avait prédit juste. Marco était revenu de son exil dès la seconde où quelque chose était arrivé à Antonio – même si elle était plutôt sûre que son *nonno* s'attendait plutôt à ce que ce quelque chose soit son décès et non pas son hospitalisation.

—Je sais.

Elle tourna immédiatement la tête.

—Tu le sais ? Comment peux-tu le savoir ? Je ne t'ai encore rien dit.

—Tu es la femme la plus têtue que je connaisse, Jaz. Je n'ai pas pu attendre que tu te raisonnes et me dises qui était la menace. Je l'ai découvert par moi-même aujourd'hui.

—Comment as-tu ?

—Ça n'a pas d'importance.

—Pourquoi ne m'as-tu pas dit que tu savais ?

Il aurait dû commencer par ça dès l'instant où il était entré chez eux. Son regard se radoucit alors qu'il caressait ses cheveux.

JEUX DE POUVOIR

—Je voulais que cela vienne de toi, *bella*. J'avais besoin de savoir que tu me faisais confiance à ce sujet.

Et c'était le cas. Et ce n'était pas seulement parce qu'elle était terrifiée, ce qui était également le cas, ou parce qu'elle n'avait pas d'autre option, ce qui était vrai aussi. Au fond, elle savait que Giovanni Detta n'aurait laissé personne faire du mal à sa femme, même si parfois ils étaient tous les deux comme chien et chat.

—Je l'ai trouvé dans la chambre de Mary, expliqua-t-elle à nouveau.

Jazzy mordit l'intérieur de sa joue avant de lui tourner le dos et se força à raconter l'histoire face au mur.

—Je parle d'oncle Marco. Plus tard, j'ai appris que cela avait été la première fois qu'il était allé aussi loin, essayant d'aller dans son lit au lieu de simplement la regarder depuis la porte de sa chambre. Je n'ai pas tout de suite compris pourquoi Mary pleurait, mais je savais qu'il y avait un problème. Alors, je suis allée jusqu'à son lit et quand il m'a vue, il m'a demandé de partir. Mary avait les yeux fermés. Elle était assise sur le lit, les jointures blanches à force de serrer les draps dans ses mains. Il n'y avait personne à la maison ce soir-là, à part la nounou de Mary dans la chambre voisine. Je suis montée sur le lit et – elle déglutit – je me suis appuyée contre lui, touchant son bras pour le distraire et détourner son attention de Mary. Ça a marché. Il était un peu saoul et léthargique. Ses mains étaient maladroites quand il a tiré ma chemise par-dessus ma tête, tout en me disant ce que j'allais faire, se marmonnant à lui-même que j'en avais envie. Je l'ai laissé m'embrasser et me tripoter, tout en essayant de ne pas vomir. Quand il s'est mis à tâtonner et à baisser mon pantalon, j'ai vu une paire de ciseaux sur la table de chevet de Mary. Elle s'en servait tout le temps pour retoucher les vêtements de ses poupées. J'ai attrapé les ciseaux et je l'ai frappé avec. Ce n'était même pas intentionnel, mais je l'ai touché directement dans l'œil. Il a commencé à saigner comme un cochon qu'on égorge. Son cri a réveillé la nounou de Mary. Je suis tombée du lit et j'ai fini par me couper le poignet ; j'ai failli perdre mon bras. Je ne me rappelle pas bien ce qu'il s'est passé ensuite. Je me souviens de la nounou qui a fait irruption dans la chambre et qui est devenue blanche comme un linge quand elle a vu ce qui se déroulait devant ses yeux.

Et Jazzy se souvenait des paroles de Marco quand il lui avait expliqué qu'il la ferait saigner.

Le silence résonna dans la chambre jusqu'à ce que Jazzy ne le supporte plus. Elle se tourna vers Gio, s'attendant à son jugement, sauf qu'il n'y en eut aucun. Elle ne vit que de la compassion et de la colère pour elle, dans ses yeux bleu profond. Ses doigts jouant paresseusement avec ses cheveux.

—Qu'est-ce que tu vas faire ? demanda-t-elle.

—Tu sais ce que je vais faire.

Oui, elle le savait. Elle ne savait pas vraiment quoi en penser. Elle n'éprouvait clairement pas de peine pour Marco. Si elle en avait eu l'occasion elle lui aurait coupé les couilles elle-même, mais elle savait que Gio ne la laisserait jamais s'approcher de ce monstre.

—Est-ce que tu penses que tu pourrais...

—Ne me demande pas de l'épargner, la coupa Gio. Ça ne se produira pas. Il faut qu'il soit exécuté. Il aurait dû l'être il y a des années. Les hommes qui s'en prennent aux enfants ne devraient même pas avoir le droit de vivre sur terre. Tous les jours, cet enfoiré vit, il est un danger pour les autres enfants.

JEUX DE POUVOIR

—Je suis d'accord. J'allais juste te demander si tu pouvais faire ça... rapidement. Je ne voudrais pas qu'il soit méconnaissable. Ça tuerait mon *nonno*. Pense à son petit cœur.

—Je me fous du petit cœur d'Antonio, dit-il en posant la main sur sa poitrine. Mais je me soucie de celui de ma femme.

Ne sachant pas trop quoi répondre face à cette déclaration, et ses yeux devenant dangereusement larmoyants, elle l'embrassa.

Bien sûr, un baiser en entraîna un autre et, avant même qu'elle ne s'en rende compte, ils se mirent à se tripoter, ravivant cette flamme qui brûlait si faiblement ces derniers jours.

—Ça m'a manqué, dit-il en sifflant alors qu'il s'enfonçait en elle, entamant un rythme intense et autoritaire.

Alors que ses orteils se recroquevillaient et que cette chaleur familière la traversait de toute part, elle réalisa que cela lui avait également manqué. Ces derniers jours avaient été une torture. Elle avait peur de ce que cela voulait dire. Elle craignait qu'à la fin elle ne finisse avec le cœur brisé.

CHAPITRE 27
JAZZY

Jazzy se déplaça de gauche à droite, observant sa robe sous tous les angles, devant le miroir. Gio l'emmenait à une collecte de fonds ce soir et elle avait très hâte. C'était la première fois qu'ils allaient à une soirée ensemble pour laquelle elle devait bien s'habiller.

La même femme que le jour de son mariage était venue avec un grand choix de robes et des tas et des tas de chaussures. Finalement, elle avait choisi une robe sans manche de couleur argentée avec une fente sur le côté qui épousait ses formes et accentuait son fessier. Gio adorait son fessier, qu'il soit bombé ou pas. L'ensemble était évidemment complété par des escarpins. Le seul bijou qu'elle portait était le collier qu'il lui avait offert. Elle ne parvint pas à détacher son regard de Gio quand celui-ci émergea de son dressing, vêtu d'un smoking, extrêmement sexy.

—Je crois que je n'ai plus envie d'y aller, confia-t-elle.

Elle avait juste envie de lui enlever ses vêtements et de le voir nu.

Il vint jusqu'à elle et prit sa joue dans ses mains.

—Je n'aurai alors pas la joie d'exhiber ma femme.

Quand elle leva un sourcil, il ajouta :

—Et de faire l'amour à l'arrière de la voiture.

Elle ne put s'empêcher de sourire alors qu'il la conduisait en bas et jusque dans la limousine. Ils étaient en train de s'embrasser à l'arrière quand Gio s'écarta soudain.

—Donne-moi ta culotte, ordonna-t-il.

Ivre de désir, elle s'exécuta. Pourquoi pas ? Elle pouffa de rire quand il baissa la vitre et jeta simplement la culotte en soie.

—Je n'arrive pas à croire que tu aies fait ça.

Ses mains glissèrent sous la fente de sa robe, le long de sa cuisse, montant de plus en plus haut, dessinant des cercles.

—Pourtant si. Je veux que tu sois disponible pour moi toute la soirée. C'est la seule chose qui m'aidera à supporter cet événement ennuyeux.

Elle mordilla sa lèvre inférieure.

—Pourquoi y allons-nous si c'est si ennuyeux que ça ?

—L'entreprise Detta sponsorise une des associations, alors je dois me montrer. La soirée sera remplie de gens qui auront payé mille dollars l'entrée et encore mille dollars pour le repas. Tout ça pour qu'ils ne se sentent pas coupables d'avoir la belle vie et pour pouvoir prétendre faire quelque chose de bien par simple bonté de cœur.

—On dirait que tu n'aimes pas trop ces gens.

—C'est le cas. La plupart d'entre eux n'ont jamais connu la faim un seul jour dans leur vie. Ils n'ont jamais eu à se battre pour quoi que ce soit. Ils sont juste nés avec une cuillère d'argent dans la bouche. Ils ne survivraient pas une journée dans la rue.

Elle songea à ce qu'il venait de dire.

—Je suis comme eux. Je veux dire, je n'ai jamais connu la faim. Je ne peux pas non plus dire que j'aurais survécu dans la rue.

JEUX DE POUVOIR

Il remit une mèche de cheveux derrière son oreille.

—Tu es une survivante, *bella*. Ne pense jamais le contraire. Tu protèges ceux que tu aimes. Mary et Carmen en sont la preuve.

Je t'aime.

Elle se figea, se détendant finalement quand elle réalisa qu'elle n'avait pas parlé à voix haute.

Depuis leurs confidences il y a deux jours, quelque chose avait radicalement changé entre eux. Elle n'arrivait pas à mettre de mot dessus, mais Gio semblait différent ; peut-être même encore plus protecteur qu'avant. Il n'avait pas reparlé de Marco et, quelque part, elle savait qu'il ne le mentionnerait plus jamais. Quant à Marco, après un court arrêt chez son grand-père, elle avait appris qu'il était immédiatement retourné en Europe. Elle avait le sentiment que c'était parce qu'il avait appris avec qui elle s'était mariée.

Mais cela ne lui avait pas échappé qu'Hector n'était plus son garde du corps et que c'était désormais un autre grand gaillard qui la suivait. Elle avait appris par Tess que son ancien gorille était parti pour l'Europe. Ouais, Gio n'était pas le seul à surveiller les gens.

Ils furent accueillis par une hôtesse qui était vêtue d'une robe verte et chic.

—Bienvenue, monsieur et madame Detta, chantonna-t-elle en leur serrant la main. C'est merveilleux que vous ayez pu venir tous les deux.

Après avoir échangé quelques civilités, un serveur les conduisit à leur table ronde qu'ils partageaient avec deux autres couples.

Même si Jazzy n'était pas très haute gastronomie – sérieusement, ces portions minuscules n'auraient même pas pu remplir les estomacs d'une famille de souris – elle apprécia quand même le repas composé de cinq plats qui fut servi. Ces derniers ressemblaient à des œuvres d'art. Elle voulut aller vérifier son maquillage avant que les enchères ne débutent et s'excusa.

Dans les toilettes pour femmes, elle eut une mauvaise surprise. Lisa ; « Je fais des fellations aux hommes mariés durant les mariages », cette Lisa-là. Jazzy avait totalement oublié son existence, ou même qu'elle gravitait autour de Gio. Après avoir remis du rouge à lèvres et ignoré le silence pensant entre elle et l'autre fille, elle sortit des toilettes.

Dès l'instant où elle quitta les lieux, Jazzy fut acculée par un homme vêtu d'un trench-coat qui puait la cigarette. Il ressemblait à un détective ringard tout droit sorti d'un film des années quatre-vingt. Qui s'habillait encore comme ça, de nos jours ?

—Madame Detta ?

Pourquoi tendait-il son téléphone vers elle ?

—Je suis James Harvey, du *SF Parole*. Souhaitez-vous commenter les rumeurs sur l'implication de votre mari avec la mafia russe ?

Ah, en vérité, il ne lui tendait pas son téléphone, mais enregistrait leur conversation. Non pas qu'elle ait l'intention de lui donner quoi que ce soit qu'il puisse raconter.

Elle tenta de le contourner, mais il se plaça devant elle, lui bloquant le passage.

JEUX DE POUVOIR

—Avez-vous des commentaires à faire sur la guerre immobilière que mène votre mari contre Kristoff Romanov dans le quartier de Pacific Heights ?

—Pouvez-vous vous écarter, s'il vous plaît ?

Sinon je vais te donner un coup de pied. Pas très féminin, mais clairement efficace.

Puis Harvey devint méchant.

—J'imagine que la pomme ne tombe jamais vraiment loin de l'arbre, hein ?

Une paire de talons qui claque, assez inattendue, vint à son secours. Ce fut leur hôtesse, qui avait l'air absolument mortifié et qui se précipitait vers elle, suivie de plusieurs agents de sécurité.

—Je suis terriblement désolée, Mme Detta. Je ne sais pas comment il a pu entrer.

Elle claqua des doigts en direction des agents qui traînèrent plus loin un Harvey qui protestait.

—Je peux vous assurer que cela ne se reproduira plus.

Alors qu'elle continuait de s'excuser profusément, Gio les rejoignit. Sa main se tendit vers lui, comme d'elle-même, voulant qu'il soit près d'elle. L'hôtesse continua de s'excuser, répétant quasiment la même chose à Gio. Il prit un regard dur et, ignorant l'hôtesse, attira Jazzy plus loin, dans un couloir désert.

Fatiguée de cette soirée, elle s'appuya contre le mur.

—Je commence à comprendre pourquoi mon grand-père ne nous laissait jamais aller à ce genre d'événement. Gina le lui a toujours reproché. J'imagine qu'il essayait juste de nous protéger.

—Effectivement. Et peut-être aussi de te protéger d'hommes comme moi. Si je t'avais aperçue à un gala de charité avant, je t'aurais embarquée.

Elle ne savait jamais s'il le pensait vraiment, quand il lui disait des choses comme ça. Ils ne s'étaient pas mariés par amour. Pourtant, parfois, elle avait vraiment l'impression que cela pourrait marcher entre eux. Et d'autres fois, elle craignait qu'il ne la jette dehors dès que les deux années se seraient écoulées. Chaque jour, il lui était de plus en plus difficile de garder ses distances, de maintenir une barrière invisible entre leurs nuits passionnées et son cœur. Elle avait peur qu'un jour son cerveau se mette à dysfonctionner et qu'elle ne lui avoue soudain qu'elle l'aimait. Et ce serait le jour où il la regarderait avec pitié, car il ne partagerait pas ses sentiments. Car Giovanni Detta était tout sauf un menteur.

—Comment fais-tu face à cela ? Les gens qui te jugent ? Même s'ils ne te le disent pas en face, tu sais ce qu'ils pensent de toi.

Il s'empara de la chaise voisine et s'assit dessus, l'attirant sur ses genoux.

—J'ai l'habitude. Peu importe ce que je fais, certaines personnes me verront toujours comme le fils d'un gangster. À leurs yeux, je suis coupable par association.

Elle le regarda d'un air suspicieux.

—Est-ce que c'est le cas ?

Il pencha la tête vers elle.

—Est-ce que tu me demandes si j'ai du sang sur les mains ou si je collabore avec la mafia ?

—Les deux.

JEUX DE POUVOIR

Elle savait qu'elle lui parlait d'un ton plein de défi, mais s'il croyait qu'elle allait renoncer maintenant, il se trompait.

—Je ne suis pas tout blanc. Je ne pourrais pas l'être, même si je le voulais. J'ai fait certaines choses pour en arriver là aujourd'hui. Ai-je un lien avec la Bratva comme certains l'affirment ? Oui. Mais pas ce que tu pourrais croire. Je ne fais rien d'illégal avec eux, rien qui ne puisse me retomber dessus ou sur ma famille.

—Mais tu collabores avec eux ?

Il resta silencieux un moment.

—J'ai certaines connexions là-bas. Rien dont tu ne devrais t'inquiéter.

—Je ne suis pas inquiète.

Et elle ne l'était vraiment pas. S'il y avait bien une chose qu'elle avait apprise sur son mari, c'était qu'il était très protecteur envers ceux qu'il considérait comme siens. Trop protecteur, même, mais elle aimait se dire qu'elle travaillait là-dessus.

—Et tu ne devrais pas l'être. Personne ne pourra te faire de mal.

—Mais quand même, ça ne t'agace pas que les gens te balancent ton passé au visage ? Qu'ils présument que tu es un gangster à cause de ton père ?

—Pourquoi est-ce que cela m'agacerait ? Je n'ai pas honte de qui était mon père. Il a fait de son mieux avec les cartes que la vie lui avait distribuées. Pour moi, la seule erreur qu'il ait faite, c'était de laisser ma mère se faire assassiner. Tu vois, un homme de la mafia sait comment cela risque de se terminer pour lui un jour. Soit il finit en prison, soit six pieds sous terre avant que son heure ne soit venue. Mais ce dont un homme s'occupe, en revanche, c'est de sa femme. Là-dessus, mon père a échoué, il a laissé le travail impacter ma mère. C'est pourquoi j'ai décidé de devenir réglo.

Du moins, en partie, semblait dire son regard.

—Je ne peux pas laisser mes frères mourir à cause d'une guerre de territoire. Mais, même en étant réglo, il semblerait que j'aie quand même déçu ma famille.

—C'est faux ! protesta-t-elle.

Il eut un rire sévère.

—Oh, si.

—Et comment as-tu...

—Luca.

Un prénom que ni lui ni aucun Detta n'avait prononcé jusqu'à présent. L'incarcération de Luca était comme un nuage sombre qui planait au-dessus des frères.

—Tu arriveras à le faire sortir. Je n'en ai aucun doute.

—Oui. D'une façon ou d'une autre, je le ferai. Tout comme j'anéantirai l'homme qui a assassiné mes parents.

—Tu sais de qui il s'agit, dit-elle doucement.

Il hocha la tête.

—Est-il toujours en vie ?

—Pour le moment, oui.

—Pourquoi ?

C'était une question légitime. Elle doutait fortement qu'il soit en train de rassembler des preuves pour livrer aux autorités l'homme qui avait fait du mal à sa famille.

—Parce qu'il a fallu beaucoup de temps avant que l'on ne découvre son identité. Quand cela a été le cas, il était quasiment intouchable. Le tuer n'aurait pas été un problème, mais les conséquences que cela aurait entraînées, si. On laisse toujours des traces, et je ne pouvais pas les laisser remonter jusqu'à ma famille. Tu vois, nous voulons qu'il sache qui l'a achevé. Je veux qu'il le sache, sans que cela puisse avoir de répercussions sur les miens. Cela nous a pris des années pour que son empire s'effondre, jusqu'à ce qu'il devienne un moins que rien. Et puis, nous voulons également qu'il se retrouve seul et brisé, qu'il souffre avant que nous ne l'achevions.

Cela ressemblait à une promesse. Une promesse menaçante et dangereuse. Elle n'aimait pas cette humeur sombre qui s'emparait soudain de lui.

—Rentrons à la maison, murmura-t-elle.

—Tu n'as pas envie de participer aux enchères ?

—Non. J'ai déjà tout ce qu'il me faut.

Elle n'aurait peut-être pas dû dire ça, dévoilant un peu trop ces émotions contradictoires qu'elle ressentait, mais elle ne pouvait pas s'en empêcher.

Le regard de Gio s'enflamma, prenant une teinte bleu foncé. Il lui embrassa la main et appela Raoul pour qu'il vienne les chercher.

Puis il lui montra exactement pourquoi elle n'avait pas eu besoin de porter de culotte ce soir-là. Ouaip, à l'arrière de la limousine.

CHAPITRE 28
GIO

Gio étudia le rapport que lui remit Jackson. Son frère ne dit pas un mot et s'assit simplement en face de lui. Après que Gio l'eut lu, il comprit mieux pourquoi ce dernier était muet comme une tombe. Au fond, il n'était pas vraiment surpris des derniers rebondissements de l'enquête concernant le meurtre de leurs parents. Après tout, ils vivaient dans un monde où c'était chacun pour soi et où l'on ne pouvait faire confiance qu'à très peu de gens. Ce qui expliquait comment Bianchi avait réussi à attirer leur père dans cet entrepôt.

Mais il aurait aimé que le rapport soit incorrect. Juste pour une fois.

—Tu es sûr de ça ?

—Affirmatif, dit Jackson. Tu sais ce que ça veut dire.

Malheureusement, oui.

—À moins que...

Jackson haussa les épaules.

—...À moins que tu ne décides de ne pas agir.

—Ce n'est pas seulement à moi de prendre cette décision.

—Non, mais *tu es* celui qui a le plus à perdre si tu décides d'agir, quelles que soient tes revendications. Pense à ce qui risque de se passer. On parle de ton futur, là. Tu ne peux pas juste...

—Où en sommes-nous avec Bianchi ? l'interrompit-il avant que Jax ne commence à énumérer tout un tas de raisons rationnelles pour lesquelles Gio devrait ignorer ce qu'il venait de lire.

Comme si le fait de l'ignorer le rendrait moins réel.

Jax soupira.

—Oscar Bianchi semble avoir disparu de la surface de la Terre.

Évidemment. Bianchi était comme un chien enragé qui avait tout perdu. Il n'avait nulle part où aller, aucun endroit où se cacher. Le problème, c'était que les chiens enragés pouvaient devenir dangereux si on ne les abattait pas.

Mais Jackson avait raison sur le deuxième point. Avant qu'il ne donne son feu vert pour déclencher toute une série d'événements irréversibles, il devait encore parler à une personne.

La prison d'État de Saint-Quentin rappela à Gio ce qu'aurait pu être sa vie s'il avait suivi les traces de son père. Elle lui rappela également son incapacité à protéger son frère, Luca. Luca, qui s'était fixé comme règle de ne recevoir des visiteurs qu'une fois tous les quelques mois. Il imaginait que son frère n'aimait pas qu'on lui rappelle le monde extérieur, pas plus que Gio n'aimait l'intérieur de la prison.

Alors qu'il était assis, attendant au parloir qui puait presque la douleur, la misère et le désespoir, une partie de lui était heureuse que son paternel soit mort au lieu d'être enfermé. Ce qui était probablement une façon de penser tordue mais, au fond, il était soulagé de n'avoir jamais vu son père, un homme plus grand que nature, réduit à vivre derrière des barreaux. Son père avait pris l'épée et avait péri par l'épée.

JEUX DE POUVOIR

Protéger et pourvoir.

En fin de compte, son paternel avait échoué sur ces deux points. Personne n'avait pu protéger ni pourvoir quoi que ce soit aux garçons Detta après sa mort. Il n'avait jamais imaginé que sa femme puisse se faire tuer le même soir où il avait été assassiné. Ils avaient eu de la chance que leur grand-mère les ait pris sous son aile. Cela n'avait pas dû être facile de s'occuper de tout un tas de petits garçons à son âge et avec sa retraite, mais elle ne s'était jamais plainte. Et ils s'en étaient toujours sortis.

Quand la famille Scolini avait été anéantie, ainsi que celle qui les avait attaqués, cela avait créé un déséquilibre de pouvoir qui avait été rapidement comblé par la Bratva. Ce qui rendait d'autant plus ironique le fait que Gio ait payé les Russes pour garder son frère en sécurité à l'intérieur.

Des quatre, Luca était celui qui aimait le plus les petits plaisirs de la vie, s'entourant toujours de la crème de la crème. Gio ne le comprenait que trop bien. Quand vous avez passé une bonne partie de votre jeunesse à reprendre les vieilles affaires des autres, une fois que vous avez réussi votre vie, vous avez envie de vous faire plaisir. Il le comprenait, car il ne s'était pas refusé Jocelyn Rossi, dès la seconde où il l'avait touchée.

Il leva les yeux quand Luca entra dans la pièce, vêtu de sa combinaison orange. Il semblait qu'à chaque visite, le corps svelte et tonique de son frère devenait de plus en plus costaud et musclé.

—Alors, il paraît qu'il faut te féliciter, grand frère, dit Luca en le serrant dans ses bras, ignorant les gardes derrière lui.

Ils étaient grassement payés pour se retourner quand Luca ne respectait pas la règle du « pas de contact » de la prison

—J'aurais aimé que tu sois là.

La cérémonie n'avait pas compté beaucoup de monde et avait été rapidement arrangée, mais les seuls qui pour lui devaient y assister étaient ses frères.

—Tu es le premier des Dettas à créer la prochaine génération. Protéger et pourvoir, mon frère. J'espère vraiment qu'elle en vaut la peine.

Il y avait dans sa voix une amertume qui n'avait jamais existé auparavant. Luca avait été le plus décontracté de tous. Le gamin populaire qui avait un don pour les investissements. Du moins, jusqu'à ce qu'il se fasse enfermer. Dès l'instant où il s'était fait arrêter, sa fiancée l'avait quitté. Et, pour autant que Gio sache, elle n'était pas venue lui rendre visite en prison.

—Jocelyn est… différente. Au début, ça n'a pas été facile de mettre la main sur elle.

Enfin, au début, mais c'était fini maintenant. Maintenant que le lion avait attrapé sa proie, il pouvait lui faire faire ce qui lui plaisait. Et putain, qu'est-ce qu'elle lui donnait du plaisir !

Luca leva un sourcil.

—Pourquoi est-ce que j'ai l'impression qu'il y a toute une histoire derrière tout ça ?

Gio secoua la tête. Ils devaient discuter de choses plus importantes.

—Laisse-moi donner un coup de fil à notre ami sibérien, dit-il, changeant de sujet.

Ils avaient eu cette conversation il y a environ un an, quand Luca avait été condamné et que les chances pour faire appel avaient paru minces.

—Non, répondit Luca qui était catégorique à ce sujet. Je ne veux pas que tu sois redevable à ce Russe.

JEUX DE POUVOIR

Personne n'en avait envie. Si Gio était surnommé le Glacier Noir, alors Kristoff s'appellerait seulement le Glacier. Pour qu'un homme ait un cœur noir, il faudrait déjà qu'il en ait un.

—Il est à moitié américain.

Luca n'était pas raisonnable. Ce n'était pas comme si Gio ne savait pas d'où venait son dégoût soudain pour tout ce qui était russe. Sa fiancée lui avait clairement fait un sale coup.

—Je me fiche qu'il soit à moitié américain ou qu'il soit un demi-dieu. Je ne veux pas de son aide.

Gio ne mentionna pas qu'ils étaient déjà redevables envers Kristoff pour ses contacts sur place. Garder Lucas en vie et en bonne santé en prison avait un prix. Une somme d'argent en échange d'une protection qu'il payait volontiers.

—Bon sang, Luciano. Je déteste te voir ici. On en reparlera.

Luca acquiesça. Ils savaient tous les deux ce que ça voulait dire. Si d'ici un an Luca était encore enfermé ici, Kristoff lui paraîtrait être une meilleure option. Le Russe avait les moyens et la main d'œuvre nécessaires pour le faire sortir d'ici. Ils pouvaient transférer Luca dans un pays qui ne pratiquait pas l'extradition en un rien de temps.

—Alors, comment est-ce que vous vous êtes rencontrés avec ton épouse ?

Changement de sujet. L'une des nouvelles spécialités de Luca depuis qu'il était en prison. Pour le coup, c'était un bon moyen de faire le lien avec ce dont Gio voulait lui parler au départ.

—On s'est rencontrés chez Antonio Rossi ; c'est son grand-père. Puis, elle a fui le pays pour m'échapper. Laisse-moi te raconter comment je l'ai rattrapée.

Gio retourna au bureau après avoir parlé à Luca, pour récupérer ce fichu rapport. Au moment où il attrapa sa valise, on toqua à la porte. À sa grande surprise, Lisa Martell, l'épouse de l'un de ses managers, entra dans son bureau.

—Gio. Je peux te parler un instant ?

—J'étais sur le point de partir.

—Ça ne sera pas long.

Elle se précipita à l'intérieur, fermant la porte derrière elle, mais pas avant que son assistante, Gale, n'empêche la porte de se refermer complètement.

Gale jeta un regard noir à Lisa, visiblement pas contente qu'elle ait réussi à se faufiler ici dans son dos. Gio lui fit signe que c'était bon ; ce ne serait pas long. Elle pinça les lèvres et retira son bras, mais ne referma pas la porte derrière elle et la laissa légèrement ouverte.

—Je suis venue m'excuser, dit Lisa, remettant une mèche de cheveux derrière son oreille. Pour ce qui s'est passé à ton mariage, je veux dire.

Elle paraissait un peu nerveuse.

—Mon mariage a eu lieu il y a plusieurs mois. Il est un peu tard pour s'excuser.

Cela ne faisait que quelques mois ? Cela lui paraissait bien plus long, car il n'arrivait pas à se souvenir de ce qu'avait été sa vie avant que Jazzy n'en fasse partie.

Lisa se pencha par-dessus son bureau, absolument pas subtile, montrant un peu trop son décolleté.

—J'avais besoin de régler certaines choses... Edwin et moi, nous nous sommes séparés. J'avais besoin de m'occuper de ça.

JEUX DE POUVOIR

Comme s'il en avait quelque chose à faire du statut marital de ses employés. Un mariage était privé et, tout comme il ne permettrait jamais à un autre mariage de se mêler du sien, il n'avait pas envie d'en écouter les commérages.

—Excuses acceptées. Tu peux partir, maintenant, la renvoya-t-il.

Puis il se rendit dans la salle de bains attenante, là où il avait laissé sa veste de costume.

Quand il retourna dans son bureau, il trouva Lisa, assise sur son pupitre.

Nue.

Elle avait posé les mains sur ses genoux, les paumes vers l'extérieur. Ses longs cheveux blonds recouvraient ses seins. Ce n'était pas la première fois qu'elle lui faisait des propositions, lui faisant comprendre qu'elle était disponible pour qu'il la baise. Mais quand même, se déshabiller en plein milieu de son bureau était assez audacieux, même venant d'elle.

Le problème, c'était qu'elle ne faisait absolument pas le poids face à sa femme. Elles ne jouaient clairement pas dans la même cour.

Avec un profond soupir, il s'avança vers elle.

CHAPITRE 29
JAZZY

Jazzy prit une longue gorgée de sa margarita qu'elle buvait pour célébrer leur réussite alors qu'elle était paresseusement couchée sur un canapé avec vue sur l'océan. La vie ne pouvait pas être plus belle.

—À notre premier client ! cria Tommie.

Il avait réservé une table au *Eagle Café*, leur endroit préféré sur les quais. Il avait également appelé Mary pour venir boire un verre et fêter cela de manière impromptue. À la grande surprise de Jazzy, Gina était également venue. Le contraste entre les deux sœurs ne pouvait pas être plus frappant. Gina, chic comme sur Rodeo Drive, était vêtue d'une robe moulante à hauteur du genou et de cuissardes. Mary elle, était habillée comme une étudiante avec un jean et un haut fluide de style hippie.

Leur table était garnie d'un délicieux plateau de fruits de mer. La seule chose qui manquait, c'était Gio, avec qui elle aurait pu partager sa joie. Mais son nouveau garde du corps, qui était assis à la table d'à côté, lui rappela que – même s'il n'était pas là physiquement – Gio était avec elle par la pensée.

Après qu'elle eut compris ce qui le motivait et la culpabilité injustifiée qu'il ressentait à l'égard de l'incarcération de son frère, son côté protecteur prenait plus de sens. Et, d'une certaine façon, cela l'aidait à l'accepter plus facilement.

—J'ai moi aussi une bonne nouvelle à vous annoncer, dit Mary.

Gina leva les yeux au ciel, manifestement déjà au courant de la nouvelle en question et visiblement peu impressionnée par celle-ci.

—Mon amie m'a demandé d'être la marraine de sa petite sœur. Je suis tellement contente !

—Félicitations, Mary !

—Mais oui ! Je veux dire, Zoe a déjà six ans et nous n'allons pas faire une cérémonie officielle ou quoi, mais j'aimerais quand même que vous veniez à la fête. Ce sera au refuge, la semaine prochaine.

—N'oublie pas de leur préciser pourquoi ça aura lieu au refuge, ajouta Gina. Ni que ton amie est une droguée qui vit là-bas.

—Une ancienne droguée, la réprimanda Mary. Et elle est en train de reprendre sa vie en main.

Gina ricana et prit une longue gorgée de vin.

—Tout le monde n'est pas aussi chanceux que nous ni ne peut trouver un riche fiancé en quelques semaines, poursuivit Mary en fronçant les sourcils.

Elle avait peut-être l'air toute gentille avec ses boucles blondes, mais Mary pouvait faire preuve d'une volonté de fer quand on la provoquait sur un sujet qui la passionnait.

—Tu es fiancée ?

Jazzy ne put s'empêcher de paraître surprise. Elle se serait attendue à ce que ce soit la première chose qu'annoncerait Gina plutôt que de l'apprendre par une remarque désinvolte.

Gina agita une grosse pierre à son doigt.

JEUX DE POUVOIR

—Presque fiancée, la corrigea-t-elle. Oscar ne m'a pas encore demandée en mariage, mais il le fera. D'un jour à l'autre.

Mary leva les yeux au ciel.

—Elle ne parle plus que de ça, ces derniers temps. Oscar par-ci et Oscar par-là.

—C'est quelqu'un *d'intéressant*, dit Gina. Sa famille possède des vignobles dans toute la Californie.

Et ce fut le début d'une longue biographie relatant le succès de son « quasi » fiancé qui dura quinze minutes.

—C'est très sympa, tout ça, l'interrompit Jazzy. Je veux dire, qu'il réussisse dans la vie et tout, mais comment est-il en tant que personne ? Tu n'as rien dit sur l'amour.

Le discours de Gina sur tout ce qui concernait Oscar s'arrêta net.

—Qu'est-ce que l'amour a à voir avec un mariage ? J'aime suffisamment Oscar et il me veut. Qu'est-ce qu'il peut y avoir de plus ?

—Ça m'attriste de t'entendre dire ça.

—Oh, ne monte pas sur tes grands chevaux, Jocelyn, rétorqua Gina d'un air narquois. Tu es la dernière personne qui puisse me juger. Nous savons toutes les deux qu'il n'y avait pas d'amour en jeu quand tu as épousé Giovanni Detta.

—C'est vrai, reconnut Jazzy, mais...

—C'est totalement déplacé, intervint Tommie, venant à sa rescousse.

Elle lui avait expliqué les circonstances de son mariage, juste avant de lui avouer qu'elle était tombée amoureuse de son mari.

—Vous connaissez toutes les deux les circonstances qui ont conduit à ce mariage.

Gina lança un regard tranchant à Tommie.

—Quand même. C'est facile pour elle de dire ça, elle s'est déjà assurée d'épouser un milliardaire.

—Certainement.

En d'autres circonstances, Jazzy lui aurait fait ravaler sa remarque haineuse, mais pas ce soir. Ce soir, ils faisaient la fête. Plus important encore, la raison pour laquelle elle n'allait pas s'en prendre à Gina était parce qu'elle aimait son mari. Son mariage n'avait peut-être pas débuté ainsi mais, désormais, elle ne pouvait nier ce qu'elle ressentait.

—Tu as oublié le sexe torride, déclara Tommie en observant son nouveau garde du corps par-dessus le bord de son verre. Tu sais, en ce qui concerne ce qui est important dans un mariage. Du sexe, torride, si délicieusement torride qu'il te donne le frisson en permanence, ce genre de sexe là.

Jazzy lui arracha son mojito des mains.

—Arrête de baver sur cet homme.

—En parlant d'homme, dit Gina, lui jetant un regard noir, voici le mien.

Un homme vêtu d'un costume en laine mérinos se tenait à l'entrée du café. Gina lui fit signe et il les rejoignit à leur table. De plus près, Jazzy aperçut ses cheveux poivre et sel et sa peau bronzée. Étrangement, le sourire qui étirait ses lèvres la mit mal à l'aise.

—Bonjour, mesdemoiselles. Ravi de vous rencontrer. Je suis Oscar Bianchi.

***

JEUX DE POUVOIR

Jazzy considéra que la fête avait été un succès, malgré les commentaires haineux de Gina en début de soirée. Dès l'instant où Oscar les avait rejoints, elle était devenue toute mielleuse, ne dévoilant pas une seconde son côté langue de vipère pour lequel elle était connue.

Mais, après une autre tournée, et avec Oscar qui regardait constamment sa montre, Jazzy décida de rentrer chez elle et d'attendre Gio.

—On peut vous déposer, proposa Oscar.

—Oh non, ce n'est pas nécessaire, vraiment, dit Jazzy en attrapant son sac sur la table. Je vais juste...

—J'insiste, dit Oscar, dévoilant toute une série de dents blanches. Votre garde du corps n'a qu'à nous suivre.

Le véhicule d'Oscar était une location, car apparemment sa Bentley était au garage, comme il leur avait assuré. Elle ne savait pas encore ce qu'elle pensait de lui. Même s'il semblait être exactement le genre de Gina, laissant entendre le montant de sa fortune à chaque phrase.

Après quinze minutes de trajet, Oscar tourna vers le centre-ville.

—Ce n'est pas le bon chemin pour aller chez moi, dit Jazzy.

—Ah, pardon, je suis désolé, s'excusa Oscar, regardant dans le rétroviseur central, probablement pour s'assurer que son garde du corps le suivait toujours. J'ai cru que vous voudriez fêter tout ça avec votre mari également. C'est pour ça que je me rends à la Tour Detta. Vous voulez que je fasse demi-tour ?

À vrai dire, faire une surprise à Gio n'était pas une si mauvaise idée.

—Non, c'est bon. Vous pouvez me déposer ici.

Quand il se gara devant la Tour Detta, elle le remercia avant de sortir.

Elle ignora le regard noir de Gina. De toute évidence, sa cousine n'aimait pas que son petit ami accorde de l'attention à Jazzy, même si c'était seulement par politesse.

Elle prit l'ascenseur jusqu'à l'étage de Gio, tout en essayant de réorganiser sa pensée. Il méritait de savoir qu'elle l'aimait. Elle était légèrement euphorique et, le temps qu'elle sorte de l'ascenseur, ce sentiment n'avait toujours pas disparu. Il était tard, tout l'étage était vide. Même l'assistante de Gio, Gale, qui faisait presque partie des meubles, n'était pas là.

Quand elle jeta un coup d'œil vers la petite ouverture qui donnait sur le bureau de Gio, son euphorie disparut instantanément. Et tout à coup, son cœur explosa en mille morceaux.

Elle pivota et retourna vers l'ascenseur, qui était toujours là, en courant. Elle essaya d'éviter les miroirs qui se moquaient d'elle pour avoir été si crédule. Pour lui avoir fait confiance. Pour...l'avoir aimé.

Ce n'était pas Vanessa qu'elle avait trouvée nue dans son bureau, en train de l'attendre. Non, c'était Lisa et, d'une certaine manière, c'était pire encore. Ce moment à leur mariage où il s'était rangé à ses côtés pour virer Lisa n'avait été qu'une ruse. Cet instant qu'elle avait décidé de voir comme le fondement de leur mariage n'avait été qu'une imposture. Et ça, elle ne pourrait jamais le pardonner. C'était comme si elle avait été poignardée dans le dos et frappée dans le ventre en même temps.

JEUX DE POUVOIR

Ne sachant pas quoi faire quand elle quitta le bâtiment, elle regarda autour d'elle dans la nuit froide. Elle repéra son garde du corps dans sa voiture. Non. La dernière chose dont elle avait besoin c'était que ce dernier appelle son patron pour lui signaler qu'elle était contrariée. Car, quoi qu'elle fasse, elle n'arrivait pas à retenir ses larmes.

Elle en avait assez. Cette fois-ci, quand elle disparaîtrait, ce serait pour de bon. Mais, d'abord, il fallait qu'elle se débarrasse de son garde du corps. Elle se mit à marcher, jusqu'à ce qu'elle voie ce dernier quitter sa voiture pour la suivre à pied. Dès l'instant où elle traversa la rue, elle se faufila dans une ruelle et se mit à courir. Elle courut jusqu'à ce que ses pieds lui fassent mal, jusqu'à ce que la douleur dans ses poumons soit presque aussi forte que celle dans son cœur.

Son garde du corps l'appela en moins d'une minute. Elle rejeta l'appel.

Le suivant fut de son mari. Elle décida de répondre, car il méritait qu'on lui dise qu'il était un connard infidèle.

—Gio, répondit-elle, essayant de prononcer son prénom avec le plus de fiel possible.

Malheureusement, sa voix tremblante gâcha tout.

—Tu as semé ton garde du corps. Qu'est-ce qui se passe, Jocelyn ?

Il paraissait inquiet. Eh bien, il n'aurait plus jamais à s'inquiéter pour elle.

—Je l'ai laissé derrière moi. Tout comme je te quitte.

Un silence suivit ses propos. Puis :

—Tu quoi ?

—Tu m'as bien entendue. Je. Te. Quitte.

Un silence s'installa à nouveau et elle ne pouvait que l'imaginer serrer la mâchoire, essayant de rester calme.

—Y a-t-il – elle sentit que sa voix tremblait – quelqu'un d'autre ?

—Pardon ?

Ne pouvant plus contrôler sa colère et sa douleur, elle se mit à jurer.

—Je te quitte parce que tu m'as trompée, connard ! Je l'ai vue dans ton bureau. Nue comme au jour de sa naissance.

Avait-elle rêvé ou venait-il de soupirer de soulagement ? Sérieusement ?

—Écoute-moi, *bella*. Ce n'est pas ce que tu crois. Reviens et...

Ce n'était pas ce qu'elle croyait ? Comme si elle ne savait pas ce que cela voulait dire.

—Non. *Toi*, tu vas m'écouter. On a toujours su que tout ça se terminerait un jour. Tu... tu as le contrôle sur la société de mon grand-père. Tu n'as plus besoin de moi. Je ne demanderai pas le divorce avant que nous ne soyons mariés depuis deux ans. Mais c'est fini. S'il te plaît, Gio.

Elle ferma les yeux un instant.

—Tu m'as brisé le cœur. Aie au moins la décence de laisser mes blessures cicatriser en paix.

Sur ce, elle mit fin à l'appel et éteignit son téléphone. Quand elle tourna à l'angle, une voiture s'arrêta à côté d'elle. De peur que Gio ne l'ait déjà retrouvée, elle fut sur le point de s'enfuir, quand elle reconnut que c'était celle d'Oscar.

La portière s'ouvrit et elle aperçut Gina qui fronçait les sourcils.

JEUX DE POUVOIR

—Qu'est-ce que tu fais dehors dans le froid ? On vient pourtant de te déposer devant tes bureaux.

—Je...

Jazzy regarda autour d'elle dans la rue animée, se sentant pourchassée et décida, en une fraction de seconde, d'entrer dans la voiture.

—Démarrez, s'il vous plaît.

Gina parut perplexe.

—Mais pour aller où ?

—À l'aéroport.

—Pourquoi...

—Pas maintenant, Gina. Je ne suis vraiment pas d'humeur à t'expliquer. Faites-moi juste sortir de la ville.

—Ne t'inquiète pas, Jocelyn. Je vais te sortir d'ici, lui assura Oscar.

CHAPITRE 30
JAZZY

Entre le moment où elle était montée dans la voiture d'Oscar et le trajet jusqu'à l'aéroport, quelque chose avait mal tourné. Terriblement mal tourné, d'après l'odeur persistante de chloroforme.

Se réveiller ligotée à une chaise dans un hôtel miteux commençait à bien faire. Jazzy gémit quand la chambre floue apparut dans son champ de vision, entendant le son distinct d'un homme qui parlait.

Bizarrement, elle s'attendait à voir le visage de Marco. Une partie d'elle avait toujours redouté et eu peur qu'un jour il viendrait la chercher. Qu'il revienne et tienne sa promesse en la tuant. Peu importe qu'il soit parti la queue entre les jambes et avait à nouveau fui en Europe. Il était toujours là, dans un coin de son esprit.

Elle resta bouche bée quand elle réalisa que c'était Oscar qui se tenait devant elle, au lieu de Marco.

Oscar hurlait dans son téléphone.

—Je savais que c'était toi ! Tu m'as détruit et maintenant c'est moi qui vais te détruire. Si tu veux à nouveau revoir ta femme, fais un putain de virement sur ce compte bancaire !

Il évoqua une somme d'argent obscène. Mais la haine dans ses yeux lui disait que cela ne changerait rien que Gio le paie ou non. Cet homme ne comptait pas la laisser partir. Ce n'était pas une question d'argent. Enfin, pas seulement. C'était personnel.

Or ce qu'elle ne savait pas encore, c'était pourquoi ? En quoi était-ce personnel ? Oscar revint vers elle avec une seringue à la main. Il lui enfonça le tranquillisant dans la jambe et elle put à peine retenir un cri de douleur.

—Pour qu'on puisse te transporter plus facilement, lui dit-il en guise d'explication, comme si elle lui en avait demandé une.

—Où est..., elle racla sa gorge sèche. Où est Gina ?

Elles n'étaient peut-être pas toujours d'accord, mais cela l'anéantirait d'apprendre que sa cousine, avec qui elle avait grandi, était impliquée dans son enlèvement.

—Tu ferais mieux de penser à toi plutôt qu'à cette idiote, rétorqua-t-il en tendant le téléphone vers son oreille. Dis-lui que tu es en vie.

—Jocelyn. *Bella*, est-ce que ça va ? demanda Gio d'un ton sec.

—Je vais... bien.

Elle était tout sauf bien, mais elle ne savait pas quoi dire d'autre. Le fait d'entendre à nouveau sa voix, après qu'elle se fut juré de ne plus jamais le revoir, était à la fois surréaliste et douloureux. Mon Dieu, c'était si douloureux.

—Il ne te touchera pas. C'est moi son problème.

—Quoi... quel problème ?

Oscar écarta le téléphone.

—Tu as une heure, Detta.

Puis il éteignit le téléphone et retira la carte SIM.

On frappa à la porte et Oscar laissa entrer le fameux journaliste qui sentait la cigarette. Comment s'appelait-il, déjà ?

—Ravi que tu aies pu venir, Harvey.

JEUX DE POUVOIR

Oscar ferma la porte derrière lui et lui fit signe de s'asseoir sur une chaise.

Harvey resta bouche bée quand il la vit.

—Vous avez kidnappé l'épouse de Giovanni Detta ? Vous êtes fou ? Il va croire que je suis impliqué ! Oh merde. Merde, merde, merde.

On aurait dit qu'un de ses vaisseaux sanguins allait éclater.

Oscar ignora la crise de panique de Harvey ; à la place, ses yeux fous se focalisèrent sur elle.

—Ton mari a foutu ma vie en l'air ! grogna-t-il en la giflant.

Merde. Ça faisait mal.

—Bon sang ! dit Harvey en allumant une cigarette et en prenant une bouffée. C'est quoi ce délire. Ne la frappez pas...

—J'ai beau être sur la liste noire de Detta – Oscar lui cracha au visage –, je prendrai son cœur avec moi avant de partir.

Cette jubilation maniaque dans son regard la terrifiait. L'homme qui essayait de charmer sa cousine était bien loin.

—Je ne comprends pas comment...

—J'ai entendu parler de cette façon qu'il a de te regarder, la coupa-t-il. Ton imbécile de cousine n'arrêtait pas d'en parler. Elle confond ça avec de la possessivité et un désir basique, mais moi je sais de quoi il s'agit. Il te regarde de la même façon que son père regardait sa mère. Brianna aurait dû être à moi. *À moi* !

Et soudain, toutes les pièces du puzzle s'emboîtèrent. *Oh non. Oh, non, non, non.*

Oscar lui tourna le dos, s'ébouriffant les cheveux, puis il pointa un doigt dans sa direction.

—J'ai un scoop pour toi, Harvey. Écris-le. Tous les vilains petits secrets de l'épouse de Giovanni Detta. Exactement ce que tu voulais.

Harvey expira à nouveau de la fumée. La petite pièce qui semblait tout droit sortie de l'époque de la musique jazz devint rapidement brumeuse.

—Un scoop sur sa femme ? Qu'est-ce que vous voulez que je fasse de ça, putain ? Vous m'aviez promis une interview exclusive sur la pègre de San Francisco !

—Oh, mais pour comprendre comment fonctionne le monde de la pègre, il faut d'abord comprendre ce qui le fait le tourner. Comment un homme serait prêt à tout pour protéger son nom de famille. Absolument tout, dit Oscar, retroussant les lèvres. Mais d'abord, laisse-moi te raconter ce qui est arrivé à Jocelyn et Mary Rossi il y a dix ans.

Jazzy releva immédiatement la tête. Pendant un instant, elle ne ressentit plus cette douleur lancinante dans sa joue, ni cette peur atroce d'être entre les griffes d'un fou. Elle éprouvait du dégoût et de la honte.

—Je vous interdis...

Oscar se mit à rire.

—Oh oui, petite salope vicieuse.

Puis, comme si cela lui procurait beaucoup de plaisir, il se mit à déballer son linge sale.

Comment Oscar l'avait-il découvert ? Elle croyait que son grand-père avait fait disparaître tous les dossiers concernant cette nuit-là. Mais, quand on avait des ressources, cela ne devait pas être très compliqué de trouver des informations sur quelqu'un.

—S'il vous plaît, arrêtez, murmura-t-elle.

JEUX DE POUVOIR

Une partie d'elle haït ce ton suppliant dans sa voix. Elle le détestait parce que cela la faisait paraître faible et hypocrite. Une véritable hypocrite pour avoir dit à Mary qu'elle n'avait rien fait de mal et qu'aucun n'enfant de sept ans n'inviterait un homme dans son lit. Tout en culpabilisant d'avoir laissé Marco la toucher. Si elle sortait vivante d'ici, elle irait voir un foutu psy.

Quand Oscar eut terminé de commémorer ce qui s'était passé durant la pire nuit de sa vie, Harvey eut l'air perplexe.

—C'est ça, votre vilain petit secret sur la femme de Detta ? Qu'elle ait été abusée durant son enfance et qu'elle ait poignardé son agresseur ? Sérieusement ?

Oscar sembla vouloir en dire plus, mais on toqua à nouveau à la porte.

Le journaliste sursauta et alluma une autre cigarette. Pour un reporter spécialisé dans les crimes, Jazzy le trouvait bien nerveux.

—J'imagine que c'est la première fois que vous êtes complice d'un kidnapping, hein ? dit-elle en jetant un regard noir à Harvey.

Il ouvrit la bouche et la referma, comme un poisson, avant de se tourner à nouveau vers Oscar.

—Qui frappe à la porte ?

Un sourire mauvais apparut sur le visage d'Oscar.

—Ce doit être Kristoff Romanov.

Harvey resta bouche bée.

—Vous avez appelé le chef de la mafia russe ? Bordel de merde ! Vous êtes cinglé ou quoi ? Cet homme est une bête. Un tueur de sang-froid. Il ne se donnera jamais, jamais la peine de venir ici. C'est comme demander à Al Capone de venir s'occuper d'un problème de parasite chez vous. Vous allez nous faire tuer !

Mais quand l'homme en question *entra* – tout seul, d'après ce que voyait Jazzy – une peur bleue coula dans ses veines.

Les mots « grand, sombre et dangereux » étaient écrits partout sur le front de Kristoff Romanov. Ses cheveux qui descendaient jusqu'à ses épaules lui donnaient un air étonnamment jeune et désinvolte. Il portait un costume sombre fait sur mesure, comme Gio, mais c'est à peu près là que s'arrêtaient les similitudes. Romanov avait un regard froid, vide et ses yeux étaient d'un vert étrange.

Bizarrement, elle s'était attendue à ce qu'il soit laid, portant un costume rayé, presque comme la caricature d'un méchant. Sauf que ce n'était pas le cas, si elle ne tenait pas compte de son regard glacial.

Oscar s'approcha de lui avec hésitation, tel un chiot cherchant l'approbation de son maître.

—Vous êtes venu seul.

—Tu parais surpris, Bianchi. Pourtant, c'est bien ce que tu as demandé, non ? Bon, montre-moi ce que tu as pour moi.

Si les mots pouvaient se transformer en conditions météorologiques, ceux de Romanov seraient des glaçons.

Il ne ressemblait pas à une caricature, mais il avait un fort accent russe. Ce qui était un détail stupide à relever étant donné qu'il valait mieux se concentrer sur des sujets plus urgents. Comme, comment allait-elle sortir d'ici vivante ?

—Vous savez, on surnomme mon mari le Glacier Noir, dit-elle. Mais j'ai l'impression qu'il n'a rien à vous envier.

Romanov haussa les sourcils.

JEUX DE POUVOIR

—Je vais prendre ça comme un compliment, Mme Detta.

—Vous la connaissez ? intervint Harvey.

Romanov plissa les yeux en direction du reporter qui essayait de disparaître contre l'affreux papier peint marron.

—Évidemment que je la connais. Je connais tous les principaux acteurs de ma ville. Même les plus insignifiants qui sont comme des poux agaçants.

Harvey pâlit. Il scruta la pièce du regard, essayant de voir à travers les lamelles poussiéreuses des stores. Jazzy aurait pu lui dire qu'il n'y avait aucune issue. Il n'y avait qu'un seul moyen de sortir de cette pièce et c'était par la porte d'entrée devant laquelle se tenait Romanov.

Oscar baissa les yeux vers sa bouche, lui glaçant le sang.

—Je veux que vous l'emmeniez. Que vous vendiez cette salope par l'intermédiaire de vos contacts.

La bile lui remonta dans la gorge quand elle entendit les projets qu'il avait pour elle.

Malheureusement, cela ne promettait pas une mort rapide, ce qui, plus les minutes passaient, sonnait de mieux en mieux.

—Il n'est pas impliqué dans la traite des femmes, dit nerveusement Harvey.

—Ce *suka* qui pue la nicotine dit vrai. C'est le seul trafic dans lequel je ne prends pas part.

Avant même qu'Oscar ne puisse répondre, le Russe décida d'agir. Il lui assena un crochet du droit et Oscar tomba comme une pierre sur le lino sale.

Surplombant le corps inconscient d'Oscar, Romanov se moqua :—Je n'aime pas non plus être convoqué.

Harvey s'avança d'un pas incertain vers Jazzy, comme si, d'une manière un peu tordue, il cherchait du réconfort auprès d'elle.

—M. Romanov.

—Je n'aime pas que l'on m'appelle Romanov. Vos recherches approfondies sur moi ne vous ont-elles pas appris ça ? Je ne suis pas très impressionné par vos compétences de journaliste, M. Harvey.

—Je suis désolé. Évidemment, je... je le savais, dit le journaliste qui bégaya à nouveau. Vous détestez le nom de famille de votre père et...

—Vous m'avez traité de tueur de sang-froid, le coupa Kristoff.

Harvey se mit à pâlir.

—Je ne voulais pas dire...

—Bien sûr que si. Et vous faites bien, car c'est exactement ce que je suis. Ne vous excusez jamais d'avoir dit la vérité.

Harvey crut stupidement que Kristoff lui faisait un compliment.

—Oui, oui, en effet. En parlant de dire la vérité, j'aimerais écrire un article sur vous. Un article exclusif pour montrer au public l'homme qui se cache derrière ce nom.

—Ah, oui, votre article sur la Bratva. Que voulez-vous savoir ? Vous voulez que je vous raconte comment j'ai grandi dans les rues de Moscou en tant qu'orphelin ?

Jazzy pouvait presque entendre Harvey tapoter sur son clavier dans sa tête. L'idiot tira même une dernière fois sur sa cigarette pour ensuite écrire sur son téléphone.

—Ça... ça pourrait être un bon point de départ.

Le regard de Kristoff était aussi froid qu'à l'âge de glace.

JEUX DE POUVOIR

—Sauf que... je ne suis pas né et n'ai pas grandi à Moscou. Mais ici, en Californie.

Harvey leva les yeux de son téléphone.

—Mais, d'après votre certificat de naissance...

—De nos jours, on peut tout falsifier, enfoiré, dit soudain Kristoff dans un anglais parfait, sans aucun accent. Quand des hommes puissants veulent réécrire leur histoire, ils sont capables de tout. Même changer une mère aimante en salope, en lui faisant écrire le nom de son proxénète sur un certificat de naissance, au lieu de celui du père américain de son enfant illégitime.

Jazzy se demanda pourquoi Kristoff partageait sa vie privée avec un homme qu'il méprisait clairement. Et puis, cela la frappa.

Les morts ne parlent pas.

Harvey faillit rester bouche bée quand il remarqua ce changement soudain dans l'attitude de Kristoff. L'homme à moitié décontracté avait disparu, et le patron du crime qui le menaçait avec un pistolet de façon désinvolte était de retour.

—Oh, mon Dieu.

Harvey trébucha en arrière, sa tête heurtant le mur.

—Je ne dirai à personne ce qui s'est passé ce soir. Je le jure !

Kristoff ne bougea pas d'un pouce, ni ne cligna des yeux.

—Tu ne le sais pas encore, mais je te fais une faveur, *suka*. Si tu savais ce que Detta a prévu pour cette merde par terre, tu me supplierais de faire vite.

Il pointa son arme sur la bouche de Harvey.

—S'il vous plaît, ne me tuez pas !

Harvey se mit à sangloter et à le supplier de lui laisser la vie sauve, tandis que Jazzy avait du mal à garder les yeux ouverts.

—Je te dirais bien que fumer tue, mais cette cigarette dans ta bouche n'est pas ce qui mettra fin à tes jours, dit Kristoff, juste avant d'appuyer sur la gâchette.

Le sang éclaboussa le mur derrière Harvey.

Jazzy eut la nausée, regardant le journaliste qui avait désormais un trou au milieu de la tête.

Kristoff se tourna ensuite vers elle.

—Bon, et maintenant, qu'est-ce que je vais faire de toi ?

Elle ne sut pas si c'était le tranquillisant qui faisait enfin effet, ou la peur, mais, soudain, tout devint noir.

CHAPITRE 31
GIO

Gio tendit un verre de son meilleur scotch à Kristoff en attendant que sa femme se réveille.

Le Sibérien s'était installé dans le confortable fauteuil en cuir devant la bibliothèque, face à la fenêtre. Kristoff ne tournait jamais le dos à une fenêtre ou une porte. Pas même quand il était assis dans une bibliothèque, dans une maison encerclée de portails hauts et gardée par des agents de sécurité vingt-quatre heures sur vingt-quatre. Les hommes de Kristoff l'attendaient en bas. Jouant probablement au poker, comme le faisaient Gio et Kristoff une fois par mois. Peu importe la fortune qu'ils possédaient désormais, ils jouaient encore avec un billet d'un dollar, pour se rappeler le bon vieux temps, quand ils avaient tous les deux démarré leur entreprise dans le pire quartier de San Francisco, essayant de gagner leur vie. Kristoff et les Dettas se soutenaient. Même si leurs vies avaient pris des directions différentes, cela n'avait jamais changé.

Kristoff descendit son verre en un rien de temps.

—J'aime bien ce scotch.

—Je t'en ferai livrer une caisse.

—Tu devrais venir essayer cette nouvelle vodka que j'ai fait importer de Saint-Pétersbourg. Aussi lisse qu'une barre de strip-tease et elle te chauffe délicieusement la gorge. Il suffit d'une bouteille et tu chancelleras direct.

Puis il eut un sourire satisfait.

—On est quittes, maintenant, dit Kristoff.

Gio sut à quoi il faisait référence. Il y a dix ans, Gio avait tué un homme qui était sur le point de poignarder Kristoff dans le dos. Littéralement.

—Ça a l'air de te rendre un peu trop heureux.

—Disons que te devoir ma vie... m'irritait.

Gio eut un rictus.

—Et le paquet ?

—Il est à ta disposition, dans un silo près des docks. Je l'ai mis dans une jolie cage pour toi. Tu peux mettre ses jambes dans le ciment, ajoute à cela quelques entailles et il sera un appât parfait pour les requins.

Kristoff était connu pour la façon originale dont il se débarrassait des corps. Non pas que les corps en question aient jamais été retrouvés. Il était bien trop malin pour ça. Mais Gio avait entendu des rumeurs.

—Ta générosité est sans limites.

—Je sais. J'ai ordonné à Damon de mettre ça sur ma pierre tombale.

—Encore quelques bonnes actions comme celle-là et, avant même que tu ne t'en rendes compte, tu finiras par être réglo, dit Gio, tentant de retenir un sourire.

—Pour tourner le dos au côté obscur ? Je laisse ça aux Dettas, se moqua Kristoff.

Comme ce dernier s'attardait, ce qui n'était pas son genre, Gio savait qu'il avait autre chose en tête.

—Tu veux quelque chose.

JEUX DE POUVOIR

—Je veux que ta femme emmène Katya avec elle à l'une de ces soirées entre filles. Tu vois le genre de soirée dont je parle. Celles où elles portent des robes courtes, boivent trop d'alcool et ont des conversations cool et *peace and love*.

—*Peace and love* ?

—Elle va avoir vingt-et-un ans dans un mois. La dernière fois, nous nous sommes disputés sur le fait qu'elle n'ait jamais bu d'alcool. Puis elle m'a sorti une connerie sur l'émancipation des femmes et m'a traité de mec dominateur et autoritaire. J'ai tué des gars pour moins que ça.

—Mais tu *es* dominateur et autoritaire, remarqua Gio.

Kristoff haussa les sourcils, comme pour dire : « C'est l'hôpital qui se fout de la charité ».

Gio leva son verra à cette occasion.

—Je vais m'en occuper.

Emmener la petite protégée de Kristoff en soirée pouvait devenir mortel si quelqu'un s'en prenait à la fille. Il allait devoir renforcer son équipe de sécurité.

Ils discutèrent ensuite de quelques détails supplémentaires concernant leur projet en commun à Pacific Heights jusqu'à ce qu'ils soient interrompus par un coup sur la porte. Thea passa sa tête dans l'entrebâillement de celle-ci.

—Elle est réveillée, Gio.

Apparemment, Kristoff prit cela comme un signal pour partir, car il se leva.

—À plus tard, *bratan*.

Après le départ de Kristoff, Gio vida le reste de son verre avant d'entrer dans sa chambre.

Jazzy était assise au bord du lit, vêtue d'un pyjama, tournant le dos à la porte. Elle refusa de réagir à sa présence quand il entra.

Pendant un instant, il se demanda comment gérer cela. Hier avait été la pire journée de sa vie d'adulte et la seule personne grâce à qui il n'avait pas perdu la tête refusait de le regarder. Ce qu'on disait était donc vrai. Parfois, il fallait presque perdre quelqu'un pour réaliser à quel point cette personne vous manquerait si elle disparaissait.

Après son coup de fil la nuit dernière, il avait été confronté à sa plus grande peur : qu'elle ait rencontré quelqu'un d'autre. Quelqu'un qui ne faisait pas partie de ce monde gris dans lequel il vivait, toujours en équilibre sur le fil du rasoir, entre le bien et le mal. Un connard jovial qui avait probablement envie de mourir et qui croyait pouvoir s'en tirer en lui volant sa femme. Cela avait presque été un soulagement quand il avait découvert qu'elle avait eu l'intention de le quitter à la suite d'un malentendu. Évidemment, ce soulagement n'avait pas duré longtemps. Le temps qu'il s'assure que Lisa ne puisse plus jamais remettre les pieds dans son bâtiment et qu'il parte à la recherche de sa femme, Bianchi avait déjà mis la main sur elle. Cela avait été une erreur de couper les vivres à Bianchi, le laissant nu et désespéré au lieu de l'éliminer immédiatement. Cela lui avait presque coûté son épouse.

Jazzy se tourna enfin vers lui.

—Tu comptes à nouveau me faire prisonnière ?

—Non. Une fois que nous aurons discuté, tu auras le choix de rester ou de partir.

JEUX DE POUVOIR

—Je n'ai rien à dire. Enfin, à part merci, pour être venu me chercher. Même si je ne devrais pas être surprise. Après tout, je porte encore ton nom, dit-elle en soupirant, l'air fatigué. Mais bon, cela ne change pas le fait que je m'en vais. Nous avions un accord et tu l'as rompu.

—J'avais aussi un accord avec mes frères, pourtant, je l'ai rompu. Pour toi.

—Je ne comprends pas ce que...

Tu comprendras bientôt.

—Tu ne comptes pas me le demander ?

Elle semblait perdue.

—Te demander quoi ?

—Si, moi aussi, je t'aime.

Une fois de plus, une tempête sembla se déchaîner dans ses yeux couleur noisette.

—Pas besoin. Ton petit entretien avec Lisa a répondu à ma question.

Elle serait têtue jusqu'au bout mais, au moins, elle n'était pas revenue sur ses paroles. Donc, elle voulait qu'il lui prouve qu'il l'aimait ? Comme s'il existait un seul langage qui puisse exprimer une infime partie de ce qu'il ressentait pour elle.

—Écoute, poursuivit-elle. Nous avions convenu que ce mariage ne durerait que deux ans et qu'ensuite nous partirions chacun de notre côté. Mais de toute évidence depuis que...

—Non.

—Quoi ?

—Nous n'avons pas convenu d'une telle chose. Ce mariage n'est pas temporaire, putain.

Il avait peut-être démarré comme tel, mais il ne la laisserait pas partir. Jamais.

—Mais je croyais que...

—Tu sais ce que l'on dit sur les hypothèses, grogna-t-il. Ce mariage n'aura pas de fin et il serait temps que ça rentre dans ta petite caboche.

Après son bref discours, il la traîna pratiquement hors du lit, l'emmenant dans le couloir, puis dans son bureau. Il ferma ensuite la porte derrière eux et la relâcha. D'un mouvement rapide, il se positionna derrière son bureau, ouvrant un tiroir avec une clé.

Jazzy resta là, ses mains agrippant ses bras.

Elle sursauta quand il jeta une grande enveloppe en papier kraft sur le bureau. Puis il s'avança à nouveau vers elle.

—Lis ça.

—Qu'est-ce que c'est ?

—Ça, ma chère épouse, c'est le dernier homme responsable de la mort de mes parents. Le dernier connard sur notre liste noire.

Elle fixa l'enveloppe, comme s'il s'agissait d'un serpent qui allait la mordre.

—Je ne pense pas... je ne vois pas ce que cela a à voir avec moi.

Gio frémissait encore de rage en repensant à sa conversation avec Antonio Rossi.

— *C'est toi qui as attiré mon père dans le piège de Bianchi.*

JEUX DE POUVOIR

Le rapport du détective privé avait été accablant. La vérité avait été profondément cachée mais, finalement, toutes les pistes menaient à Antonio Rossi. La seule chose qu'ils n'avaient pas comprise, c'était pourquoi.

Antonio ne l'avait pas nié. L'homme s'était assis sur une chaise de jardin qui donnait sur son domaine et avait soupiré profondément avant d'avouer.

—*Oscar a assassiné ton père par cupidité et désir.*

Gio comprenait la partie sur la cupidité. Oscar avait repris les biens de son père après la guerre qui avait tué les Scolinis, mais celle sur le désir était nouvelle.

—*Désir ?*

—*Brianna.*

Il suffit d'un mot pour que Gio fasse le lien.

—*Il voulait ma mère ?*

Antonio acquiesça.

—*Ta mère était une très belle femme. Il était pratiquement impossible de ne pas tomber amoureux d'elle. Elle était gentille, attentionnée et totalement dévouée à ton père. Je savais qu'ils iraient parfaitement bien ensemble.*

—*Pourquoi ?*

C'était la seule question sans réponse.

—*Bianchi avait des dossiers sur Marco. Une vidéo de lui et une gamine de quinze ans. Une gamine qui avait des parents influents. Il m'a menacé de la dévoiler, à moins que je ne l'aide à faire venir ton père dans cet entrepôt. J'imaginais qu'Oscar voulait simplement prendre la place de ton père, mais en vérité il voulait bien plus. Nous ne saurons jamais vraiment ce qui s'est passé cette nuit-là, quand il est allé retrouver ta mère après avoir tué ton père. J'imagine qu'il l'a demandée en mariage et que Brianna l'a rejeté ou attaqué. Il a fini par la tuer.*

—C'est pourquoi vous avez continué à lui accorder des prêts de l'entreprise Rossi même s'il était un fardeau.

Antonio pinça les lèvres.

—Oui, et parce qu'il gardait clairement un œil sur Marco, s'attendant à ce que mon fils merde à nouveau. Bianchi a appris ce qu'il s'était passé cette nuit avec Jazzy et Mary. Je ne pouvais pas exposer mes petites-filles comme ça. Une saleté pareille entache la réputation d'une famille pendant des générations avant de disparaître, donc j'ai fait ce que je devais faire pour protéger ma famille.

Gio était sur le point de briser le cou d'Antonio. La seule chose qui l'en empêcha fut Jazzy. Car, même s'il détestait le vieux, il aimait encore plus sa femme. Il ne croyait plus que c'était une coïncidence que ce vieux salaud lui ait proposé d'épouser l'une de ses petites-filles.

—C'était un sacré risque que vous avez pris en supposant que je tomberais amoureux de Jazzy.

Et protégeant par conséquent ses petites-filles, même quand il ne serait plus là.

—*Quel homme* ne tomberait pas *amoureux d'elle ?*

Antonio Rossi était le plus manipulateur des fils de putes. En lui offrant Jazzy, ce connard lui enlevait la joie qu'il pourrait éprouver en se vengeant. Sauf qu'il ne s'agissait pas seulement de *sa* vengeance. Il allait devoir demander à ses frères, un par un, d'accepter de ne pas éliminer Rossi. Mais les discussions s'étaient mieux passées que prévu. Notamment celle avec Vince, son frère le plus volatile et impulsif.

JEUX DE POUVOIR

—J'aime bien Jazzy, avait dit Vince. L'épouse l'emporte sur le salaud. Et puis, il est mourant de toute façon. L'idée qu'il puisse pourrir de l'intérieur jour après jour me plaît plutôt bien. Souffrant et agonisant comme un enfoiré.

Vince était également le plus vicieux d'entre eux.

—*La seule raison pour laquelle nous te laissons la vie sauve, c'est Jazzy.*

Le vieil homme avait un cancer du foie de stade deux. Ce qui entraînerait une mort lente et douloureuse. Personne ne le méritait plus que lui.

En parlant de mérite, son épouse méritait la vérité. Se focalisant à nouveau sur l'instant présent, il prit l'enveloppe et en sortit une photo en noir et blanc.

—Laisse-moi te montrer pourquoi ça te concerne, *bella*.

***

JAZZY

Quand il tourna la photo et que Jazzy vit le visage de son *nonno* adoré, son cœur se brisa en mille morceaux.

—Non...

Elle regarda Gio dont les yeux flamboyaient.

—Maintenant, dis-moi, *bella*. Est-ce que tu crois, me connaissant, que j'aurais laissé vivre Antonio, si ce n'était pas pour toi ?

—Qu'est-ce que tu essaies de me dire ?

Il laissa retomber la photo et l'attira contre lui.

—Je vais être obligé de prononcer ces mots, n'est-ce pas ?

Elle fut prise d'un tremblement. Elle n'osait pas espérer. Pas tant que l'image de son grand-père barrée par une croix rouge était encore fraîche dans son esprit.

—J'aime bien les mots, balbutia-t-elle.

—Je te dis que la seule raison pour laquelle Antonio Rossi est encore en vie, c'est parce que je t'aime, putain. Antonio a attiré mon père dans un piège pour qu'Oscar Bianchi puisse le tuer pour des raisons que je t'expliquerai plus tard. Et pourtant, j'ai décidé de trouver un moyen, dans mon cœur noir, de lui pardonner – oublier, jamais ; mais pardonner, oui – pour ce qu'il a fait, parce que si je lui fais du mal, je te blesserai, toi.

Elle tenta de comprendre ce qu'il voulait lui dire. Ce qui n'était pas évident avec toutes ces émotions – la peur, la colère, et la douleur – qui faisaient les montagnes russes ce soir.

—Tu m'aimes.

Étrangement, elle eut besoin de verbaliser cette pensée.

—Oui, dit-il en s'écartant. Je ne t'ai pas choisie parce que tu es belle, intelligente et pleine de fougue, ce qui est pourtant le cas. Je t'ai choisie parce que tout homme a besoin d'une femme forte et tu es une reine. *Ma* reine. Maintenant, sers-toi de ton esprit brillant. Penses-tu vraiment, en sachant tout cela, que je te tromperais ?

Dit comme ça...

Ce fut comme si un poids énorme venait d'être enlevé de sa poitrine et qu'elle pouvait à nouveau respirer.

—Maintenant, dis-le, ordonna-t-il.

Elle regarda ses yeux bleus et ardents. Il avait autant besoin d'entendre ces mots qu'elle.

—Je t'aime.

Puis elle se racla la gorge.

—Maintenant, parlons du fait qu'il y avait une femme nue dans ton bureau et que celle-ci n'était pas moi.

—Je ne l'ai pas touchée, à part pour la hisser vers le haut et la faire sortir.

Il la prit dans ses bras et l'emmena dans leur chambre, où il la laissa retomber sur le lit.

Gio rampa vers elle, tel un prédateur affamé. Il saisit ses poignets et les coinça au-dessus de sa tête.

Oh oui, elle adorait être traitée de cette manière.

—La seule femme nue qui m'intéresse, c'est toi.

Elle pouvait voir dans ses beaux yeux qu'il disait la vérité. Elle voyait bien dans cette façon qu'il avait de la regarder qu'il la chérissait, qu'elle était à lui. Avant, elle ne parvenait pas à le voir à cause de son manque de confiance en elle qui obscurcissait son jugement. Comme elle avait été idiote de freiner l'amour qu'elle éprouvait, l'émotion la plus exaltante de toute l'existence, au lieu de le manifester.

Elle ne le ferait jamais plus, se jura-t-elle, cédant face à son baiser brûlant. Chaque jour, elle dirait à cet homme à quel point il était important à ses yeux. L'amour n'était pas quelque chose que l'on gardait pour soi, il était destiné à être partagé.

ÉPILOGUE

Deux mois plus tard

Encore un autre mercredi après-midi où Gio était introuvable. Cela faisait maintenant trois semaines de suite. Jazzy n'y avait pas prêté attention les premières fois où elle lui avait rendu visite pendant sa pause déjeuner, mais cela commençait à devenir une habitude. Bien évidemment, c'était peut-être pour faire quelque chose de totalement innocent à ce moment-là, comme le fait d'aider pour la soupe populaire ou de nourrir les chats au refuge pour animaux, mais elle en doutait fortement.

Elle décida de l'attendre dans son bureau. Gale lui proposa une tasse de café. Jazzy aimait bien cette femme plus âgée. Elle n'était pas toute pomponnée comme les autres filles de la direction.

—M. Detta sera là à quatorze heures pile, dit Gale d'un ton à la fois agacé et amusé. Pile à l'heure ou en retard, selon la façon dont vous voyez les choses.

—J'ai comme l'impression que vous essayez de me dire quelque chose, Gale.

Celle-ci sourit.

—Oh que oui. Si vous voulez savoir pourquoi votre mari se cache tous les mercredis après-midi, alors répondez au téléphone quand il entrera dans son bureau.

Voilà qui était intrigant.

À quatorze heures pile exactement, Gio arriva. Elle l'attendit, assise sur son bureau, les jambes écartées, l'invitant à se positionner entre elles.

Quand il le fit et que sa main glissa sous sa robe, le téléphone sonna. Jazzy l'attrapa avant qu'il n'en ait l'occasion. Gio essaya de le lui reprendre, mais elle tint le téléphone hors de sa portée.

Il y avait une femme à l'autre bout du film, qui semblait exaspérée.

—Oh je vois, donc vous devez reporter son rendez-vous. Encore une fois, dit-elle en lançant un regard appuyé à Gio. Mon mari est un homme très occupé et je suis sûre qu'il a simplement oublié.

Elle écouta la voix dans le combiné.

—Ah bon ? Alors il y a une place de libre pour cet après-midi ? Merci. On y sera.

Jazzy raccrocha et se mit à pouffer de rire.

—Tu fuis ton dentiste ?

Gio pinça les lèvres.

—Je n'aime pas qu'on trafique dans ma bouche avec des objets pointus. Cette maudite femme est aussi têtue qu'une mule. Elle n'arrête pas de reporter ce foutu rendez-vous tous les mercredis après-midi, jusqu'à ce que j'y aille.

Et voilà ; elle était morte de rire. Elle n'était plus qu'un torrent de larmes, hurlant de rire.

—Tu sais quoi ? Si tu vas chez le dentiste cet après-midi, tu pourras décharger ta frustration sur moi plus tard dans la soirée... quand je porterai un costume.

Il se mit à déboutonner sa robe.

—Quel genre de costume ?

Elle eut du mal à garder les idées claires quand il se mit à lui embrasser le cou.

—Un costume de dentiste sexy.

JEUX DE POUVOIR

Quand il arrêta ses caresses, elle ajouta :
—Pour t'aider à guérir de cette phobie du dentiste. Je suis ton épouse bien-aimée, après tout, et t'aider dans les moments difficiles fait partie de mon travail.

Finalement, les baisers reprirent et, une fois de plus, elle réalisa tout le chemin qu'ils avaient parcouru.

À son mariage, elle n'aurait jamais imaginé qu'ils seraient un jour là où ils étaient maintenant. À cette époque, elle n'avait qu'une hâte, c'était d'être enfin débarrassée de Gio. Désormais, elle ne pouvait pas imaginer sa vie sans lui. Est-ce que tout était parfait ? Non. Son homme se prenait encore parfois pour « le roi du monde ». Tout ce qui concernait sa sécurité était non négociable. Comme disait toujours son *nonno*, les querelles conjugales occasionnelles étaient le piment du mariage. Et puis, il y avait sa sœur. Carmen avait complètement changé de personnalité, elle n'avait jamais vu quelque chose d'aussi radical. C'était comme si, un jour, elle s'était réveillée et avait décidé de ne plus montrer aucune émotion. Jazzy avait alors réalisé à quel point il était dangereux de tout intérioriser au lieu de faire face aux épreuves de la vie. C'était la deuxième raison pour laquelle elle avait fait le grand saut en entamant une thérapie. La première raison avait été la promesse qu'elle s'était faite quand elle avait été retenue en otage par ce cinglé d'Oscar et un patron du crime russe.

Bien évidemment, à l'époque, elle ne savait pas que Kristoff et Gio se connaissaient depuis longtemps et qu'elle n'avait finalement pas à s'inquiéter.

Son autre préoccupation était sa relation avec son grand-père. Celle-ci était plus tendue depuis qu'elle avait appris qu'il était responsable de la mort des parents de Gio. Mais elle ne pouvait pas lui tourner le dos. Il était toujours l'homme qui l'avait élevée après la mort de ses parents et elle l'aimait toujours. À chaque fois qu'elle allait le voir, il semblait rétrécir un peu plus. Gio n'essayait pas de l'empêcher d'aller au manoir des Rossi et, pour ça, elle lui était reconnaissante. Si la situation avait été inversée, elle ne savait pas vraiment si elle aurait pu faire de même. Mais s'il y avait bien une chose dont elle était sûre, c'était que Giovanni Detta l'aimait et ferait tout pour assurer son bonheur.

Absolument tout.

—La gouvernante de mon grand-père a appelé, informa-t-elle Gio, le regardant droit dans les yeux. Apparemment, mon grand-père est parti pour l'Europe ce matin, pour enterrer son fils.

C'était une façon discrète de lui demander s'il avait quelque chose à voir avec ça. Le léger sourire qui étira ses lèvres lui indiqua tout ce qu'elle devait savoir.

—Joyeux anniversaire de mariage pour nos six mois, *bella*.

Certains hommes achetaient des bijoux à leur femme le jour de leur anniversaire de mariage, d'autres des fleurs. Son époux lui offrit le meilleur des cadeaux, car il avait le pouvoir de tuer les démons. Il lui permettait de refermer un chapitre et d'avoir l'esprit tranquille. Après tout, il était un Detta. Comme il le lui avait dit de nombreuses fois, il n'avait qu'une seule mission : protéger, pourvoir et – comme elle l'avait rajouté au slogan familial – aimer.

***

www.ingramcontent.com/pod-product-compliance
Lightning Source LLC
LaVergne TN
LVHW091720070526
838199LV00050B/2471